富士伸太

人間不信の冒険者たちが世界を救うようです ②

～麗しのパラディン編～

Characters
ゼム
カラン
キズナ

レオン
クロディーヌ
ニック
ティアーナ

「離れてなさい。風邪引くわよ」
そこに突然現れた人間を目撃した者は驚愕《きょうがく》していた。
突然現れたことに対してではない。その人間の纏う気配に対してだ。
気高さと美しさの両立した金色の髪。
まるで神話や伝説に語り継がれるような純白の鎧《よろい》。
手にする剣もまた不可思議で、鍔元《つばもと》から伸びる光芒《こうぼう》が刃を形成している。
だが、なによりも見る人に強い印象を残すのは顔であった。
凛《りん》として、一瞬男にも見えるほど研ぎ澄まされた美貌に誰もが見とれた。

contents

ティアーナの旅立ち

もう、なにもない。

恋人も、家族も、身分も、将来さえも。

あまりの悲しみに押し潰されそうになったと同時に、少しだけ、ほんの少しだけ、気持ちが良かった。どこか心の隅でこんな自分を望んでいたような気がする。

これでもう、淑女らしい振る舞いなど心がける必要もない。わざわざ早起きして学校へ行き、尊い十代の時間を陰気な研究室や無骨な実験室で費やす必要もない。

学校の研究室に置いていた私物を片付け、手をぱんぱんと叩《たた》く。埃《ほこり》まみれ本まみれの部屋とも、今日限りここでおさらばだ。

もちろん、そんなのはただの開き直りだ。

冷静な自分が、開き直った自分を冷めた目で見つめている。だがそれでも、今を生きるためにはそんな開き直りや自暴自棄さえも必要なことだった。

「ティアーナさん……もうこれで、きみはここの学生ではありません」

「はい」

落胆と哀愁の混ざった男の声に、私は端的に応じた。

「それでもきみは魔術師です」

その生真面目な言葉に、私は笑いをこぼしそうになった。

魔術師というものは、基本的には職業だ。

魔術を使い商売に活用する者や、国の魔術師団に入り戦闘力を遺憾なく発揮する者を指す。あるいは学校の教育者や研究者も魔術師だ。ただ魔術を使うだけの在野の人間が魔術師を自称すれば、何を言っているのかと笑われるものだ。

それでも目の前の男──私の師匠は、ただ魔術を糊口《ここう》を凌《しの》ぐためだけに使うことを嫌っていた。魔術師は自由であるべしと、常に語っていた。

師匠が言うには魔術師とは、そして魔術というものは、国や社会といった枠組みが発達する前から存在していた。であるならば社会の中に組み込まれずとも、魔術師は魔術師であるものだ。自分を魔術師と定義するのは自分自身であり、自分が何者であるかは自分の自由な意志で決定すべきだ。講義や雑談の端々で師匠はそう語っていた。

だがその言葉が励みになるほどの余裕は、今の私にはなかった。

そもそも私は、師匠の研究室に置いていた私物を片付けに来ただけだ。

まさか、まだこの人が学校にいるとは思っていなかった。ここに至って別れや改まった挨拶など交わすつもりもなかったのに。

「……師匠。私は魔術師を目指したのではなく、魔術師の妻を目指したのです。お忘れですか？」

「覚えていますとも。ですが、そのような立場などはかないものです。魔術を志そうとする心に比べれば。自分の自由な心だけは誰にも奪えないのですから」

「……それが何の救いになりますか、落ちぶれてしまった私たちにとって。師匠だって、賢者になる道が閉ざされてしまったではありませんか」

そうだ、私たちは落ちぶれていた。罠《わな》に嵌《は》められて。

私の方は貴族学校を女子生徒として初めての首席で卒業するはずが、教師たちをたぶらかしたという根も葉もない噂《うわさ》を立てられて学校を辞めさせられた。その噂を流したのは私の婚約者その人であり、彼と結託した浮気相手だ。こうして、名家にあるまじきスキャンダラスな存在となった私は家からも追放されることとなった。

そして、たぶらかされたとされる方の教師……つまり今、私の目の前にいる師匠もまた、貴族学校を辞めることになった。この人が目指していた「賢者」という称号も、もはや手の届くものではなくなったことだろう。

いや、将来の夢などを追いかけている場合ではない。

お互い、今日を生きるために必死にならなければいけない。もはや師匠は進退窮まり私を救う力などないし、もちろん私にも師匠を救うことなどできない。

二人とも、どうしようもない敗残者だ。

自由であるということは、そういうことだ。

誰からも必要とされていないから自分たちは自由の身なのだ。

「……確かに、ここで潰《つい》えてしまう夢もあるでしょう。ですが正直安心したところもあります。あの婚約者……アレックスくんでしたね。正直、放蕩《ほうとう》三昧の彼ときみが釣り合うかというと疑わしく思ってました」

「な、なんですかそれは！」

確かに、元婚約者のアレックスの素行はあまり良くなかったかもしれない。盛り場に出入りしていたのは事実だ。私を陥れたのも、女に騙《だま》されたから……とは言い難《がた》い。放蕩者であるとはいえ損得勘定のできない男ではなかった。

アレックスには確実に、自分自身で弾《はじ》いた打算、そして意志があったと思う。

それでもこの時点の私には、耐え難い話だった。

私は何もかも失ったことに密《ひそ》かな快感を得る一方で、ほんの少しだけ、料理をしていて小指の先につく塩ほどのわずかな量だけ、自分の愚かさに気付いたアレックスが復縁を求めてくるのではないか……という期待をしていた。

朝起きて目覚めたらいつもの屋敷のベッドで、学校へ行くための身支度をする日々が来るのではないかという甘っちょろい幻想を未《いま》だに抱いていた。

窮地に陥った人間にありがちな、「もう何も失うものがないんだから好きなようにしてやる」という自暴自棄と、「すべて元通りになれば良いのに」という好都合な妄想のゼロか百かで物事を考えてしまっていた。

「失敬。失言でした。忘れてください……ともかく」

師匠は、気まずさを誤魔化《ごまか》すように咳払《せきばら》いをした。

「自分が何者であるかを知っていること、自分がこれまで何を学び、何ができるかを知っているのは誰にも奪うことのできない財産です。たった一つの失敗で今まで培ってきたものを無価値だと捉えるのはおやめなさい。……もちろん辛《つら》いならば忘れるのも手ではありますが」

「……ええ。まあ、価値を疑う以前に使えるものはなんでも使わなければいけない状況の方が多いと思いますので」

そう言いながら私は部屋の棚を吟味する。

持ち帰ることのできるものは少ない。茶器などは価値が出るほどの芸術品でない限り持っていくだけ無駄だ。煙草《たばこ》も同じ。研究ノートは既に纏《まと》めて、持っていくべきものを絞っている。

他にあるとするなら消耗型の魔道具、護符を持っていくくらいだろうか。これならばさほどかさばらない。学校の予算で買ったものだが、研究で消費したということにすれば何枚か失敬しても問題はあるまいと懐に詰め込んだ。

「なんでも使わなければいけないのであれば……そうですね、これを差し上げましょう」

師匠はそう言って、あるものを私に授けた。

「イグナイターですか」

「以前、欲しがっていたでしょう」

「それはそうですが……」

イグナイターとは、《着火》を行う魔道具の総称である。見た目はのっぺりした金属棒に過ぎない。魔力を少し込めると棒の先端が加熱して煙草に火を付けたり、あるいは火起こしの種火を作ったりと便利だが、ただそれだけの魔道具だ。

しかし師匠の持つイグナイターは特別製だった。師匠自身が様々な改造を施しており、地水火風全属性の魔術を発動させることができる。もっとも効力は極めて小さく、攻撃用途ではなくあくまで便利な道具の延長でしかない。だが、それにさえ目を瞑《つぶ》れば万能の道具だと言えた。

「餞別《せんべつ》です」

「……ありがたく頂戴します」

このときの私は、かろうじて礼は言えた。

だが、私のせいでごめんなさい、とは言えなかった。

師匠も私に詫《わ》びなど口にはしなかった。

そして私は背を向けて扉を開け、人生の荒波へと一歩を踏み出した。


「……あー、なんかこう、私ってダメよね」

一歩を踏み出したところで、昔の夢を見ていたと気付いて目を覚ました。

外では雀《すずめ》が鳴いており、カーテンの隙間からは朝日がこぼれている。ここは学校でも実家でもなく、冒険で稼いだ金で借りたアパートだった。

しかし、なんとも嫌な夢を見てしまったものだ。せっかくまとまった金が懐に入って、思う存分競竜場でストレス解消できたばかりだというのに。

夢の内容は、自分が王都を旅立つ前……しかもよりにもよって、師匠との最後の別れのときの出来事だった。

元婚約者のアレックスや、アレックスを奪い取ったリーネなど存分に恨んでいる相手が夢に出る方がまだ良い。婚約破棄された直後は復縁を夢見る程度の未練が残っていたが、今ではあんにゃろう、いつか痛い目に遭わせてやると、前向きに怒りを燃やすことができる。

だが、師匠のことだけは本当に駄目だ。

自分の情けなさや狭量さを浮き彫りにしてしまう。あのとき、ちらっと思ってしまったのだ。師匠やその他の教師たちが油断せず足下をすくわれるようなことがなければ、自分の人生も安泰だったのに、どうして私を守ってくれなかったのと、そんな甘ったれた考えを抱いてしまった。

未熟で駄目な自分自身を自覚せざるを得ない。

今にして思えば、逆恨みなどせずに素直に謝罪しておけば良かったと思う。魔術など捨ててまったく違う生き方をしているならともかく、一人旅をして迷宮都市テラネに辿《たど》り着《つ》き、こうして日銭を稼いでこられたのは、まさしく学生時代に真面目に取り組んできた魔術があってこそだ。

過去と今の私をずっと支えてくれたのは、魔術師としての生き方や在り方だ。師匠がいたからこそ今の自分がこうして生きて、日々を楽しむことができる。

「……あ、いや、もう一つあるか」

今の自分は、冒険者パーティー【サバイバーズ】の魔術師だ。

魔術師であるということと、冒険者であるということの二本の足で歩いている。冒険者となったきっかけは、とある青年が手を差し伸べてくれたことだ。

この二つがなければ自分は今どうなっていただろうか。猜疑心《さいぎしん》に塗《まみ》れて自分で自分の首を絞め、落ちるところまで落ちていたかもしれない。そこから先は具体的に想像したくないところだ。

「さて、と。それじゃ今日も出かけるとしますか」

師匠とは再び生きて出会えるかどうかもわからない。

もちろん出会えることを願っているし、師匠ほどの実力者が私のような危機に陥ることはないとは思うが、不運が重ならないとも限らないのが人生だ。

であるならば、まずは今の仕事……冒険者にしっかりと取り組もう。

冒険者として私を拾ってくれた青年は、まあ、そこそこ優秀とは思う。

ずっと冒険者をしていたにしては頭も回るし気配りも細かい。だが見ていてどうにも危なっかしい。ついでにどうしようもなく詩人偏愛家《ドルオタ》だ。

恩返しというわけでもないが、フォローしてやらねばなるまい。

今日は冒険者ギルドで打ち合わせをするのだ。私がしっかりしなければ。

そうして私はベッドから抜け出して顔を洗い、身支度を調える。

日用品と、ついでに煙草のパイプとイグナイターもポーチに入れて腰に巻き付ける。

そして使い慣れたローブの袖に腕を通し、帽子を被り、鏡の前でくるりと回った。

「うん、完璧」

王都から迷宮都市までの旅を続けるうちにローブはすっかり自分に馴染《なじ》んだと思った。皮肉なものだ。魔術を習う学生であるとか、どこかの門派の魔術師であるといった「他人から魔術師として認められる立場」を捨て去った今の方が、魔術師らしい装いが似合っている。

少なくとも、冒険者ギルドなどで自分をひよっこ魔術師と思って侮ってくる人間もいない。むしろ一目置かれている感さえある。

「それじゃ、仕事といきますか」

私は、夢ではなく現実での一歩を踏み出した。

キズナの初陣

緑色の革鎧《よろい》を着た細身の男――ニックは、かじかむ手を温めるように息を吐いた。

「つくしょい」

その吐息は途中でくしゃみへと変わった。そして震える体を押さえつつ、自分の黒髪に張り付いた氷を手で払い落とす。だがそんな動作をしながらも、ニックは油断なく周囲への警戒を怠らずに歩いている。若者でありながら、そんな苦み走った所作の似合う男であった。

「ちょっと冷えてきたな……」

ニックがそうやって凍えているのも無理のないことだった。今、彼のいる洞窟の内部はほとんど氷に覆われているのだから。

彼の周囲に洞窟らしく柱がぶら下がっているが、それは鍾乳石《しょうにゅうせき》ではなく氷柱《つらら》だ。壁も天井も氷にびっしりと覆われ、まるで巨大な水晶を掘り抜いてその中を歩いているかのような、そんな神秘的な風景が広がっている。

この洞窟こそが迷宮、羅刹氷穴《らせつひょうけつ》であった。

外の季節が夏であろうが冬であろうがその内部は常に零度を下回る。触れば肌が貼り付き血しぶきが出るような恐ろしい氷が周囲を埋め尽くしているが、それだけではない。この極寒の環境に適応した恐ろしい魔物がうごめいていた。

もっとも、人間もまた魔術を駆使して環境に適応することができる。そうした適応する術を身につけたニックたちにとっては、十分に勝算のある迷宮探索だ。

「大丈夫カ？」

そうニックに尋ねたのは、竜人族の女だ。

二本の角に、燃えるような赤い髪。まさしく竜のように力が溢《あふ》れ出《で》る赤いウロコに覆われた両腕。高い背丈に豊かな体つき。そして人間の背丈ほどもある巨大な剣。強さと美しさを兼ね備えた佇《たたず》まいでありながら、目と言葉はどこまでも純朴な少女だ。

「いや、ちょっと寒気がしてな。カランは大丈夫か？」

「問題なイ」

カランは素直に頷《うなず》きつつ、ニックの頭についた粉雪のような氷を優しく払った。

「うおっと、大丈夫だって」

「でも襟首に落ちると冷たいゾ」

「大丈夫だって。それより早く終わらせてメシにしようぜ」

「ウン！」

カランが嬉《うれ》しそうに頷いた。

彼女の趣味であり冒険の目的、それは食事であった。食い意地の張った人間や美食趣味の人間など珍しくはないが、カランの場合は冒険で稼いだ金をほとんど美食に注ぎ込むという浪費ぶりであった。

「おや、ニックさん、《保温》の効力が切れてしまいましたか？」

そう言ったのは、長身でカソックを着た神官風の男だ。

「みたいだな。生身でこの寒さを感じるのは堪《こた》える」

「もう一度かけておきましょうか。他の皆さんも念のため」

「頼む、ゼム」

神官風の男――ゼムが聖典を開いて呪文を呟《つぶや》くと、温かな光がそこにいる五人を包んだ。

「ふう……あったけえ」

寒さが引いてきたのか、ニックがホッとした声を出した。

《保温》とは、人間の体温の低下や上昇を阻み、寒冷地や酷暑の場所でも活動できるようにする魔術だ。冒険においては地味だが、長時間の移動時やこのような場所では侮れない効果を発揮する。

これによってニックたちは羅刹氷穴《らせつひょうけつ》を何の問題もなく冒険することができた。

だが、ゼムを除く四人が感じたのは魔術による温《ぬく》もりばかりではない。ゼムの厳かな声に栗色《くりいろ》のきめ細やかな髪、高い背丈は、見るものを落ち着かせる雰囲気が滲《にじ》み出ていた。

「これが使えるとモテそうだな。実際どうなんだ？」

「はは、そうはいってもたかだか魔術。人肌の温もりには勝てません」

だがゼムはあくまで神官風であって、神官ではない。それが彼の特徴であり生き様だった。彼の趣味は、色街通いだ。酒場《キャバクラ》に足繁《あししげ》く出入りし、アフターを楽しむことなどしょっちゅうである。

「そういうの嫌味《いやみ》なく言えるのが凄《すご》いわよね……。あんたじゃないやつが言ったら殴られかねないわよ」

そんな呆《あき》れた声を出したのは、金髪の少女だった。

「ティアーナだって褒められた生活してねえだろ」

「わかってるわよ」

瀟洒《しょうしゃ》な紫色のローブに身を包む、いかにも魔術師といった風貌だ。黙っていればこの幽玄な風景に似合う神秘的な容貌をしている。

だがその中身は、この冒険者パーティー【サバイバーズ】において魔術を駆使してもっとも多くの魔物を倒す稼ぎ頭であり、同時に一番の浪費家でもあった。

「この冒険が終わったら竜神杯が始まるのよ、バンバン稼がないと」

「竜神杯って何ダ？」

カランが尋ねると、ティアーナがにやりと微笑《ほほえ》みつつ答えた。

「一年間のレース成績で勝利や実績を重ねた竜だけが出られるレースよ。ここで迷宮都市で一番速い竜を決めるといっても過言ではないわ」

ティアーナの浪費癖の原因、それは賭博であった。特に競竜――竜を走らせる賭博に執心しており、清楚《せいそ》な顔立ちからは想像もできない程の金銭を得たり失ったりしていた。

「つってもお前、競竜歴一年未満じゃないか」

ニックの呆れた声に、ティアーナはへこたれる様子もなく皮肉を投げ返す。

「あんたこそ詩人偏愛家《ドルオタ》歴一年未満のくせに随分とハマってるじゃない。次はどこのライブに行くのよ」

「週末は野外ステージを見にいく。推しはいないんだが新人吟遊詩人《アイドル》がいるからチェックしておきたくって。ただ来月にはアゲートちゃんの単独ライブが控えてるからそっちが本命なんだよな」

ニックもまた、人には言いにくい悪癖があった。

吟遊詩人《アイドル》の追っかけをやっているのだ。

「まったくおぬしらときたら遊ぶことばかりではないか。そろそろ最下層が近いのじゃから気を引き締めたらどうじゃ」

やれやれと肩をすくめるのは、銀髪の美少年であった。

小さな背丈ながらも腰に長剣をつけた少年剣士の佇まいをしているが、ひどく繊細な顔のつくりは女のようにも見える。

「キズナだって小遣いやったら散財したじゃねえか」

「あれは社会勉強であり未来への投資じゃ。浪費ではないぞ」

銀髪の美少年――キズナは、ふふんと胸を張って反論する。

「あら、何を買ったの？」

ティアーナの問いに答えたのはキズナではなくニックだった。

「本だよ。娯楽本から新聞からなんでもござれって感じだよ」

「本は心を豊かにするのじゃぞ。人には欠かせぬものじゃ」

「お前、人じゃなくて剣だろ」

「人であり剣なのじゃ！」

キズナが怒ったようにニックに言い返す。

このキズナの言葉は事実であった。

今でこそ人間の姿をして、人間のように振る舞っているが、正体は聖剣、絆の剣である。

【サバイバーズ】が迷宮で発見した古代の遺産だ。だがキズナ自身が発掘品として冒険者ギルドに納品され、どこかに飾られてしまうことを嫌がり、ごく普通の冒険者に身をやつしているのだった。

「でも読書家《ビブリオマニア》って読まずに積んだり、置き場所考えずに買ったりするから部屋が汚くなるのよねぇ」

ティアーナのどこか実感のこもった呟きに、キズナは明後日の方向を見つめた。

実際、ニックの部屋はキズナの荷物で圧迫されていた。その上、ニックの私物、主に吟遊詩人《アイドル》のグッズも増えている。日払いの宿であるため、これ以上荷物が増えるのは由々《ゆゆ》しき問題だった。

「……のう、ニックよ。もうちょっと広い宿に移動せぬか。あるいはアパートを借りても良いのではないか」

「敷金貯《た》めなきゃいけねえし、俺の身分だと保証人が要るし、もうちょっと待て」

「世知辛いのう……」

はぁ、とキズナが溜《た》め息《いき》をつく。

「そのためには仕事だ仕事。ここのボスを倒して金を稼いで……」

「また遊びにいくんじゃろ？」

おうともよ、とまではニックは言わなかった。

【サバイバーズ】はぎらついた笑みを浮かべて、この迷宮の最深部へと足を進めた。

『ふむ、アレが羅刹《らせつ》じゃな』

『油断するなよ』

【サバイバーズ】が、物陰からこの迷宮のボス、羅刹《らせつ》の姿を窺《うかが》う。

羅刹《らせつ》は【サバイバーズ】の面々が何度となく倒している敵だが、実は同一の個体ではない。瘴気《しょうき》が濃くなる度に魔物は新たな個体として生まれるのだ。

そのため今ここにいる羅刹《らせつ》には自分が倒された記憶などあるはずもなく、ただ一匹の魔物として羅刹氷穴《らせつひょうけつ》の最下層を守っている。新メンバーの腕試しにはもってこいだった。

「さあて！　それでは我が剣をとくとご覧《ろう》じるが良い！」

「あ、馬鹿！　せっかく《念信《テレパス》》で会話して音立てなかったのに……！」

「ぐるるるる……！」

キズナはニックの叱責を無視して羅刹《らせつ》の目の前に躍り出た。

迷いのない足取りだ。

「シャッ！」

羅刹《らせつ》の鋭い爪が襲いかかる。が、キズナはごく自然な動きで剣で受け止めた。

手に持っているのは何の変哲もない片手剣だ。キズナが人間体でいる間は本来の絆の剣は使えないためだ。それでも羅刹《らせつ》の爪の一撃を、剣先でぴたりと押《お》し止《とど》めていた。

「力任せの攻撃など我に通じるはずもなし」

「グウ……？」

力ではない。技量あってこそ成立している状態だ。

少年のような小さい体でありながらも老練な剣士のような立ち居振舞いは、羅刹《らせつ》に得体の知れない恐怖を与えていた。

「グァアアア！」

羅刹《らせつ》は後ろへ飛び、魔力を手に集中させた。氷属性の魔術を放とうとしている。ティアーナが得意とする《氷柱舞《つららまい》》とは違い、大きな氷塊を打ち出す《氷弾》という魔術だ。

「ちょやっ」

だがそれも、剣を振り払って軌道を逸《そ》らした。

「グアッ!?」

奥の手を難なく対処された羅刹《らせつ》が慌て始めた。

そして、及び腰になった相手の隙を見逃すキズナではなかった。

「とうっ……!」

一瞬の隙をついて懐に飛び込み、羅刹《らせつ》の首を狙う。

だが狙いがあからさま過ぎたためか、防御が間に合った。

鉄と爪が軋《きし》み合う。

「グッ……グオオオッ……?」

「《並列《パラレル》》」

そんな拮抗《きっこう》状態になった時点で、キズナの勝利であった。

羅刹《らせつ》は防御に成功したのではなく、防御させられたことに気付かなかっただろう。

突如現れたもう一人のキズナに後ろに回り込まれて剣を振り下ろされ、すみやかにその命を絶たれていたのだから。

「グアアアアーッ!!?」

羅刹《らせつ》の巨体が悲鳴と共に倒れ伏した。

「よし……どうじゃ？」

「反則だな、それ……」

ニックが呆れ気味に呟いた。これこそが《並列《パラレル》》の真骨頂だった。

使い手の情報を基にして人間体を創り出す。そしてそれは、一体のみに限定されない。

「今は最大五体くらいは出せるかの。悪くないぞ」

「つっても、今でも割と疲労感を感じるんだが」

「そりゃそうじゃ。ニックの体力や魔力を借りてるわけじゃからな。……《消去《デリート》》」

キズナがそう呟くと、羅刹《らせつ》にとどめを刺したキズナの分身体がすうっと消えた。

「すごいナ……。【一人飯】のフィフスみたいダ」

「ああ、そういえば噂《うわさ》で《多重存在《ドッペルゲンガー》》の使い手だって聞いたことがあるな」

【一人飯】のフィフスは、迷宮都市にいる数少ないS級の冒険者だ。

剣、魔法ともに使える万能型の戦士だが、彼の代名詞ともいうべき必殺技がある。それが《多重存在《ドッペルゲンガー》》だった。己の分身を創り出して、たった一人でありながら前衛と後衛、剣と魔術といった完璧な役割分担を持ったパーティーを編成できるという凄《すさ》まじい技能だ。

ついでに言えば、カランが目標とする冒険者でもある。孤高を貫きながらS級として冒険する姿、そしてたった一人でも気にせず食堂やレストランへと入って食道楽に邁進《まいしん》する姿に、カランは感銘を受けていた。

「《多重存在《ドッペルゲンガー》》を使える者がいるのか……相当な使い手じゃな」

「ん？　《並列《パラレル》》よりも強いのか？」

「どういう状況で使うかにもよるのう。《多重存在《ドッペルゲンガー》》は内面宇宙に存在する様々な「自己」を外界に顕現させる魔術であり、我の《並列《パラレル》》のような攻撃手段とは性質が異なる。だがその分、応用の幅は恐ろしく広い。何より魔力消費の少なさや継続時間は《多重存在《ドッペルゲンガー》》の方が上じゃな。数時間は分身したまま行動した者もおったくらいじゃ」

「へえ……あのフィフスはどうなんだろうな。カランは知ってるか？」

「多分、半日以上は持つと思ウ。こないだお一人様一個限定のチーズケーキの列に、五人に分身して並んで怒られてタ」

「ゆ、夢が壊れる光景だな。あのおっさんS級冒険者だろ……？」

眉をひそめるニックに、カランが首をひねる。

「そうカ？　みんな爆笑してたゾ。フィフスの食道楽は有名だしナ」

「意外に面白キャラなんだな、【一人飯】のフィフスって」

「まあ、《多重存在《ドッペルゲンガー》》の使い手ほどではなくとも我は役に立つであろう？」

キズナがふふんと自慢げに胸を張る。

「いや、皮肉抜きに凄《すげ》えよ。その《並列《パラレル》》もだが、剣技も凄いじゃねえか。中堅どころより上だぞ。お前どこで覚えたんだよ」

「基礎的な剣技は開発段階でインストールされたからのう」

「いんすとーる？」

耳慣れない言葉にニックが首をひねった。

ティアーナやゼムもわからないようで、首を横に振っている。

「つまり、以前我を持ったことのある剣士の技量を取り込んだのじゃ」

「やっぱずるじゃねえか！」

「だからずるじゃないわい！　まったく口の悪い男じゃのう」

キズナが両手を振り上げて抗議するのを見て、ニックがやれやれと肩をすくめた。

「へいへい、冗談だよ。ともかく、頼りになることは間違いない。前衛がオレ、カラン、キズナでお互いにカバーすれば事故も減る。前衛の攻撃力が上がれば、後衛が魔術を使う回数も減らせる。かなりバランスが良くなってきたな」

「じゃあ、もっと上の階級の迷宮も目指せるのかしら？」

ティアーナの期待のこもった問いに、ニックは嬉しそうに頷いた。

「ああ、余裕だと思うぜ」

「ふふん、それに一番の必殺技もあるしのう？」

キズナが自慢げに笑う。

だが、ニックが苦み走った顔で言った。

「《合体《ユニオン》》はそう簡単には使わねーぞ」

「な、なんでじゃ!?」

「一度使えばブッ倒れるような有様だぞ、迂闊《うかつ》に使えるか。それになぁ……！」

「な、なんじゃ……？」

「成功率が低いんだよ！　《合体《ユニオン》》が失敗すると微妙に気まずいんだからな！」

実は【サバイバーズ】の面々は、既に《合体《ユニオン》》を何度か試していた。

だが一度は成功したカランとの《合体《ユニオン》》でさえも完璧ではなく、三回に一回程度の成功率だ。ティアーナやゼムとの《合体《ユニオン》》など、まだ一度も成功していなかった。

「そ、そうじゃろうけど！　もう少し練習すればできるようになるはずじゃ！　大丈夫、我が保証する！」

「まあ良いんだけどな。奥の手があるってだけで価値はあるし」

「そうじゃろう、そうじゃろう？」

「これなら上位の冒険者になることだって夢じゃないな。キズナ、ありがとよ」

「な、なんじゃい、普段からそう素直にしておれば良いものを」

キズナが赤面してそっぽを向く。

カランがキズナの背中を叩《たた》いた。

何故《なぜ》かそれに続いて、ゼムもティアーナもニックも続いた。

「何か言うのじゃ！　無言でやられると意味がわからんのじゃ！」

「頼りにしてるって意味だよ」

そしてまた【サバイバーズ】は、冒険者ギルド『フィッシャーメン』へと戻った。

いつものように素材を換金すると、周囲の同業者から「おう、今日も大漁だな！」「お前らたまには飲んでけよ！」などと冷やかされる。うるせえうるせえ、お前らこそ飲んでばっかいないで冒険に行ってこいとニックが言い返して、ようやく冒険者ギルドの人混みを抜け出した。

「んじゃ、解散だな」

「え、これで終わりじゃと!?」

ニックの言葉に、キズナだけがひどく驚いた。

「そうだが」

「てっきり、他の店にしけこんで美味《うま》いものでも食べるのかと思ったが……。他の冒険者どももそうしておるじゃろ?」

「他の冒険者は関係ない。全員の趣味に口出ししないのがここのルールだ」

「そ、そうじゃけどぉ……ちょっとくらい遊びにいかぬか?」

「うーん……」

ニックとしては、あまりルールは曲げたくない。

とはいえニック自身、「プライベートに干渉しない」というルールを徹底するのは若干無理があることに気付いていた。冒険の最中では数日間行動を共にすることも珍しくないのだ。とはいえ、守るべき一線もある。

「別にずっと一緒にいろと言うておるわけではないわ。だが我はこのあたりの地理は不案内じゃし、それに『おつかれっしたー』だけで解散は寂しいであろー? コンビニ工場のバイトじゃないんじゃぞ」

「なんだよ、そのコンビニ工場のバイトって。お前たまに変な古代文明語使うよな」

「ともかく! 毎回とは言わんがたまには宴会とか打ち上げとかしたいのじゃ! 冒険者の浪漫《ろまん》であろうぞ!」

「まだ日も高いし酒を出す店はあんまり開いてねえよ。レストランや軽食の店ならやってるだろうけど……」

「それで良いわい。だいたい痛飲する奴《やつ》もおらんじゃろ……おらんよな？」

キズナはそう言って、全員の顔を見る。

「僕は酒が好きというよりも両隣に女性をはべらせてお酌してもらうのが好きなので」

「ゼムはブレないな……ティアーナは？」

「甘い物か煙草《たばこ》のどっちかがあるなら行くわよ」

「甘い物はともかく煙草はねえな……てか、お前煙草吸うのか」

「ま、人前じゃあんまり吸わないけどね。どうする？」

「うーん……それじゃ、行ってみるか」

そんな流れで、【サバイバーズ】を結成して初めて、打ち上げらしい打ち上げをすることとなった。


ニックが『フィッシャーメン』の近くの酒場通りを抜けて歩いていく。

人通りはまばらだ。街が本格的に動き出すのは日が落ちてからで、今の時間に出歩いているのは早めに冒険を終えた冒険者や夜仕事の人間が暇を潰している程度のものだった。

「このへん呼び込みしてるところはハズレだから期待すんなよ。まあ、あからさまなぼったくりもないが」

「ウン」

「飯はなんでも良いぞ。ああ、ただし大麦や雑穀の粥《かゆ》は嫌いじゃや。パンか炊いた米が良い。塩っ気の強すぎる魚も避けけよ」

「なんでも良くねえじゃねえかよ……まあレストランに入れば何か好みの料理はあるだろ」

少し静かになったあたりの店を指さした。

「ここでどうだ？」

「あら、洒落《しゃれ》てるじゃない」

ティアーナが軽く驚いた声を上げた。

煉瓦《れんが》造りの建物の入り口に、ガラスの燭台《しょくだい》が暖かみのある光を放っている。扉に掛けられた黒板には、今日のメニューがイラストと共に軽妙な筆遣いで描かれていた。

「そうだな。だって……」

だってこの喫茶店「フロマージュ」は、クロディーヌとのデートに使った店だからだ。

「あー……嫌なこと思い出しちまった」

元カノ……もとい、美人局《つつもたせ》のクロディーヌの顔がニックの脳裏を過《よぎ》った。振り返って思い出してみれば、あんな悪どい女に貢いでいたという過去があまりにも恥ずかしくて死にたくなる。今ではゆるふわルックのブロンドの女を見るだけで軽くイラッとする有様だった。

「どうしました、ニックさん？」

「あ、いや……」

ゼムの心配げな声を他所《よそ》に、キズナがさっさと動き出した。

「腹が減ったのじゃ。そなたら、さっさと入るぞ」

キズナが扉を開くと、据え付けられたベルがからんからんと控えめな音を立てる。

「いらっしゃいませ」

「あー、五人だ」

ランチタイムのラッシュが丁度良く終わって人がはけてきたところらしく、待つこともなくテーブルに通された。

「まず飲み物は全員頼むとして……昼飯はどうする？」

「あ、僕はサンドイッチのセットで。店員さんって男の人だけですか？　女の人はいない。あ、そうですか」

「ゼム、いきなりナンパできるかどうかを見定めないでくれ」

「オムライスじゃ！　我はオムライスを所望するぞ！」

「太刀魚《たちうお》のポワレ、柚《ゆず》ソースがけ。付け合わせはクスクスが良イ」

「お前ら同時に言うなよ、店も困るだろ。あ、すみません、店員さんうるさくして。飲み物は全員ぶどう酒で良いか？　お冷やも頼むから適当に自分で選べよ。で、ゼムがサンドイッチ、キズナがオムライス、カランが、ええと、タチウオ？」

「ウン」

店員にぺこぺこと頭を下げつつ、注文をとりまとめる。

タイミングが良かったのか、さほど待つこともなく料理とぶどう酒の入った杯が並べられた。

「それじゃーお疲れさん」

「「「かんぱーい」」」

ニックがけだるそうに杯を掲げると、それにみんなが続く。

料理も美味い。

会話も弾んだ。

「それでね、こないだのレースといったら凄くってさぁ。先頭の竜が後ろからきたファイアブレスに炙《あぶ》られて、当然食らった方は怒って反撃して、あたり一面火の海になったのよ」

「なあティアーナ。それ、普通に客とか死なないか？」

「馬鹿ねぇニック。それが醍醐味《だいごみ》なのよ」

「すまんが意味がわかんねえ」

「ウソよ。ちゃんと結界や壁があるからそうそう死なないわ」

「たまに誰か死ぬって解釈で良いのかそれは」

などと、趣味の話をしたり。

「今一番輝いてる吟遊詩人《アイドル》はシトリンだな。歌って踊れて、何よりトークがバッグンに上手《うま》くてカリスマ性がある。最推しはアゲートちゃんだからちょっと悔しくってなぁ。向こうの親衛隊の規律の良さも認めざるを得ないんだよ。ああ、それと最近知り合ったウィリーって奴に、魔色灯舞踊《サイリウムダンス》ってのを教わってな」

「あなた、吟遊詩人《アイドル》のこととなると途端に早口になるわよね」

「オーガをぶん殴ってるときより目がヤバいゾ」

「まあ全員そうですけどね」

などと、趣味の話をしたり。

「最近、公園の屋台で売ってるサンドイッチが人気ダ。八本脚のフライとタマネギのフライ、レタスを挟んで、香辛料とソースをこれでもかってぶっかけて食べるんだけどすごく美味《おい》しイ。一番美味いのは植物園の入り口近くでおばちゃんが一人でやってる屋台だナ」

「カランの話が一番役に立つな」

「えらいわカラン」

「僕も勉強になりますよ。今度行ってみます」

「そ、そうかナ？　えへへ……」

などと、趣味の話をしたり。

「それで僕はですねぇ……」

「なあ、ゼム」

「はい」

「女の子がいる場所ではやめよう」

「はい」

「二人のときにでも聞くから」

「あ、それじゃあニックさん一緒に行きます？　店の子に冒険の話をしたらパーティーの誰か連れてきて欲しいって言われちゃいましてね」

「待て、オレを引きずり込まないでくれ」

「でもいきなり酒場《キャバクラ》や酒場《ガールズバー》は刺激が強いかもしれませんね。しっとりとした酒場《スナック》の方が良いかなぁ……。あ、それともいきなり酒場《クラブ》とか酒場《ショーパブ》とか行っちゃいますか？」

「ごめん全然違いがわかんねえ」

などと趣味の話をしたり、会話に大いに花を咲かせていた。

時折感じる店員の視線が若干いぶかしげになった気がしたが、ニックは気にしないことにした。嫌な思い出が薄れて今の仲間との馬鹿な話で上書きされていくならば、大した問題ではなかった。

生活改善計画

キズナの初陣を終え、これで何の問題もなく冒険者稼業を続けられると意気込んでいた【サバイバーズ】であったが、いきなり問題が発生した。

「あのさぁ」

部屋のベッドに勝手に腰掛けたティアーナが、ニックをうろんげな目で見つめながら尋ねた。

「なんだよ」

「私ね、あんたは冒険者として見ると、かなりしっかりしてる方だとは思うのよ」

「うん……？」

とても人を褒める表情ではないティアーナから褒められたことに、ニックは困惑する。

「でもね」

「お、おう」

「ここ、狭い」

「あー……」

問題とは、打ち合わせができる場所が少ないことだった。

全員、アパートに住んでいるか日払いの宿に住んでいるかで、拠点となるような住宅に住んでいるメンバーがいない。だが流石《さすが》に金庫を開けて帳簿と突き合わせるとなると、冒険者ギルドなどの人目につくところではできない。やむを得ずニックの宿に集まることになった。

ニックの寝泊まりしている宿は、「サウスゲート」という迷宮都市の南部にある宿場通りにあった。日雇い労働者や冒険者など少々気性の荒い人間が多く治安が良いとまではいかないが、あからさまなアウトロー側の人間も出入りしないためにこの宿場通りを愛用する人間も多い。

迷宮都市において重労働を真面目にこなし金を貯《た》めたいならばここを宿として選ぶべき、という場所だった。

そんな宿場を拠点とするニックは、働き方こそ真面目な方だが、私生活においては奔放だ。より正確に言うならば、ここ一ヶ月ほどで随分と奔放になってしまった。部屋にはニックの集めた吟遊詩人《アイドル》グッズやキズナが買い込んだ本や雑誌が積み重なっている。頑張って整理しようとしたのか、半纏《はんてん》はたたまれ、本もきっちり並んだ状態になっており、ゴミなども落ちてはいない。

だがそれでも、膝を突き合わせなければいけないほどに狭い状態ではあまり意味をなしていなかった。

「……もうちょっと広い場所でやりたいんだけど？」

「い、いや、オレだってそうしたいが場所がねえんだよ」

ティアーナの呆《あき》れた言葉に、ニックは目をそらした。

「普通の冒険者はどうしてるの？」

「大体はリーダーの家とかに集まってやってるんじゃないか？」

「んで、あんたもそれにならってるってわけ？」

「ま、ご覧の通りだがな。少しくらい我慢してくれ」

ニックが手を広げ、狭い部屋を自慢するように見せつける。

「開き直らないでよ、もう……」

「じゃあ前みたいにティアーナの部屋に集まっても構わねえぞ」

「ち、散らかってるし今はちょっと……。明日、いや、明後日くらいにはなんとかするから」

今度はティアーナが目をそらす番だった。

「いや冗談だよ。そう何度も押しかけるつもりはねえって。……しかし、ギルドの個室とか会議室とか借りりられりゃ良かったんだが」

「難しいの？」

「今のランクじゃ無理だ。D級くらいになったらギルドからの待遇も良くなるんだがなぁ……だから今はここで我慢してくれ」

ニックの言葉に、ゼムが苦笑気味に反応した。

「まあ、ないものねだりしても仕方ありません。とりあえず今回はニックさんの部屋を使わせてもらいつつ、並行して別の方法も模索していけば良いじゃないですか」

「そうだなぁ……」

ゼムの言葉に、ニックが悩ましげに同意する。

「ここも一日千五百ディナの安宿だからな。もうちょっと金が貯まったら日払いの宿じゃなくてティアーナみたいにアパートを借りるのも検討しないとな」

「うわっ」

「うわってなんだよ、うわって」

あからさまに引いているティアーナに、ニックが不満げに言葉を返す。

「だって……いくら部屋が狭いって言ったって、それは安すぎない？」

「確かに狭いが便利だぞ。魔道具なんかはないが井戸水はタダだし。つーかお前らこそどうなんだよ？」

ニックが残る仲間に視線を送る。

そこで言葉を返したのはゼムだった。

「僕のところは一日二千ディナですね。とはいえ酒場《キャバクラ》でそのまま寝てしまったり、逢引宿《ラブホ》に泊まることも多いのですが」

「そ、そうか、凄《すご》いな」

「お、お金大丈夫なの？」

ニックとティアーナがドン引きしながら言葉を返すが、ゼムは不機嫌になることも傷つくこともなく、むしろ自慢げに話を続けた。

「時間制ではないですし、常連になると色々と融通きかせてくれる店も多いんですよ。男の店員と朝ご飯一緒に食べにいったりしますし」

「へ、へえ……」

「でも朝ご飯を一緒に食べていて、『お前、こんな生活続けてるとヤバいぞ』、『辛《つら》いことでもあったのか』と懇々と慰められたときはちょっと心苦しくなりましたね」

「オレもここで何て言ったら良いかわからねえよ……」

ニックはドン引きが一周回って尊敬になりつつある視線を投げる。

だがニックは話を掘り下げまいと、残る仲間の方を見た。

「ワタシは五百ディナだ」

「「「なんだそれ!?」」」

カランの自慢げな言葉に、ニック、ティアーナ、ゼム三人が驚きの声を上げた。

五百ディナという金額は相場からして安すぎるのだ。

「か、カラン！　そりゃおかしいだろう!?」

「や、安くて良いゾ……？」

ニックの大声に、カランが戸惑いながらも反論する。

「いやいや、安いったって限度があるだろ、それこそコーヒー二杯飲んでおしまいって金額じゃねえか……。ちなみに場所はどこだ？」

「イーストブランチ」

「あそこか……」

ニックが苦々しい声を出すと、ティアーナが質問した。

「どこ、イーストブランチって？」

「あのへんは荷馬車の待機所とか魔物の侵入を防ぐための街の外壁がすぐ近くてな。そこで働く人間のための宿場……だった」

「だった？」

「外壁が完成して仕事が減ったり、荷馬車の待機所が移動したせいで働き口が全然なくなって、今じゃすっかりスラム街になっちまった」

「あー、やっぱりそういう場所ってあるのねぇ」

ティアーナが溜《た》め息《いき》をつく。

「冒険者くずれのおっさんとか、借金取りに追われてるおっさんとか、怪しいハーブ売ってるおっさんとか、怪しいハーブキメてるおっさんがたくさんいる。盗賊とか裏稼業の人間はもっと危ないスラム街にいるんだが、それでも危ないことには変わりねえ」

「そういえば昼間から裸で踊ってるおっさんいたゾ」

カランがあっけらかんとした調子で言うものだから、三人は血相を変えた。

「今すぐ引っ越しなさい馬鹿！」

「やめとけやめとけ、お前みたいな若い娘が住むところじゃねえ！　せめてこのあたりに宿を取れ！」

「カランさん、僕が言えた義理ではないですが、もう少し身の安全に気をつけた方が……」

まくしたてられたカランは肩身を狭そうにしつつも反論する。

「だ、だって安くて便利ダ！　それにおっさんとかだいたいワタシより弱いし！」

「そういう問題じゃねえよ！」

「ぷ、プライバシーに干渉しないルールだロ！」

「そりゃそうだが、安全な場所で寝泊まりするくらいは口挟まさせてくれ……って言いたいんだが、判断が分かれる問題だな。ここは多数決で決めよう。カランの住環境改善に賛成の奴《やつ》、挙手」

「賛成よ」

「僕も賛成ですね」

「ずっ、ズルいゾ!?」

四人がわーわーきゃーきゃーと騒ぐ横で、キズナがやれやれと肩をすくめていた。

「まったく、いつもいつも騒がしいのう。だいたい我だってニックと同じ部屋にいるのだから、二人で割れば千ディナ以下ではないか」

キズナが呆れたように呟《つぶや》く。

「キズナは剣に戻ってもらえばスペース確保できるじゃない」

「む、そうやって一人頭として扱わぬのは差別じゃぞ」

ティアーナの言葉に、キズナが不満そうな顔をした。

「はいはい、ごめんなさい」

「うむ、それで良い」

キズナは納得したように頷《うなず》くと、ニックが仕切り直すように声を上げた。

「ともかく！　カランは引っ越しをしてくれ」

「えー……」

「そもそも、パーティーの金庫を預けてるんだぞ。防犯は考えてるのか？」

「金庫はちゃんと抱いて寝ル」

「……それこそ宝物庫を守る竜だな」

「竜の宝に手を出すなというわけですね」

ニックとゼムがしみじみと呟いた。

野生の竜は時々、金や宝石など光り輝く鉱石を集めて自分の巣に保管していることがある。竜は魔物ではなく、竜の巣もまた迷宮ではないため巣の探索は推奨されていない。それどころか罰さえ受ける恐れもあるが、それでも時折愚かな冒険者が竜の巣に潜り込んで宝物を探そうとして食われることがあった。竜の宝に手を出すなという教訓があるほどだ。

「けど、抱いて眠るなんていってもそれで守れるのはパーティーの金庫だけだろう。お前自身の金とか私物とか含めてちゃんと保管できるとこの方が良いんじゃないか？」

「う……」

カランが言葉に詰まった。

とうとうカランは白旗を上げたのだった。

つまるところカランが安宿に固執した理由は、ドレスコードのあるレストランに入るために良い服を買う資金を貯めたい……という乙女心に見せかけた食い気百パーセントの理由だった。

だがニックたちが言葉に詰まったカランに「良い服を買っても、安宿に置いておいたら盗まれる」、「盗まれなくても服が虫に食われるかもしれないぞ」と畳み掛け、引っ越しに乗り気にさせることに成功した。

そしてカランの気が変わらないうちに消耗品の棚卸しや帳簿の確認などを駆け足で済ませ、カランの引っ越しを即日実行したのだった。

「はぁ……はぁ……それでは僕らはこれで失礼します」

「疲れた……カラン、あんまり危ないところに行かないようにね」

ゼムとティアーナも、流石に超特急の引っ越しには疲れたようで息が上がっていた。

息も落ち着かない間に、二人とも去っていった。

ちなみに、引越し先はニックと同じ宿だ。

結局それが一番手っ取り早く、カランも素直に同意したためだ。

「二人とも心配性だナ」

ぷう、と頰《ほお》を膨らませるようにカランは不満を漏らす。

「手伝ってくれたんだしそう言うな。ともかくイーストブランチはもう使うなよ」

「良いけど……ここ、酔っ払いがいないナ」

不思議そうにカランが尋ねる。

「そりゃいねえよ……いやたまにいるけど、そういうのは宿の主人か他の客に蹴り飛ばされる。他にも井戸水を使う順番とか夜中にうるさくしねえとかルールはあるが、そんなに難しくはない」

「わかっタ」

「それとさっきも言ったが、一日の宿代は千五百ディナだ」

「ウーン……」

カランはまだ釈然としていないのか、曖昧に頷いた。

「それなりに儲《もう》けたんだからそれくらいガマンしてくれ。それとキズナ」

「なんじゃ？」

「人間の体でいるのが負担でないならできるだけ維持しといてくれ。消えたり現れたりしたら変に思われる。ギルドの連中に怪しまれたくない」

「しょうがないのう」

ニックが泊まる宿は、木造の年季の入った建物だった。入り口の看板のペンキははげている。だが、カランが寝床にしていた場所よりは断然良い環境だ。

「ここは質の割にかなり安い。ただ、三日以上の連泊だけ受け付けてるから注意しろよ」

「ム……それじゃあ冒険する日と被ったらどうするんダ？」

「キャンセル料二割で返金してくれる」

「うーん……もったいないなイ」

「スケジュールはちゃんと考える。それに荷物を置いといても盗難は少ない。魔道具の鍵がついた箱が置いてあるからな」

「……あ、それは便利だナ」

「それにここを利用する奴はほとんど中堅の冒険者だから、あからさまに泥棒目的の奴はそう簡単には入ってこられない。逆に叩《たた》きのめされるからな。下手に高級な宿よりも安心だぞ。どうだ？」

「べ、別に嫌だとは言ってなイ」

カランが自分の表情を隠すようにぷいっとそっぽを向いた。

だが決して不機嫌になったわけではないようで、ほんのりとリズムを刻むように尻尾の先端が揺れている。ニックは微笑《ほほえ》ましさを覚えて、カランに言葉をかけた。

「じゃ、ここで決まりだな。それとカラン、夕方にオレの部屋に来い」

「ウン！　……え？」

そのニックの言葉にカランは頷き、今度は火を吹きそうなほどに顔を赤らめた。

その日の夕方。

カランは言われたことに従い、大人しくニックの部屋に来た。

「うん、そうだ。上手《うま》いぞ」

「こ、こう……カ……？」

「飲み込みが早いじゃねえか……。じゃあ、次はこれだ」

「こ、こんなに大きいの……無理ダ……」

「良いからやってみろ」

「ああッ……」

カランの口から悩ましげな溜め息が漏れた。

「も、もうだめダ……ニックぅ……」

「やれやれ、仕方ねえな。オレに任せろ……」

「う、ウン……」

「二桁の計算と同じだ。良いか。まず、九千八百ディナの剣を五振り買いました。『まとめ買いの場合、五％の割引が発生する』って書いてあるけど、一つ一つ順番に解いていけば問題ない。まずは合計の金額をちゃんと計算するんだ」

ニックとカランは、至極真面目に、算数の問題を解いていた。本屋で買った入門書を開き、カランが茹《ゆ》だってしまいそうな頭を抱えながらペンを走らせている。

「なんじゃぃ真面目に勉強なんぞしくさって。つまらんつまらん」

そして、それを眺めていたキズナがぶーぶーと文句を垂れた。

「うるせーな、ずるで計算できる奴は黙ってろ」

「そうダ、ずるいゾ」

「ずるじゃないわい！　我の演算機能は生来のものじゃ！　だいたい、計算なんぞできなくとも生きていけるじゃろうが。我を頼れば良いのじゃ」

キズナはえっへんとない胸を張るが、カランはつんとした顔をして腕を組む。

「信用できなイ」

「ほわっ!?　な、なんでじゃ!?」

「別にお前だけ信用してないわけじゃなイ。でも、難しいからって誰かに任せきりにしたら、いつかまた痛い目を見ル」

「……あー、そういう意味か。びっくりしたわい」

「だからニックにどうしたら騙《だま》されないか聞いたんダ。……そうしたら」

カランはニックをちらりと見る。

「カランは計算が苦手だったからな、時間のあるときにきっちり教えようと思ったわけだ。このへんの基礎ができないと帳簿付けもできないし、商人と取引するにしても良いようにやられちまうからな」

「……いきなり部屋に呼び出されるとは思ってなかったけド」

カランがほんのり顔を赤くして愚痴る。

「あ、もしかしてなんか予定とかあったか？」

「べ、別にそうじゃなイ！」

「ん？　ああ、なんかすまん」

ニックはカランの動揺にも気付かずに、なおざりに謝る。

それを見たキズナが、ふぁーあとつまらなそうにあくびをした。

「マメじゃのー。そんなに算数が大事かの？」

「大事だ。パーティーメンバー全員があまりにもバカすぎるとランク昇級の審査で引っかかる」

「……なんでじゃ？」

「まず一つは、一人くらい書類仕事できる奴がいなきゃパーティー自体を維持できないからな」

「まあ腕自慢だけでは確かに困るじゃろな」

「ああ。学がないけど強い奴は盗賊とかにスカウトされやすいからな。あるいは騙されて知らず知らずのうちに仲間にされてるとか。そういうのを水際で止めたいから勉強させて騙されないようにしたいんだとよ」

冒険者ギルドは学がない人間でも、あるいは身元が定かでない人間でも受け入れてくれる。それは荒っぽいを超えて命さえも保証されない仕事が多いため、学があり身元が定かな人間は冒険者になることを敬遠するからだ。

だが、そうした力を持て余した人間が集まって良からぬことを考えられては困ると、迷宮都市の権力者や冒険者ギルドの上層部は考えたらしい。例えば、迷宮を攻略するよりも集団でどこかの商店や倉庫を襲うとか、非合法なギルドを作って強盗や密売を手がけるとか。

あるいは引退した元冒険者が、冒険者以外の仕事ができずにアウトローに取り込まれるケースも少なくない。特に怪我《けが》を負ったが故の引退者はその傾向が顕著だ。

そこで冒険者ギルドは暴力の得意な人間がそうした事態に陥る前に、それなりの社会性や規範、そして社会に通じるスキルを教え込む……というもう一つの目的が生まれたのだった。

「じゃが、ギルドはそういう基礎教養を教えてたりするのか？　見たことがないんじゃが」

「一応やってるぞ。日曜あたりに文字を教えたり算数を教えたり、初等学校で教えるような授業を格安でやってる。俺は行ったことねえが」

「……タダじゃないんじゃな」

「昔はタダだったみたいなんだが、今はギルドの幹部が文句付けて有料になっちまったんだよ。だからあんまり流行《はや》ってないみてえなんだよな……。それに、そういうのに顔を出すのは男らしくねえとか何とか言う昔気質《むかしかたぎ》の奴も多いし、『ちょっとは知恵を付けろ』って冒険者ギルドの方針に冒険者が賛同してるかっていうと微妙なところだ」

ニックがやれやれと溜め息をつく。

「じゃが、おぬしは賛同しとるようじゃな」

「そうだな。冒険者ギルドのことを抜きにしても、計算が苦手な冒険者を狙って騙そうとする野郎がいるんだよ。冒険者は身寄りがなかったり、学校のない田舎から出てきたり、ちゃんと勉強する機会のなかった連中がどうしても多いからな。オレもガキの頃はよく騙されたから、ちゃんと覚えねえと死活問題だった」

「悪どい連中もいるもんじゃのう」

「お前含めて全員悪どい連中に騙されたクチだろうが」

「そういう心をえぐる物言いはやめてくれまいか」

「オレも言ってて悲しくなってきた」

キズナの言葉に、ニックもキズナも頭が痛そうに溜め息をつく。

「ともかく、計算ができるのは大事なことなんだよ」

「うむ。あいわかった。……じゃがそれはそれとして」

「なんだ？」

「どこか遊びにいきたいぞ。連れてゆくが良い」

「それが本音か」

呆れたニックに、キズナは悪びれもしないどころか大仰な悪態をつく。

「そうじゃそうじゃ。どうせ今日も明日もヒマじゃろうが。冒険にも行かないんじゃろ？　リーダーならばもう少し福利厚生というものを堪能しても良いじゃろう」

「まあ雨降りそうだし二、三日は休みだな。お前を迷宮から引き上げるっつー重労働が終わったばつかりだし」

「パーティーの財布はスッカラカンにしても、自分の生活費くらいは確保しておろうが。ならばちょっとくらい外に繰り出そうとは思わぬのか。流石に持ち帰りの粥《かゆ》やパンばかりでは飽きたのじゃ！」

ニックはその言葉に、確かにそうだと思うところがあった。ニックは報酬が入って思う存分詩人偏愛家《ドルオタ》活動をして散財した分、今は節制しがちだった。

だがそれを同居人のキズナに強いるのもリーダーとして良い振る舞いではないと思い、キズナの提案を呑《の》むことにした。

「それも悪くないか……。カラン、そろそろ休憩しないか？」

「ウン！」

カランの目が輝いた。流石にカランにも疲れが溜《た》まっていたらしい。

「よし。じゃあ出かけるとするか」


ニックはどこで食事をするか迷ったが、カランが喫茶店「フロマージュ」を希望して前回と同じようにテーブル席に通された。

「てっきり他の店に行きたがるかと思ったが」

「まだ食べてないメニューも多いからナ」

「制覇するつもりかよ」

「前は魚だったから、今回は肉を食べたイ。魚の焼き加減は難しくて、下手な店はパサパサで美味《おい》しくないんダ。でもここはしっとりしててソースもぴったりだっタ。焼き物の技術はかなり高い方だから肉も美味《うま》いと思うんダ」

「お前も舌が肥えたなぁ……」

「相変わらず食道楽じゃのう」

ニックとキズナの賛辞と皮肉の中間のような言葉に、カランは嬉《うれ》しそうに頷いた。

「じゃ、カランお薦めの魚食べてみるかな。昨日カランが食べてたの美味しそうだったし。キズナはどうする？」

「ふわとろオムライスじゃ」

「お前もオムライスが好きだな」

「今回はチーズ付きで頼む」

「わかったわかった、店員さーん！」

ニックが店員を呼び、手早く料理を頼む。

さほど仕込みの必要な料理ではなかったためか、あまり待つこともなく料理がテーブルに並べられる。

ニックは薦められたタチウオという魚料理を、静かに口に入れた。

「どうだ、美味い……カ？」

ニックが一口食べたあたりで、カランが妙に不安そうに尋ねた。

「いや、なんでお前がおっかなびっくりなんだよ」

「だ、だって、人に料理薦めるの……初めてダ」

「ああ、美味いよ。お前の舌は確かだな」

口当たりは確かに肉料理ほどのインパクトは感じなかったが、繊細な口当たりで魚の味わいが口の中に広がる。香りも良い。

【サバイバーズ】を結成する前に来たときは、目の前にいる人間を喜ばせようと上滑りしていて、こうして料理を味わう余裕もなかったとニックは自嘲する。

だから今は、ちゃんと料理を楽しもう。ニックはそう思って料理を食べ進めた。

カランはそんな複雑なニックの心理など気付かず、ニックの褒め言葉ににっかりと笑った。

「そうだゾ。ワタシはグルメだからナ！」

「まったく、食費のかかる奴め」

カランのにこやかな笑みが、ニックのもやもやとした気持ちを晴らしていった。

丁度そんなとき、後ろのテーブルに一組の男女が座った。

ニックは礼儀として声をひそめ、他の面子も声のトーンを下げる。

雑談を控えて料理を食べ、和やかな時間を過ごす。

それで今日は無事に終わり。そのはずだった。

後ろから聞こえる会話を耳にするまでは。

「それで……僕からの誕生日プレゼント、受け取って欲しいんだ」

「うれっしー！　覚えててくれたんだ！」

ニックはどこか聞き覚えのある声を耳にして、ついうっかり後ろのテーブルを見てしまった。

そこでは、男女二人が談笑していた。男の方は少年といっても良い年頃だ。穏やかな顔立ちで、人畜無害といった風情だ。育ちの良さが滲《にじ》み出《で》ている。

だがそこはニックにとってどうでもよかった。

問題は、女の方だ。

ふわりとしたブロンドの髪、虎柄の軽装備、見た目だけ柔和な表情は悪夢のようにニックの脳裏にこびりついていた。

「あいつ……クロディーヌじゃねえか……」

確かにそこには、ニックから金を巻き上げた少女、クロディーヌがいた。

少年からもらったリボン付きの化粧箱を開け、喜色満面の笑みを浮かべていた。

「きゃー、うれしー！　これ欲しかったんだぁ！」

「喜んでくれて嬉しいよ、クロディーヌ……！」

化粧箱から取り出したネックレスを、クロディーヌは喜悦の表情で眺めた。

愛撫《あいぶ》するように優しく宝石をひと撫《な》でし、また大事に化粧箱に入れて懐にしまう。

「つ、付けてくれないのかい？」

「だってもったいないもの。こんな綺麗《きれい》なもの……大事にとっておかなきゃ」

「そ、それもそうだね！」

「でも……ごめんね、今日は大事なことを伝えにきたの」

視線を落とし、声を低くし、とてもとても悲しそうな言葉をクロディーヌが絞り出す。

「な、なんだい、突然……？」

「わたし、故郷に戻らなきゃいけないの」

「ええっ!?」

少年が血相を変えて声を上げた。

「ママが危篤で、すぐに戻ってこいって……。もう長くないみたいで」

「大変じゃないか！」

少年の慌てる姿を見たクロディーヌは嗚咽《おえつ》し、切々と話を続けた。

「でも、凄く遠くて……乗り合い馬車で一ヶ月くらいかかるの。お金も大変で……。でも迷宮都市で冒険者になることを認めてくれたママには、どうしても恩返しがしたいの。こんなの辛すぎて辛すぎて……心がばらばらになりそうよ……！」

「ぼくにまかせ……んん？」

会話を聞いていて、なんかもう、ニックは駄目だった。義憤を我慢できなかった。気付けばニックは、純朴そうな少年の隣にどかりと座っていた。

「げっ、ニック……？」

「よう、クロディーヌ」

「な、な、なによ……あんたとはもう終わったでしょ……！」

クロディーヌは、冷や汗をかきながらもニックを睨《にら》み返《かえ》す。

だがそんな視線などお構いなしに、ニックは暴露を始めた。

「お前、いつの間にママがそんなに遠くに引っ越しちまったんだ？　オレが昔聞いたときは東に三日くらいの宿場町って言ってたよなぁ？　つーか誕生日プレゼント？　誕生日って一年のうちに二回も来るものとは知らなかったなぁ？」

「……だ、誰だい？　クロディーヌ、知り合いかい？」

純朴そうな少年が戸惑いながらクロディーヌとニックを交互に見る。だが、そんな少年のことなど意に介さずにクロディーヌはニックを睨みつけた。

「ちょっとニック。あんたには関係ないでしょ……！」

「出せよ、それ」

「はぁ……？」

「そのネックレス、けっこうな値打ち物だろう」

「な、なんでよ」

「それを巻き上げて売っ払ったら間違いなく詐欺だぞ。オレがくれてやったタリスマンは実用品だが、そりゃ明らかに鑑定書付きの高級品だろう？　同じように誤魔化《ごまか》せると思うか？」

「……ねえ行こう。変な人に絡まれちゃったみたいだし」

「え？　で、でもクロディーヌ。この人、君の名前を……」

少年はおろおろとするばかりだ。状況を理解できていないのだろう。ニックは、この少年がなんとも哀れで仕方なかった。

「アシがつくことを心配してないと。……あれ？　そういえば【鉄虎隊《てっこたい》】の連中も周りにいないな。今日はどうした？」

ニックが疑問を口にすると、クロディーヌはすうっと焦りの表情を消して端的に説明を始めた。

「別に、いつも一緒にいるわけじゃないわ。冒険者パーティーは冒険するときに一緒に行動するものでしょう。何か問題あるわけ？」

そのわかりやすい説明は、かえってニックに疑念を深めさせた。

いつも一緒にいるわけではないというクロディーヌの言葉は、正しくもあるが同時に間違っている。【鉄虎隊】は冒険のためだけにパーティーを組んでいるわけではないとニックは踏んでいた。

ニックから搾り取る流れが鮮やかすぎたからだ。少なくともクロディーヌは、突然の思いつきでニックを捨てたわけではないはず――そうニックは考えていた。

そして集団で詐欺や美人局《つつもたせ》といった悪どい金稼ぎをやっている以上、値打ち物や金品を受け取るというタイミングであえて単独で行動する意味は薄い。手口が露見していないか、あるいは金品の受け取り役が裏切らないかなど、警戒を強めなければいけないタイミングのはずだ。

であるならば何故《なぜ》？

ニックはその疑問に対する答えを推測し始めた。

「……お前もしかして、こいつを騙すだけじゃなくて【鉄虎隊】のレオンからも逃げてどっか行くつもりじゃないのか？　まとまった金ができそうだから、アシがつかないうちに手仕舞《てじま》いしようとか考えてるんじゃねえだろうな？」

「は、はあ!?　何言ってんのよ！」

今度こそクロディーヌは焦りを見せた。

これまでニックが見たこともないほど表情が歪《ゆが》んでいる。

汚い罵声を叩き付けたくなる衝動を、ニックはぐっと抑えた。ここで自分が冷静さを失って罵り合いになったところで、得をするのは向こうだ。店員がやってきたら、色仕掛けなりもっともらしい嘘《うそ》なりを並べ立てて上手く逃げられかねない。ここでクロディーヌを困らせる方法は何か。

簡単だった。隣で狼狽《ろうばい》している少年を助けることだ。

「こいつにネックレスを返せ、クロディーヌ」

「……あ、あのう、お知り合い……ですか……？」

少年が先程から肩身を狭そうにしている。

随分と身なりが良い少年だ。良いところの商家の息子か、あるいは貴族かもしれないとニックは感じた。貴族をたぶらかして騙して、それが露見したらどうなることか。クロディーヌは上手く逃げる算段があるのかもしれないが、同じ冒険者を騙すよりは遥《はる》かに危ない橋には違いない。

馬鹿な女だ……と、ニックは思い、そして考え直した。そんな馬鹿な女に惚《ほ》れて貢いだ自分が一番の馬鹿だと。

「い、行こうよ。こいつ頭がおかしいのよ」

「で、でもクロディーヌ。君の名前だけじゃなくて、パーティーも、パーティーリーダーの名前も知ってたようだけど」

「そ、そのくらい調べようと思えば調べられることよ！」

「クロディーヌ。それじゃあお前、そのネックレスを持って逃げるってことだな？　お前はこいつから宝飾品を盗んだ犯人として、手配されてでも生きていくってことで良いんだな？」

ニックの言葉は、いつでも通報できるぞという脅しだった。一人ずつなら騙し通せる詐欺であっても、被害者二人の証言が重なりクロディーヌの嘘や矛盾を突き詰めたら、状況は変わってくる。

「……っ畜生！」

クロディーヌは、憤怒の表情でネックレスの入った箱を投げつける。そして山猫のごとき俊敏な動きで店から走り去っていった。鮮やかなまでの逃げっぷりだとニックは感じた。

「ったく、危ねえな。傷ついたらどうすんだよ」

ニックが危なげなくキャッチし、少年に返した。

「あ、ど、どうもありがとうございます……。ところで、ニックさん……で、よろしかったですか？」

「ん、ああ。悪いな、いきなり割って入って」

「それよりもお聞きしたいことがあるんですが……」

「なんだ？」

「ぼくは、やっぱり、騙されてたんでしょうか……？」

この世の終わりのような青い顔をしながら、少年が質問した。

ニックは、その問いに頷くしかなかった。

「まあ……そういうことになるなぁ」

「そ、そんなぁ……」

「訴えるなら協力してやっても良いんだが……オレもあいつに騙されたクチだし」

「そ、そうでしたか……。その、助けていただいてありがたいんですが、心の整理をさせてください……」

「あー、うん、そうだな」

「すみません、すみません」

少年が涙目になりながら、ぺこぺことニックに頭を下げる。可哀想《かわいそう》だと思う反面、貢いだものが戻ってきてまだ良い方じゃないかとも思う、そんな複雑な心境だった。

「おいニック！」

ニックがそんな感慨に浸っていると、カランが乱暴にニックの肩を摑《つか》んだ。

「うおっと、ああ、カランか。悪いな、突然」

「ちゃんと説明しロ！　いきなり喧嘩《けんか》売るからどうしたかと思っただロ！」

「す、すまん……」

今度はニックがひたすらカランとキズナに詫《わ》びるのだった。

「……なるほど」

ニックが今の出来事を仲間たちに説明すると、カランが鬼のような怒りの表情をしていた。キズナだけがその異様な空気についていけず困惑している。

「な、なんじゃおぬし。そりゃ美人局《つつもたせ》は唾棄すべき犯罪じゃろうが、なんか殺気がすごいぞ」

「当たり前だロ！　あんな連中、地獄に落ちれば良イ！」

「ひっ」

キズナが何気なく疑問を呟くと、想像以上の答えが返ってきて流石にキズナもびびった。

「カランも……っていうかここにいない連中含めてみんな騙されたことがあるからな。まあ、あんなのに貢いでたオレが馬鹿なんだが」

「どうせなら燃やすくらいしても良かったのニ」

「おいおい、火事になるだろ」

「外でやル……だから、ニックも我慢するナ」

「うん、まあ……ありがとな」

カランの過激な言葉は、ニックを逆に冷静にさせた。むしろその気遣う気持ちがあればこそ、無為な復讐《ふくしゅう》に仲間たちを付き合わせたくはなかった。

ひとまずやり込めることはできたわけだし、あの女のことは忘れよう、証拠を握った上で脅したのだ、お粗末な詐欺など今後は控えるに違いない……と、ニックは判断した。

だから、次の日のことは完全に予想外だった。

決闘騒ぎ

それは、冒険者ギルド『フィッシャーメン』で起きた。具体的には、ギルドのテーブルに【サバイバーズ】の五人が陣取り、おもむろにニックが仕事の話を始めたときのことだった。

「そろそろ採集依頼のやり方を覚えてもらおうと思う」

「ウン」「わかりました」「良いわね、稼げそう」「地味じゃのー」

ニックの話に、四人が思い思いに相槌《あいづち》を打つ。

「採集の対象は基本的に、迷宮でしか咲かないような植物が多いな。薬草とか毒草とか、薬の調合に使われるものがほとんどだ。このへんはゼムの方が頼りになるかもな。他には洞窟型の迷宮だと鉱石や原石を探してきてくれって依頼もあるんだが、山育ちのドワーフだとか鉱山で働いたことがあるだとか、経験者じゃないとかなり難しい。その分、稼ぎはデカいんだが……」

「あー、だから迷宮産の宝石って高いのね」

「天井知らずだな。採掘専門の冒険者もいるくらい……」

話が盛り上がり始めたあたりで、ニックの頭にエールがだばだばと盛大に降り注いだ。

「ニック、今のは奢《おご》りよ。気にせず味わってね。おかげでちょっとは色男になったんじゃない？」

「しけた顔もちょっとはマシになったんじゃあねえか？」

エールをニックの頭上から振りかけたのは、クロディーヌだった。そして隣には大柄な虎人族の男が控えていた。下卑た笑い声を上げて、ニックを嘲笑《あざわら》っている。

それを見たカランが椅子を倒して無言で立ち上がった。剣の柄に手を伸ばし、殺気を隠さずに振りまく。

「まあ待てカラン」

だが、それをニックが制した。

「でも」

「オレに話させてくれ。クロディーヌと、ええと……レオンとか言ったな、お前」

その言葉に、男が大仰に頷《うなず》く。

浅黒い肌の虎人族だ。腕も脚も太いが、決して鈍そうな気配はない。髪はまさに虎のように黒と金の二色に分かれており、危険な佇まいを際立たせていた。

「おうともよ。【鉄虎隊《てっこたい》】のレオンだ。昨日はウチのクロディーヌを可愛《かわい》がってくれたみてえじゃねえか」

レオンが凶悪な笑みを浮かべる。クロディーヌはレオンを盾にするように隠れて、にやにやと微笑《ほほえ》んでいた。

「ああ、可愛がってやったよ。怯《おび》えるネズミをいたぶるような真似《まね》しってて心が痛かったな」

「なんですってぇ……!?」

「なんですって、じゃねえよ。つーかお前、ネックレス盗んでレオンのところからも逃げるつもりだっただろう」

「へっ、てめえみてえなモテねえ奴《やつ》には女がみんな悪党に見えるんだろうさ」

レオンは、ニックの言葉にまるで動じていない。既にクロディーヌが上手《うま》いこと言い含めたのだろうかとニックはいぶかしむ。

だが、それよりもやるべきことがあった。

レオンに喧嘩《けんか》を売ることだ。

「悪党同士で仲良しこよししてるてめえらは感覚が麻痺《まひ》してんだよ。酔っ払ってないでカタギに戻れ」

「へっ、売られた喧嘩は買うぜ……ちょっと外に出な。ギルドの中での喧嘩や決闘はご法度だしな。安心しろ、今回は一対一だ」

レオンは顎をしゃくり、外に出るようニックを促す。

ニックは躊躇《ためら》うことなく席を立った。

「オイ、ニック！」

「大丈夫だ、喧嘩は慣れてる」

カランが不安げな声を上げたが、ニックはぽんとカランの肩を叩《たた》いて席を立った。


冒険者ギルド『フィッシャーメン』の裏通りは人の気配が少ない。

冒険者同士で喧嘩が起きたときは、ギルドの外に出るのが不文律だ。となると、自然とこの裏通りに行き着く。逆に言えばここにみだりに出入りしているとトラブルを起こしている奴と見られかねないため、冒険者は好き好んで立ち寄りはしない。

ニックは周囲に誰か潜んでいないか耳を澄まして確認しつつ、小さく拳を握り、開き、殴る準備を始めた。

そして、レオンがニックの十歩先まで歩いたあたりで振り返った。

「このへんで良いな」

レオンの言葉にニックが頷く。

だがニックが拳を構えた瞬間、レオンはあまりにも意外な行動に出た。

「いやあ！　この間は悪かった！　謝る！」

「……はあ？」

びしりとレオンは頭を下げている。

ニックは呆気《あっけ》にとられ、豹変《ひょうへん》したレオンをまじまじと見つめた。

「いやー、正直あんたを舐《な》めてたぜ。クロディーヌがあんたのことを大したことないとか言うから侮ってたが、すぐにパーティーを作って稼ぐなんてそうそうできるもんじゃねえ。人を集めて働かせるってのは一筋縄じゃいかねえもんだからな」

「……はぁ」

「それに、クロディーヌの奴に釘《くぎ》を刺してくれて助かったんだよ。あいつも抜け目ないというかずる賢いっつーか、油断するとこっちも騙《だま》されちまう」

「……そうかよ」

レオンは先程までの凶相など忘れてしまったかのように馴《な》れ馴れしく近づき、撫《な》でるような手つきでニックの肩を叩いた。

「それでな、ちょっと提案があるんだよ」

「提案？」

「クロディーヌは……そうだな、お前にやるよ」

「何を言ってやがる……？」

レオンの意図がわからず、ニックは思わず尋ねた。

「あいつはイイ女だ。だがそれ以上に悪いオンナだ。わかるだろ？　遊ぶにしても、一緒に仕事するにしても、限度ってもんがある。正直、あいつの用心棒役は荷が重くなってきたんだよ」

「…………」

「騙した人間も多いし、あいつを恨む奴も増えた。お前もそうだろう？　俺もあいつと組んでそれなりに美味《おい》しい目を見たが、そろそろ潮時ってやつだな。いっそのこと、全部バラしてあいつに恨みがある人間に引き渡そうと思ってたんだよ」

「あー、つまり、オレにクロディーヌを買えってか？」

「俺を訴えないって証文を書くなら幾らでも協力してやるよ。面白いだろう？」

「……馬鹿馬鹿しい。今時奴隷商売なんぞに手を出す奴がいるかよ。だいたい、悪党が持て余すような悪党なんざ飼えるわけがねえだろう」

「別に、飽きたら娼館《しょうかん》にでも売れば良い。それによぉ」

「なんだ？」

「あの竜人族の娘や貴族みたいな小娘、世間知らずそうな神官。あいつらを仲間にして活動してるんだろ？　俺はわかってるぜぇニックちゃんよ」

にたり、という音が聞こえそうなほどの笑顔だとニックは思った。

「何の話だよ」

「竜人族の娘は騙されたアホだろう、生還者《サバイバー》とか呼ばれちゃいるが。他の二人も街のことをよく知らねえお上りさんだろう？　お前も悪い男だなァ？」

「だからなんだよ」

ニックの苛《いら》ついた声に、レオンがにやついた顔のまま肩をすくめた。

「おいおい、しらばっくれんなよ。俺やクロディーヌみたいに、あいつらも騙して美味《うま》い目を見ようとしてるんだろう？　俺にはわかるぜ、お前の気持ちが。一度騙されて痛い目を見たんだ、まさか純真な気持ちで人助けしてやろうなんざ思うはずがねえだろう？」

「あー、うん、なるほどな……っははは……」

ニックの顔から、困惑が消えた。

そして目を伏せ、腹を抱えるようにして笑う。

これは師匠であるアルガスの教えではなく、行商人をしていた亡き父の教えだった。誤魔化《ごまか》しの笑いをしなければならないときに、目を見られてはいけない。目を見られては嘘《うそ》の笑いが見破られるからだ。

だからそのときは俯《うつむ》くのが自然だが、俯いてはいけないときは手で目を隠したり、おおげさに手を叩いたりするのも良い。自分は相手を肯定する無害な存在であると強調しなければいけない状況は必ず訪れる。ニックの父は家族には優しくいざというときは剣を持つ勇気があったが、そうでないときや行商人として働くときは、意外に姑息《こそく》なところがあった。

ニックはレオンに対して怒りを燃やしつつも、心のどこかでそんなことを懐かしんでいた。

「あっはっは！　だよなぁ!?」

「あーっはっはっ！　いや、面白くって腹が痛いぜ……はは……」

「つーわけでニックちゃんよ。俺にも一枚噛《か》ませてげぶぁ」

レオンが言いかけた言葉は中途半端に途切れた。

下から突き上げられた拳に顎を殴られ、吹っ飛び、裏路地の壁に叩き付けられた。

「もういっぺん言ってみろこのゲス野郎！」

「てっ……てめえ、ふざけんなよ！　人が優しくしてやりゃあつけあがりやがって！」

よろめきながらもレオンは怒号を返した。

唇を切ったのか、血がしたたっている。

「優しくだぁ？　お前、クロディーヌを売るなんて嘘だろう？　オレが羽振り良さそうに見えたからもう一回カモにしてやろうとか考えてるんだろうが。見え透いてんだよドサンピンが」

「へっ、そうやって騙されないよう縮こまってるのは弱い奴のやり方だぜ。あーあーイヤだねぇ、背丈も心もチビな野郎は！」

「ハッ、信じてもらえると思ってんのかよおめでてーな。それにクロディーヌを売るって話が仮に事実だとしてもオレはお前をブン殴る方が気持ち良いね。つーかお前、本当に虎人族か？　竜人族より全然弱いぞ」

そのとき、レオンの目に殺気が宿った。腰に手を回し、曲刀をすらりと抜く。音もなくニックの懐に飛び込んだ。速い。完全に殺す動きだ。

「なっ!?」

だが、ニックもいつの間にか短剣を抜き払っていた。

剣と剣のぶつかりあう不快な音が響く。

「ちっ、なんで獣人並に反応が速いんだよ……大人しくやられとけ……！」

「てめえこそ、オレに一対一で勝てると思うなよ」

「パーティーをクビになった貧弱なガキがほざくんじゃねえ！」

その言葉が終わる頃にニックの蹴りがレオンの股下に襲いかかった。

だが、再び金属同士がこすれる音が鳴る。

「くそっ、ズボンに何か仕込んでやがるな」

「てっ、てめえこそ脚に何を仕込んでやがる……!?」

ニックの足先に残った感触は鉄だった。

鎖帷子《くさりかたびら》などではない、鉄板か何かで守っている。

お互いがお互いを「周到な奴だ」と警戒する。

両者の距離が再び、十歩分離れた。

「ふッ！」

今度はニックが先に動いた。

まるで地を這《は》うがごとく低い姿勢で突っ込む。

「くっ！」

短剣を防ぎきれないと判断し、レオンは一歩下がった。

だがニックはまるで蛇の如くレオンの下半身を絡め取った。

「てめえっ……!?」

気付けばニックは、短剣を仕舞《しま》って両手の指を自在に操っていた。

タックルの要領でレオンを地面に引き倒し、曲刀を持つレオンの右手を膝で封じる。

「悪いな、オレぁ摑《つか》み合いの方が得意なんだよ」

「……へっ、そうかよ」

レオンが奇妙な笑みを浮かべた。

そのとき、ニックの背中にぞわりとした悪寒が走った。

「《風塊》!」

「ぐあっ!?」

空気を圧縮した塊が、ニックの背中に襲いかかった。ニックはすんでのところで横っ飛びに避《よ》けようとするが、完全には避けきれなかった。バランスを崩しながらもニックは距離を取る。

「危ねえ危ねえ。まさかお前がマウント取られるなんてな」

「ベッグ、ナイスタイミングだぜ」

ニックの背後から襲いかかったのは、魔術師の風体をした男だった。ニックにはかすかに見覚えがある。クロディーヌと別れ話になったときに自分を囲んでいた男の一人だ。

「てめえ……! 二人がかりとはどういうつもりだ……!」

ニックは、完全に不意打ちを食らった形だった。周囲の警戒を怠ったつもりはなかった。しかし現に相手は味方が現れている。ひやりとしたものがニックの背中につたう。

「へっ、不意打ちを食らうお前が間抜けな……」

そう言いかけたベッグの首に、凶悪な指が絡みついた。

「不意打ちを食らうのが、なんだってテ？」

「……ぐ……あ……がっ……」

そこには、怒りに目を燃やしたカランがいた。

魔術師の体を簡単に持ち上げている。

「カラン！　すまん、助かった！」

「だから言っただロ……もう」

カランが、はぁと溜《た》め息《いき》をつく。

だが、ここで終わりではなかった。魔術師の方は青い顔をしているが、レオンの闘志は失われていない。このまま続けば、どちらかが死ぬ可能性がある。そんな予感がニックの頭に過《よぎ》った、そのとき――

「そこまでだ！　この馬鹿どもが！」

老婆の怒号が、全員の動きを止めた。

「げっ、ヴィルマ……!?」

白いシャツにネイビーグレーのスカートという落ち着いた身なりの老婆だが、その裂帛《れっぱく》の気合いに誰もが驚いていた。

その老婆こそ、冒険者ギルドの幹部職員、ヴィルマだった。

同時に元は高ランクの冒険者だ。今でこそ現役を退いてはいるが実力は確かなもので、中堅どころの冒険者では歯が立たないほどだ。このヴィルマに逆らうほどの無謀な冒険者は『フィッシャーメン』にはいない。

「げっ、じゃないよ！　自分のやってること、わかってんだろうね！」

「いてっ」

ヴィルマが投げたペンがニックの額に当たる。

避けるとそれはそれで機嫌を悪くしそうな気がして、あえてニックは動かなかった。

「けっ、可愛くない坊やだねぇ。人の顔色窺《うかが》って避けもしないなんて」

「んじゃどうすりゃ良いんだよ！」

「決まってんだろう。下がりな」

「……わかった、悪かった」

ニックは渋々頭を下げて構えを解いた。

「レオンと言ったね、あんたもだよ。あとカラン、その馬鹿を離してやりな」

「……ちっ」

レオンが悔しそうにヴィルマを睨《にら》むが、結局大人しく曲刀を鞘《さや》に納めた。ギルドの職員を敵に回す厄介さは、ニックもレオンもよく知っていた。続いてカランが、興味なさげに男の首から手を離す。ベッグはむせながらもレオンの方に逃げるように駆け寄った。

「……それで、どうするんだい？」

「はあ？　止めにきたんじゃねえのかよ」

「あたしが止めにきたのは真剣での殺し合いさ。武器を使わないとか、ルールを決めるなら止めるつもりはないよ」

このヴィルマの言葉に、レオンがにやりと笑みを浮かべた。

「……そうだな、こんな喧嘩じゃなくてルールを決めて決闘と行きたいところだ。ここは『フィッシャーメン』の流儀に倣おうじゃねえか」

「流儀だと？」

「ああ、ニックちゃんはやったことないのか？　だったら教えてやるよ」

にやついたレオンの顔をニックが睨みつける。

だがレオンは意に介さず言葉を続けた。

「算数ベアナックルだ」

その言葉が出た瞬間、場に沈黙が降りた。

そしてしばらくして、ニックが呆《あき》れた顔で沈黙を破った。

「……なにそれ？」

「そういう勝負があるんだよ！　本当だ！」

ニックのあからさまにげんなりした顔に、レオンが苛立った声を上げた。

ニックとレオン、そして他の【サバイバーズ】と【鉄虎隊】の面々は、冒険者ギルドの中の一室に放り込まれた。

全員、血気盛んな顔をしている。【サバイバーズ】の面々はクロディーヌとレオンの所業をニックから聞き及んでおり、決闘に発展したことを聞いてむしろ納得さえしていた。

【鉄虎隊】のレオンとクロディーヌは、ニックに敵意を燃やしていた。クロディーヌも、レオンを裏切ろうとしたことを忘れたかのように恨みがましい目でニックを睨んでいる。そして【鉄虎隊】の最後の一人、魔術師のベッグは飄々《ひょうひょう》としていたが、それもまた不気味さを醸し出していた。

「ルールを説明するよ。【鉄虎隊】の連中は知ってるだろうが、【サバイバーズ】の連中は知らんだろう」

「知らねえよ。つーか、本当にそんなのが有名なのか？」

ニックが尋ねると、ヴィルマは重々しく頷く。

「冒険者ってえのは、腕っ節ばかりの馬鹿野郎どもが多い。素手の喧嘩が一番わかりやすいが、それで全部決められちまったらギルドとしちゃ困る。だから、素手での喧嘩以外に別の形式の勝負も用意する。それが算数ベアナックルさ」

「……つまり、その、名前の通り、算数と喧嘩で勝敗を決めるって？　冗談とかじゃなくて？」

「知らないのかい？　ああ、そういえばあんたはここの講習に来たことがなかったね」

ヴィルマが訳知り顔で頷く。

「講習って……ああ、アレか」

冒険者ギルドでは、初等学校に通えなかった人間に向けて、文字や計算などの教育を行っていた。ニックは元々が商人の息子であり、冒険者になる前からそうした知識はあったためにここの講習に通ったことはなかった。

「腕っ節だけはある馬鹿野郎を呼びつけて教育するのは簡単にはいかなくてね。だから、ここの講習を受けた人間にはちょっとしたご褒美を与えてやってんのさ」

「ご褒美？」

「こっちが出した計算問題に正解したら試験官を殴って良いとか、そんなところだね」

「よくもまあ、そんなことやるもんだな……。死人が出るんじゃねえのか」

「このランクに殴り殺されるような奴に試験官なんざやらせないよ」

ヴィルマがさも面白そうに笑う。事実、ヴィルマを含めたギルド職員の古株は元高ランクの冒険者であることが多い。『フィッシャーメン』に出入りする程度の冒険者に負けることはまずありえなかった。

「で、その殴り合いが算数ベアナックルってことか？」

「ああ。冒険者どもが勝手にルールを真似して決闘に利用したわけさ。洒落《しゃれ》でも冗談でもないってことがわかったかい？」

「よくわかんねえ文化だな……ともかく、もうちょっと細かくルールを教えてくれ」

呆れた声を出すニックに、ヴィルマが真面目に頷いた。

「まず、対決するそれぞれのパーティーは素手で拳闘をする奴を決める。これは決闘のきっかけになった当事者を選ぶのが伝統さ。そして……」

「算数テストをする奴をくじで選んで、そっちも点数を競い合う。点数の低い方のパーティーの、拳闘勝負を担当する奴が一発避けずに殴られなきゃいけねえ。そうだな？」

レオンが半笑いで確認すると、ヴィルマは頷いた。

「ああ、そうだよ」

「え、ちょっと待てよ。そこは普通に選ばせろよ」

ニックが抗議の声を上げた。

「冒険者ってのは、弱い奴がいてもカバーできる。だけど馬鹿な奴、判断をそもそも間違えてる奴をカバーするのは難しいのさ。一人がドジしたら全員が死ぬこともありえる。だからここはクジで選ぶんだよ」

「……こんなことは言いたくないが、せめて他にねえのか？　もうちょっと真面目にやりたいんだが」

「こっちだって大真面目だよ！　だいたい、冒険者なんて命知らずのアホばっかりなんだ。頭を鍛えてもらわなきゃ困るんだよ！」

「わかるんだけどよ。今関係あるかそれ？」

頭を抱えるニックを、レオンがせせら笑った。

「へっ、逃げたくなったか？」

「なんだと？」

「いやまあ、俺だって馬鹿馬鹿しい伝統だと思うぜ？　でもこのルールがあると助かるんだよ。ネズミみたいにすばしっこい奴を殴るのが楽だからな」

「狩りが下手糞《へたくそ》な猫は苦労するんだな」

レオンの挑発に、ニックが皮肉を返す。

再び剣呑《けんのん》な気配になった空気のなか、ひとすじの紫煙が全員の視界を横切った。

その出所は、ティアーナの蠱惑的《こわくてき》な唇からだった。

「ふぅー……」

「てぃ、ティアーナ。なんで吸ってんの？」

「ん？　なんで……って、そりゃあ」

パイプを吸うティアーナに、ニックがおっかなびっくりに尋ねた。

ティアーナは普段、パーティーメンバーのいるところでは吸わない。自分の部屋か、競竜場やカジノにいるときだけだ。だが今のティアーナの目は、ニックたちと初めて会ったときのように人を殺しかねないほどの危うさに満ち満ちていた。

「目の前にいる連中を地獄に叩き落としたいのを我慢してるからよ」

そして今度は、ふぃーと煙をレオンたちに吹きかけた。見え透いた挑発だ。額に青筋が見えるほどにレオンは怒りに打ち震えた。

「……随分と仲間思いじゃねえか、良い度胸だ」

「私はね、単にあんたたちみたいな男と女が死ぬほど嫌いなのよ。話すだけで口が腐りそう……あ、ちょっと誰か灰皿貸してよ」

ティアーナはパイプをくわえながらどかりとテーブルの上に踵《かかと》をのせ、黒いタイツに覆われたしなやかな脚を組んだ。精巧な人形のごとき美貌の少女がこんなやくざな態度を取るものだから、向かい合う男たちにぞわぞわとした奇妙な迫力と魔性の色香が伝わる。

激昂《げきこう》しかけたレオンが一歩後ずさるほどだ。

「行儀が悪い真似はよしな。それにあんたらのリーダーの喧嘩だよ」

「あら、失礼」

ティアーナはまるで反省していない様子で、口先だけで謝った。

「ともかく、理屈はわかったわ。拳と頭で戦うこと。でもどっちも勝負がつかなかったり、一勝一敗になったらどうするわけ？」

「拳闘でどっちかがダウンするまでやるのさ。最初は素手の決闘。次にテストって流れを繰り返す」

「なるほどな」

ニックが納得したように頷いた。

だがそこに、ティアーナが疑問を差し挟んだ。

「ところで、決闘をするにしても何を賭けるのかしら？　負けた方が勝った方にごめんなさいと謝る……だけなわけがないでしょう？　子供の遊びじゃあるまいし」

「アア、その通りだよ」

レオンがにやついた笑みを浮かべながら答えた。

「ニックちゃんよぉ。てめえがいきなり殴りかかってきたんだぜ。せめて五十万ディナは払ってもらおうか」

「てめえがふざけたこと抜かすからだろうが」

「へっ、好きに言いな。だが条件は曲げるつもりはないぜ。それでお前はどういう条件を付けるんだ？」

さて、どんな条件を付けるか、とニックが考えたあたりでティアーナが口を挟んだ。

「奪ったもの、全部返しなさいよ」

「なんだと？」

「ニックから奪ったもの。他の人間から不当に奪ったもの。どうせ貯《た》め込《こ》んでるんでしょう。そういうものを全部返せって言ってんのよ」

そのときのティアーナの目には、暗い色があった。

何か大事なものを奪われたことがある者だけに宿る復讐《ふくしゅう》の目であり。

この世の不正と不公平を憎む、義憤の目だ。

「ティアーナさん、これはニックさんの決闘ですし、条件はニックさんが……」

ゼムの諫《いさ》める声を、ニックが押《お》し止《とど》めた。

「いや、良いぜ。ティアーナの言う通りだ」

「良いの？」

「ああ。言いたいことはティアーナが言ってくれたからな。『返せ』、オレの要求はそれだけだ」

「……わかった。条件は決まりだな」

レオンが頷く。

それを見たヴィルマが、ニックに尋ねた。

「それじゃあニック、どうするんだい。この勝負、受けるってことで良いんだね？」

ニックは迷った。

ティアーナの態度や言葉のおかげで冷静さを取り戻し、思考がクリアになった。まず、この勝負を持ちかけたのは【鉄虎隊】のレオンの方だ。向こうにはきっと何か勝算があるだろう。明らかに手慣れている。

「なあ、ティアーナ……」

ニックは冷静になろうとしてティアーナに呼びかけた。

だが、ティアーナの目は頑として言うことなど聞きそうになかった。

「……ニック」

「なんだ」

「勝つわよ」

「そうダ」

「やろうじゃありませんか」

ティアーナの声は、そしてゼムとカランの声は、力強かった。

やられっぱなしで黙っている弱者などではないとでも言わんばかりに。

そうだ、オレたちは【サバイバーズ】だ。

どんな罠《わな》があろうともしぶとく生き延びる、冒険者だ。

「よし、わかった。やろうじゃねえか」


「拳闘勝負をやるのはニックとレオンだね。それで、筆記試験の方は……」

ヴィルマが二人の女の顔を見やる。

「ま、馬鹿馬鹿しいけど付き合ってあげる」

クロディーヌが肩をすくめた。

だが、その目だけは「わたしの勝ちに決まってるけど」と言わんばかりの嘲笑がこもっていた。

「竜人みたいなおばかさんが相手だなんて、ほーんと心が痛んじゃうけど」

「……フン」

くじで当てられたのは、カランだった。

「私と勝負しなさいよ!? 挑発されておいて悔しくないわけ!?」

ティアーナが摑みかからんばかりに怒鳴るが、クロディーヌは愉悦の笑みを浮かべた。

「あっはっは、くじの結果に文句言っても何ともならないわよ、おばかさん」

「脳みそが軽いから喋《しゃべ》り方《かた》もそんな軽いのカ?」

クロディーヌの嘲笑に、カランがぼそりと皮肉を呟《つぶや》いた。

それを聞いたクロディーヌの顔が、怒りに染まる。

「……悪口だけは一人前みたいね」

カランは、静かにクロディーヌを睨んでいた。

「勝負は一週間後。ギルドの屋上にリングを用意する。それまで準備を怠らないことだね」

「はいはい」

「わかっタ」

クロディーヌとカランが、闘志を秘めつつも強く頷いた。


「結局、打ち合わせするとき私の部屋以外の選択肢がほとんどないのってどうかと思うのよ」

【サバイバーズ】の五人は、ティアーナのアパートに集まっていた。

そして文句を言うティアーナに、ニックが素直に頭を下げる。

「すまなかった」

「え、いや、そんなに責めてるつもりじゃないんだけど。一応片付けたから大丈夫だったし」

ニックが膝をついて頭を下げるのを見てティアーナが慌てた。

「いや打ち合わせ場所の件じゃねえよ。決闘騒ぎを起こしちまったことに決まってんだろ」

「ああ、それね。別に良いんじゃないの？」

「いや、オレの個人的な喧嘩に付き合わせちまって……」

「あのねぇ、ニック」

ティアーナは、まるで子供に言い聞かせるような声でニックの名を呼んだ。

「虎だかドラネコだか知らないけど、あんなアホな詐欺師どもに頭を下げるような人間がリーダーだったらこっちから願い下げよ」

「いやしかしだな……」

「ていうかアレを普通にしょっ引けない方が疑問なんだけど。ギルドの人も気付けば立会人になってるし何なのよ」

「あいつら、細かいこと気にしないところがあるしな……。それに詐欺だのなんだのを訴えるならギルドじゃなくて太陽騎士団の方に出向かなきゃいけねえ」

「太陽騎士団？」

ティアーナがおうむ返しに尋ねた。

「迷宮都市の治安を守る騎士団だよ。領主の直属の騎士団だ」

「ニックはそこに訴え出たりはしないの？」

「……いけるとは思う」

ニックが顎に手を当てて悩む。クロディーヌに騙された防具屋の少年と共に訴え出れば、騎士団としては動いてくれるだろう。あるいは既に動いている可能性もある。他にもいるであろう被害者を探せばもっと良い結果となるかもしれない。だが懸念もあった。

「しかし、どれだけ時間がかかるかわからん。下手すりゃ捜査に協力しろって言われて、こっちが仕事する時間もよくよく取れなくなっちまう。だから冒険者はだいたい騎士団に関わるのを面倒《めんど》くさがって決闘で済ませたがるんだよな……。多分ヴィルマもそういういざこざの延長と見てるんだろう」

この国において、決闘には法的拘束力が伴う。

誰かを奴隷にするとか、犯罪教唆であるとか、非合法な取り決めであれば流石《さすが》に無効となるものの、合法の範囲内であれば問題視されることはない。

むしろ決闘の取り決めは神聖な約束や契約であり、決闘に臨むことは男らしさの表れとして褒める人間も少なくない。冒険者のように強さを誇示しなければいけない人間の間では、よりそうした傾向が強い。

「でも話くらい聞いてくれたって良いじゃないの」

「あそこでオレが刃物出してなかったらそうなってたとは思うが、つい出しちまったんだよな……。喧嘩両成敗みたいな形にされちまった」

「ああ、それで決闘しろってわけね」

「とりあえずギルドの方にはもう一度説明に行こうと思う。もしかしたら他の冒険者にもレオンに騙された奴がいるかもしれねえしな。ただ、騎士団に訴えるのはもうちょっと待ってくれ」

「なんで?」

「騎士団に訴え出たら決闘もナシにされちまう可能性が高い。連中をブン殴ってからの話だ」

そのニックの言葉に、ティアーナたちは嬉《うれ》しそうに破顔した。

「やるからには勝ちなさい。ていうか勝つわよ」

「そうダ！　なめられたままじゃイヤだゾ！」

「ええ、目に物見せてやりましょう」

「そ、それはありがたいんだが……ただ、もう少し経緯を詳しく説明しようと思ってな。つーか決闘になったって割に、全員驚いてないよな？」

「ああ、あの陰険女とトラブルになったって話はキズナから聞いたわよ」

ティアーナが答えた。

「それにしても、行動が早すぎねえか？」

「ああ、それはね……」

ティアーナが、キズナの方に視線を向けた。

「全部聞いておったからの」

「聞いてた、って、裏路地にいなかっただろう」

「そうじゃよ」

「じゃあ、聞いたって……」

と、ニックは言いかけてはたと気付いた。

「おまえまたずるしやがったな？」

「ずるじゃないもん！」

キズナがぷんすかと怒った。

「だいたい、前に言っておいたであろう。我の視聴覚は鋭いと」

「裏路地のやりとりも聞こえてたってわけか」

「盗み聞きは良くないなどと言うでないぞ？　狼藉者《ろうぜきもの》と二人きりになったのじゃ。カランなど泣きそうな顔で」

「わーわー！　泣いてなんかなイ！」

「あー、いや……」

ニックが何とも微妙な顔をした。それをキズナがにやにや眺めている。

「なんじゃ？」

「ずるって言って悪かった。それと助けにきてくれてありがとな」

「うむ、それで良い」

キズナはニックの態度を見て、むふんと息を吐いて偉そうにふんぞり返る。

「んじゃ、お前らがヴィルマを呼んでくれたのか？」

「いや、違うぞ？　喧嘩になった気配を察して向かったときには、既にあの冒険者ギルドの者は動いておったようじゃ」

「そうなのか？　じゃあ、誰かに見られてたか、あるいは……」

ニックが考え込み始めた。

ティアーナがそれを見ていぶかしげに尋ねる。

「まさか、ギルドの職員と【鉄虎隊】がグルってことはないでしょうね？」

ティアーナが顔を顰《しか》めながら言った。

「いや、そりゃないと思う。高級貴族とかならわからんが、【鉄虎隊】なんてただの一冒険者パーティーに過ぎねえよ。ギルド職員と組めるほど権力があるなら冒険者なんてやってる理由がねえ」

「それもそっか」

「ともかく、具体的に対策するぞ。悪いが来週の冒険は延期させてくれ。すまねえ」

「オウ！」

「わかったわ」

「ええ」

「ま、そうじゃろうの」

四人とも異論がなくニックの言葉に頷く。

「オレとカランは決闘の準備に入る。カラン」

「ウン」

「こうなったからには、勉強内容をきっちりと頭に叩き込んでもらうぞ。ゼムもティアーナも協力してもらうが、こうなったからにはお前も当事者だ。良いな？」

「……う、ウン」

ニックの危ういまなざしに、カランは後ずさりしそうになるのをこらえた。

闇の中

カランはゼム、キズナと共に、個室のある喫茶店にこもって問題を解いていた。

「……なるほど」

「ど、どうダ？」

解いているのは、これまで冒険者ギルド『フィッシャーメン』で起きた決闘で出された算数の問題だ。四則演算、割合、最短ルートを選び取る幾何学の問題など、冒険者が仕事中に直面しそうな状況になぞらえた計算問題が列挙されている。

「正解したのは六割というところですね」

「そ、そうカ……」

はぁ、とカランが溜《た》め息《いき》をつく。

「まあ、完璧を目指す必要はありませんよ。大きな失点をしなければさほど問題はないでしょう」

と、カランの答案を添削するゼムが慰めるように言った。

事実、テストによって決着が付くわけではない。あくまで拳闘勝負でのサポートのようなものだ。

「……でも、ワタシのせいでニックが困ったら」

「ニックさんは気にしませんよ」

ただし、点差が開けば拳闘での試合においてハンデが発生する。頭が悪いパーティーメンバーを抱えている方が、一ラウンドにつき一発、問答無用で殴られなければならない。そのために、カランはクロディーヌに食らいつく必要があった。

「まったく、我に頼れば良いものを。そういう甘いことで大丈夫かのう？」

キズナが喫茶店のイスにふんぞり返って文句を垂れた。

カランを確実に勝たせる方法は、実はある。キズナがテストの問題を解けば良いのだ。キズナの《探索》と《念信《テレパス》》を使えば、誰にもバレずにカンニングができる。

実はこの方法、決闘の話が湧き上がったときから全員が気付いていた。頭に血が上っていたニックでさえも、「あ、そういえばキズナがいたな」と気付いていた。ニックとレオンの拳闘はともかく、算数は何の問題もなく完封できる。

だが全員で「できる限りキズナに頼らない」と決めた。どうしてもやむを得ないとなればルールを無視で自分らの生存を優先する。だが、そこに至る前に最初から騙《だま》し討《う》ちに頼りたくはない。

冒険者ギルドがこんなことをやる意味もあった。カランのように田舎から出てきて騙される人間が実は相当数いる。地方と都市の間では教育格差が大きく、基礎的な算数以前に文字を書けない者も多い。迷宮都市に慣れた人間にとっては格好のカモだ。多少の知恵がないと訴え出たり助けを求めることさえできない。

そうした人間の末路は悲惨なもので、それを防ぐためには本人自身に知恵をつけてもらうしかない。そのために冒険者ギルドは、あからさまに田舎から出てきた人間を囲っているパーティーには目を光らせ、時には知恵をつけるよう指導もしていた。暴力に頼りがちな風潮を是正するために無《む》理矢理《りやり》、決闘に算数なんてものを組み込んでいるのも、その一環だった。

もっとも、その取り組みが上手《うま》くいっているとは言えないのが現状だ。カランが以前所属していたパーティー【ホワイトヘラン】で戦闘以外何もさせてもらえず、ギルド職員と話すことさえ遠ざけられていたように。

「ま、これはこれで意味があるんですよ」

「だが些事《さじ》で足をすくわれるくらいなら卑怯《ひきょう》な手段に頼った方がマシではないか？」

「ですね。それも一理あるかと思います」

ゼムが反論もせずに頷《うなず》いた。

「む？　ならばどうして我を使わぬ？」

「奥の手は最後まで取っておくものだとニックさんが。それに」

「それに？」

「これは僕の私見ですが……どれだけキズナさんが凄《すご》いとしても誰にも気付かれないかというと難しいと思うんですよね。《念信《テレパス》》のような裏技を知ってる可能性は捨てない方が良いですし、知らないとしても何か勘づくこともありえると思います。ですのでキズナさんは奥の手としておいて、当面は使わずになんとかする方向に僕も賛成です」

「ふむ……それもそうじゃな」

キズナが渋々納得する。

だが、カランが心配そうな声で呟《つぶや》いた。

「……でも、ゼム」

「どうしました、カランさん？」

「ワタシの番、回ってくるカ？　ニックがレオンを倒したらそれまでだロ？」

「……いや、どうでしょうね」

「そんなに強かったかナ……あのレオンって男」

カランの頭に疑問符が回っている。

ニックならば、そのへんの冒険者相手に素手で負けるはずがない。小鬼林《しょうきりん》のときのように、短剣しか持っていない状態でオーガ相手と一対一で向かい合える時点で、頭のネジが少々吹っ飛んでる。少々の体格差など物ともしない格闘の技能をもっているのがニックだ。

そのニックを、あのレオンとかいう虎人が打倒できるとは思えなかった。少なくとも裏路地で喧《けん》嘩《か》していたときに加勢が入らなければ、間違いなくニックがレオンを倒していたはずだろうとカランは思う。

「強弱はよくわかりませんが、ニックさんが出かける前に言ってたんですよ。カランさんの出番は回ってくるって。ですので、準備はしておきましょう」

「まあ、それなら頑張るけド……」

カランが自信なさげに頷く。

「……カランさん。僕らの目的はなんだと思います？」

「そりゃ、決闘に勝つこト？」

「いえ、違いますよ。それはあくまで手段です」

うん？　とカランが首をひねる。

「じゃあ……あの連中を倒して、悪事ができないようにするとカ……？」

「……それも悪くありませんね。心躍ります」

カランの言葉に、ゼムが意地の悪い笑みを浮かべた。

「ゼムがそういうこと言うとヤクザより怖いゾ」

「そ、そうですか？」

ゼムは若干傷ついたような顔を浮かべ、それを見たカランがくすくす笑った。

「別に、悪口のつもりじゃないゾ。それより、目的ってなんダ？」

「ティアーナさんが言ったように、奪われたものを取り返すことでしょう」

「奪われたもの……」

カランは気怠《けだる》げだった姿勢を正し、神妙な顔を浮かべた。

「そのためにはカランさん。あなたの勉強が重要になるわけです。ただ勝つだけではなく、誰がどう見ても正しさを感じるように勝負を決める必要がありますから」

「うん、わかっタ。……ところで、ニックとティアーナはどうなんダ？　訓練するって出ていったきりだけド」

「今頃は影狼窟《えいろうくつ》に着いているでしょうね」

「ワタシも迷宮探索の方が良かっタ……」

「この問題を解いたら休憩しましょう。僕も夜には出かけますしね」

「ゼムは気楽で良いナ……はぁ」

カランの視線に、ゼムが弱ったように言い訳を口にする。

「そ、そんなことはありませんよ。僕にもやらなければいけないことがありますので……。ともあれカランさん、頑張りましょう」

ゼムの言葉にカランはやれやれと肩をすくめつつも、ねじり鉢巻を締めて問題集にかじりつくのだった。


影狼窟《えいろうくつ》は仰々しい名前の割に、新入り冒険者向けの迷宮だ。地下五階層の深さを持つ洞窟型の迷宮で、影狼《えいろう》という夜目の利く狼《おおかみ》が現れる。だが攻撃力も耐久力もさほど高くはなく、テイマー職が鍛え上げた犬の方が強いくらいだ。

だが敏捷性《びんしょうせい》、そして闇に身を潜めて気配を消す隠密《おんみつ》性に優れており、慣れていない者は不覚を取りかねない。G級冒険者が入れる迷宮の中ではもっとも難易度が高い。

「しゃッ！」

「ぎゃいんっ!?」

襲いかかってきた影狼をニックの拳が的確に捉えた。影狼は避けることもできずまともに食らい、哀れな犬のような悲鳴を上げて倒れ伏した。

続いて更に二匹、ニックに襲いかかってきた。跳躍して上から襲いかかる影狼が一匹。地を這《は》うように下から襲いかかる影狼が一匹。

「迂闊《うかつ》に飛ぶと動きが限定される、獣の割に悪手だな」

狼もかくやという速度でニックは上から来る影狼を迎撃した。

脚を大鎌のように振り回して踵《かかと》を叩《たた》き付《つ》ける。

「ワオッ!?」

そして影狼を下方へ吹き飛ばし、もう一匹の影狼へと叩き付けた。

「そらよッ！」

そして拳を的確に影狼に叩き込む。

三匹があっという間に片付いてしまった。

「……よくやるわねぇ、そんな手品みたいな芸当」

「馬鹿言え。格闘を極めたような奴《やつ》は影狼の背後に潜り込むくらいやってのけるぞ、もちろん魔術なしで」

「ごめん、ちょっとわからない世界だわ」

今、ニックはティアーナと二人だけでここに来ていた。

ニックが決闘に向けて、格闘の勘を研ぎ澄ませるためだ。一人での迷宮探索は禁止されているためにティアーナが付き添っているが、影狼を倒しているのはニック一人だった。

「普通、そうやって倒すものじゃないでしょう……。最初の攻撃を防いでちくちく攻撃して倒すものよ」

「お前に普通を語られたくない」

「なんで？」

「《魔力索敵》で隠れてる影狼を見つけて、先制攻撃でぶっ倒せるだろ。お前がいるとザコを倒すのに前衛がヒマでしょうがねえ」

「ふふん、良いことじゃない」

ティアーナが自慢げに微笑《ほほえ》む。

「まあ安全なのは良いことなんだがな。おかげでちょっと鈍った」

「だからってこんな無茶《むちゃ》な訓練しなくても。短剣すら抜かないで、格闘用のナックルガードだけで魔物を倒すなんて」

「なんだよ。蹴ったりもするぞ」

「そういうことじゃないわよ……で、そんなニックがみっちり対策しなきゃいけないほどレオンって男は強いわけ？」

「強いっていうか……なんか妙なんだよな」

と、ニックが曖昧な答えを返した。

「妙？」

「こう言っちゃなんだが、オレは格闘の腕だけだったらかなり良いところまでいける自信はある」

「うん」

「けどレオンは、オレを上手く誘い込んで二対一の状況を作った」

「そりゃ、二対一なら不利でしょ」

「そうじゃねえ。周りに誰もいないのはわかってたはずなんだよ。待ち伏せされてたわけじゃねえ。まるでレオンがピンチになる瞬間がわかってたみたいに助《すけ》っ人《と》が駆けつけた」

「あー、そこを気にしてるわけね」

「……よく考えれば、最初にレオンと会ったときもなんかおかしかったんだよな。クロディーヌと話してたときだってオレがパーティーを追い出されたことなんて知らなかったのに、別れ話になった途端にレオンたちが現れた。まるで、そういう話になることがすぐ伝わったみたいに」

「……何なのかわからないけれど、油断しちゃいけない何かがある、と」

ティアーナが締めくくった言葉に、ニックが頷く。

だがティアーナの顔はいぶかしげなままだった。

「それって、格闘の訓練でなんとかなる問題？」

「いや、さっぱりわからん。わからんことだらけだから、体も動かすし頭も動かす」

「頭は動かしてないでしょ」

ティアーナが呆《あき》れて肩をすくめた。

「そっちは今はオレじゃなくてカランとゼムだ。ゼムにもちょっと調べ物を頼んだ。お前にも何か頼むかもしれない」

「ま、考えがあるなら構わないけど。さしあたって、今手伝うことは？」

「ようやく体が温まってきたから、ちょっと下の階層まで行ってくる。留守番しててくれ」

「あなた意外と脳筋よね……気をつけなさいよー！」

ニックはティアーナの言葉に、軽快に拳を振って答えた。


地下三層にニックは足を踏み入れた。

現れる魔物は一層、二層と基本的には変わらず影狼だ。というより最下層のボス以外はすべて影狼だ。夜目の利く種族や気配の探り方を習得した人間にとっては、小鬼林より余程簡単な場所だった。

では三層が上の層と何が違うかと言えば、障害物が増える。

影狼窟は鍾乳洞《しょうにゅうどう》だ。鍾乳石や石柱が木々のように乱立している。迷宮が迷宮そのものを維持しようとする力によって一定以上の大きさになったり通路を塞ぐことはないが、それでも影狼が潜み、獲物を攻撃するには絶好の構造だ。三層からはますます複雑化し、また洞窟内の道順もわかりづらくなる。

「流石《さすが》に動きにくいな……ま、これくらいの方が訓練になるか」

ニックはそう毒づきながらも、襲いかかる影狼を一蹴していた。昔、訓練がてら来たときは半べそになったものだと思い出す。ここまで鮮やかにはいかなかった。

「ここに放り込まれたっけな……」

ニックの師匠のアルガスは、教えることは下手ではなかったが、言葉での説明は下手糞《へたくそ》だった。短剣や格闘、そして闇夜の中での気配の摑《つか》み方を教えた後は、「実戦で覚えろ。適当に何匹か倒してこい」と言って影狼窟にニックを放り込んだ。それがニックの冒険者としてのデビューだ。

「あんときゃ最下層まで潜れなかったな」

この地下三層あたりで怪我《けが》をしてギブアップした。

てっきり影狼を倒すだけではなく、ボスも倒さなければ見捨てられるのではないかと思い戦々恐々としていた。だがアルガスは「撤退は別に失敗じゃねえ」と言ってニックに飯を与えた。

そう、あれは鳥の肉のローストだった。

そのとき泊まっていた宿では一番高い料理だったはずだ。とはいえ料理で評判になるような小洒落《こじゃれ》た宿などではなく、肉というだけでただ高かっただけだが、それでも未《いま》だに味を覚えている。

「ガアッ！」

そんな郷愁を断ち切るかのように、影狼三匹がニックに襲いかかってきた。

二匹は地面を這うように動いてニックの前後から襲いかかり、もう一匹は岩と岩の間を俊敏に動きながら時間差で襲いかかるつもりだろう。

「おっと、このあたりの影狼は悪くないな」

ニックは即座に前方の影狼の方へと突っ込み、追い抜いた。影狼もかくやという動きで走り、奥の方へと進んでいく。まっすぐに逃げたニックを置いてけぼりにされた影狼たちが追いかける。

「よし」

だが影狼が固まって動いている構図になった時点でニックの勝利は揺るぎなかった。ニックは唐突に振り向いて、影狼の一匹をなぎ払うようにニックは回し蹴りを放つ。

「ギャッ!?」

ここで影狼三匹の呼吸が乱れた。これが影狼の弱点の一つだ。闇に潜み絶好の機会を狙うという性格を裏返せば、必殺を逃してしまえばさほど脅威ではない。

迷宮都市内をうろつく飢えた野犬の方が恐ろしい。そのままニックは一匹ずつ危うげなく倒した。影狼を倒したニックは呼吸を整え、倒した影狼の牙を抜く。一つ一つは少額だが、数が揃《そろ》えば馬鹿にならない金額になる。

また、放置すれば迷宮に取り込まれてすぐに再び魔物を生み出してしまう。採集物をできるだけ拾うのは単に金目当てばかりではなく冒険者の重要な義務でもあった。

「ちょっとは小遣いになるし、カランに何かお土産でも買ってってやるか……」

そう独り言を呟いた瞬間、ぞくりとした何かがニックの背中を走った。

影狼窟は、実に静かな場所だ。

魔物に変化していない動物、蝙蝠《こうもり》や蛇なども棲息《せいそく》しているが、どれも気性は温厚で人を襲うことは滅多《めった》にないらしい。影狼さえ倒してしまえば意外に安全で、そして静謐《せいひつ》な空間であった。一人残されたティアーナはそれをしみじみと感じていた。

自分が持ち込んだ魔灯……魔力を明かりに変換する魔道具がなければ周囲の一切を把握できないだろう。《魔力索敵》を用いれば話は別だが、それでも暗闇の中というのは特殊な環境だ。

「……旅を思い出すわね」

ティアーナにとっての暗闇は、婚約破棄を受けて家を出て迷宮都市に来るまでの旅路であった。家から渡された路銀と、魔術師としての装備だけを頼りに馬車で別の街を目指しているとき、暗闇は常に旅の友であり、同時に自分を付け狙う敵であった。

いかに魔術師の装いをしているとはいえ、貴族らしい振る舞いの身についた女が供もつけずに一人旅をするなど流石に異様だ。何かよからぬことをしでかしたのだろうと邪推し侮ってくる人間との出会いもまた少なくはなかった。

下卑な言葉を投げかけられたり、くだらない誘いを受けたりしたことは数え切れないほどある。そんな連中を黙らせるのにもっとも好都合だったのは、暗闇だ。馬車の御者に「夜の見張りを買って出る」と言って闇夜に雷鳴を轟《とどろ》かせてやれば、不埒《ふらち》な人間はすぐに縮み上がったものだ。雷光に照らし出されるティアーナの顔を見て、大の男が粗相をしたことさえあった。

また逆に、偏見の目で見てこない友好的な人間もいた。そうした人間はティアーナと同様、何か人には言いにくい過去を持っていた。過去をすべてつまびらかにして語ることはなかったが、抽象的に話して互いの傷を探り合い慰め合うことは何度かあった。そんな話で盛り上がるときは決まって、草木も眠るほどの深い暗闇の夜だった。闇はティアーナにとって友であった。

だがそうはいっても、暗闇が危険なことには変わりない。たまたま街道に迷い込んできた魔物が、真夜中にもかかわらずティアーナのいる馬車に襲いかかってきたこともある。ティアーナはそのとき無我夢中で《雷光撃》を撃って魔物を跡形もなく焼き尽くし、うっかり周囲の木が燃えて山火事になりそうになったのを水系の魔術で慌てて消し止めた。

丁度そのとき馬車に乗り合わせていた中に冒険者や騎士といった戦いの心得を持つ者がおらず、「自分が負けたら全員が死ぬ」という緊張感が肩に伸《の》しかかってきたときの恐怖は、ティアーナにとって忘れられるものではなかった。

闇は自分を癒やし、自分を脅かし、自分を成長させた。

恐ろしくないとは言わない。いや、恐れるのが人として当然だ。だがその闇と付き合うことこそ、自由になった証《あかし》なのではないだろうかとティアーナは思う。

「師匠、私は自由です。自由がこんなにも恐ろしいだなんて、あなたは仰《おっしゃ》ってはいませんでしたね」

自嘲気味にティアーナは皮肉を呟く。

だがそれでも、恨みつらみを込めてはいなかった。

「でも……私には自由な生活というものが、どうも性に合っているようです」

また再び師匠と出会うときがあれば、皮肉や嫌味《いやみ》を言ってやろう、ついでに謝罪もしようとティアーナは決意した。いつぞや後味の悪い夢を見たことも、結局過去と向き合う気持ちがなかったからだ。けりを付けたいならつければ良い。すべては自分で決めるべきことだと、ティアーナは自分の悩みを呑《の》み込む。

「それにしても遅いわね」

ティアーナはそろそろ焦《じ》れてきた。

流石に物思いに耽《ふけ》るにしても暇だ。そもそも、ただ待つという行為自体がティアーナの性に合わない。とはいえ闇の中をうろつくのもあまり良い気分ではない。

「仕方ない……《魔力索敵》」

ティアーナが杖《つえ》を掲げて呪文を唱えた。

空間に伝播《でんぱ》する魔力を感じ取る魔術であり、強い魔力を持った存在……魔物や魔力に恵まれた人間であればすぐに居場所を捉えることができる。どうやらこの近辺には魔物もいない。そしてニックが進んでいった地下の方へと意識を向ける。

「……あれ？」

影狼にしては大きすぎる反応があった。

そういえばニックは、ここのボスについては何も語っていなかった。もしかして一人で倒すつもりなのだろうか。いや、ボスであれば問題はない。どんな特徴を持っているのか事前にわかっているはずだ。

一番の問題は、以前【サバイバーズ】が出くわしたオーガのような変異種と遭遇することだ。

「……万が一、ということもあるわよね」

ティアーナはニックを追いかけて地下へと進んでいた。

そして、魔力が強く感じられる場所で見た光景は、半裸の男と狼男がタイマンで殴り合っている光景だった。

「こなくそっ！　意外としぶといなお前……！」

「わおーん……！」

何故《なぜ》か狼男の方は、鋭い牙があるはずなのに噛《か》みつこうとせず固く拳を握りしめている。ニックの方も短剣を鞘《さや》に入れたまま、同じように拳で戦っていた。

「ぺっ」

狼男が血の混ざった唾を吐いた。

それを合図に、一人と一匹の攻防が始まる。

手数も腕力も狼男の方が上回っているが、ニックの勘の良さが狼男にクリーンヒットを与えなかった。狼男の力強い拳をそらし、的確に打撃を当てていく。とはいえすべての状況でそんな精密な打撃ができるわけもなく、ニックもまた何度か狼男の打撃を食らっていた。

気付けば周囲では、狼男を応援するかのように影狼がわんわんと声を上げていた。

「なにこれ」

誰もティアーナのことなど眼中にない。

ティアーナ以外のすべてが殴り合いに夢中になっていた。

そしてしばらく殴り合いが続き、やがてどちらも疲労困憊《ひろうこんぱい》したのか動きが鈍くなってきた。

決着が近いことを悟ったのか、影狼は唸《うな》り声《ごえ》や鳴き声をぴたりと止めて、固唾を飲んで見守っている。

「……っしゃあ！」

そして、巨体がずうんと音を立てて地べたに倒れた。

最後に立っていたのはニックだった。

「何してんの」

「お、ティアーナ。悪いな時間かけて」

「そうじゃなくて」

「これか？」

ニックが倒れた狼男を指差した。

「うん」

「これも変異種だな……オーガよりもかなりレアな変異種だ。確か、影狼将《えいろうしょう》とか言ったかな。影狼をそのまま狼男にした感じだった。それで一発殴ったらなんかこいつもキレたみたいでさ」

「そう」

「何故かこいつも拳を回したりして挑発してくるもんだから……なんか知らないうちに、殴り合いになってた」

「あのねぇ」

「お、おう」

「いくら難易度の低い迷宮だからって不覚を取らないとも限らないでしょうが。あなたのは余裕じゃなくて油断よ。こいつが殴ってきたのがブラフで、後ろに控えていた影狼どもをけしかけて多勢に無勢……ってこともあったかもしれないじゃないの」

「すまん」

「あのさぁ謝れば良いと思ってない？　私の方が冒険者歴が短いのに、その私に怒られてるってどういうことか本当にわかってるわけ？」

「いや、はい、重々承知しております」

気付けば、周囲にいたはずの影狼はそろりそろりと足音を消して逃げていた。自分らの長《おさ》が倒れたこと、そして倒した人間が叱責されているという状況を目の当たりにして、もはや逃げるしかないと悟ったのだろう。

だがティアーナはそれを視界の端に収めつつも、ニックを叱責することに集中するのだった。


ひとしきり言いたいことを言ってすっきりしたティアーナは、般若《はんにゃ》のような怒り顔を収めてようやく普通の口調に戻った。そして改めてニックを見れば、殴られた痣《あざ》や擦り傷、そして汗まみれという、ちょっとどうかと思う状況であることに気付いた。ティアーナは誤魔化《ごまか》すように乱暴にタオルを投げる。

「汗びっしょりじゃない。ほら」

「おう、サンキュー」

ニックはそのまま顔面で受け止め、気持ち良さそうに額の汗を拭った。

「ていうか服はどうしたのよ」

「暑いから上は脱いだ」

「まったく、子供じゃないんだから……手当てするから座りなさい。あと、戻ったらゼムにも診てもらいなさいよ」

「わかってるって」

「はいはい」

ニックが岩に腰を下ろすと、ティアーナは自分のバッグから血止めの薬草や包帯を取り出し、テキパキと介抱を始めた。そしてついでとばかりに水筒をニックに渡す。

「サンキュー」

「どーいたしまして」

「……今頃、あいつらは真面目に勉強してるかねぇ」

「カランとゼム？　ま、大丈夫じゃない？　カランも真面目な子だから」

「そうだな。真面目っていうか……」

「ていうか？」

「純朴でちょっと心配になるな」

「そこはリーダー、あなたの手腕に掛かってるのよ」

「おいおい。そんな頼られても困るぜ」

ニックがやれやれと肩をすくめながら、軽く柔軟体操を始めた。

ティアーナの目から見ても、ニックは屈強な戦士のような体の分厚さを持ち合わせていなかった。脂肪の少ない、引き締まった体だ。傷痕も多い。体格や身長に恵まれなくとも、たゆまぬ鍛錬と冒険の成果が体に刻み込まれていた。

ティアーナは何となく見つめるのが失礼な気がして、あさっての方を向いた。その間にニックは汗を拭き、上着を羽織る。体の熱が引き、少しばかり寒さを感じ始めたのだろう。乱れていたニックの呼吸も整ってきた。そのあたりでティアーナがぽつりと尋ねた。

「あのさ」

「なんだ？」

「あのクロディーヌっていう娘のこと、まだ好きだったりする？」

「んなわけねーだろ！　怒るぞ！」

「あ、やっぱり怒る？」

「ぼったくられて見下されて、怒らないわけがねえだろ。あいつと付き合ってた過去そのものを消し去りてえよ……。ティアーナは違うのか？」

ティアーナにもニックと似たような経験がある。恋人と思っていた男が別の女と手を取り自分を陥れた、そんな腸《はらわた》が煮えくり返るような過去だ。

「うーん……。私の場合、怒ってると言えば怒ってる。実際に目の前にいたら何をするかわかんないし」

だがティアーナの目にあるのはからっとした怒りであって、粘度の高い執念とは違っていた。

「だけど過去を消し去りたいとか、地の果てまで追い詰めてブッ殺そうとまでは思わないのよね」

「そりゃ普通だろ……いや、人によるか」

「そうね」

ティアーナは、恨みを晴らすことが生きがいの人間を否定しようとまでは思わない。ただ自分がそうではないというだけのことだ。それが普通かどうかなど、自分の与《あずか》り知らぬところだった。

「罠《わな》に嵌《は》めたことは絶対許さない。私だけじゃなくて、師匠にまで迷惑が掛かったし、そのことについてはいつか絶対に後悔させてやるって思ってる……。でも、誰かを好きだったってことはあんまり後悔してないのよね……というより」

「というより？」

「私、何かに熱中してないとダメなのよ。恋愛だったり、遊びだったり、冒険だったり。多分、学校を卒業してアレックス……ああ、元婚約者のことよ。その人と結婚して奥さんになっても、何処《どこ》かで飽きて家出するとか無茶してた気がするの」

「それはなんかわかるな。ティアーナ、お前は若奥様なんてガラじゃねえよ」

だがそんなニックの苦笑いを見て、ティアーナの目が険しくなる。

「ちょっと、その言い方はないんじゃないの？」

「え、いや、自分で言ったんだろ!?」

「そこは『そんなことはないよ』とかおだてておくものよ。ともかく、真面目な話なんだけど」

「お、おう」

「私は、あんたの元カノが気に入らない。その隣でにやついてた虎男も大嫌いね。だからあの場で啖呵《たんか》を切ったのよ。ニックのためってわけじゃない。私がそうしたかったから、そうしただけ」

「そこまで清々《すがすが》しく言われると逆に気持ちが良いな」

「でしょう？」

「オレも多分、お前の元カレを見たら殴りたくなるだろうな」

「殴りたい顔してるわよ。だからさ」

「だから？」

「あなたも、やりたいことをやりなさいよ」

「やりたいこと、か」

「もちろん、いけ好かない奴を殴るとか、博打《ばくち》をするとか、吟遊詩人《アイドル》のライブを見るとかもやりたいことなんだろうけど、それだけじゃなくて。生きる道しるべみたいなものって、何かあるじゃない？」

「それはつまり……夢とか目標みたいな感じか？」

ニックの言葉に、ティアーナは正解とばかりに指を差して頷いた。

「夢。そうね、そういう言葉がぴったりだわ」

「いきなり言われてもな……ティアーナは何かあるのかよ？」

「私？　そうねぇ……」

ティアーナは、魔術に取り組むことだと答えようと思った。

だが、ちょっと漠然としすぎてはいないだろうかと思い、言葉が止まった。

「ティアーナ？」

「賢者になることかしら」

ニックに促されて出てきた言葉は、自分でも意識していなかった言葉だった。

「賢者？」

「魔術師として、学者として、両方で認められると賢者って称号を魔術師協会からもらえるのよ」

「へぇ……S級冒険者みたいなもんか？」

「そうね。まあ国から俸給が出るわけでもないから名誉資格みたいなものだけど。でもそれがあればどんな研究所にだって就職できる……というより研究所を立ち上げれば優秀な人間がわんさかやってくる。王侯貴族と直接面会できる権利も得る。いずれは自分も……って狙ってる研究者や魔術師はいるものなのよ」

これは、ティアーナ自身の目標ではなかった。

ティアーナの師匠の目標だ。というより、元々は一介の学生でしかなく、今や根無し草の冒険者ティアーナが目標と呼ぶには流石にハードルが高すぎる。現実的ではない。

魔術を用いて嵐や洪水を防いだり、暴走した魔物の群れを止めたりといった公益性の高い成果を挙げなければならず、さらにそれに加えて魔術師協会の幹部が認めるほどの学術的に大きな発見をしなければならない。

もちろんそんな英雄じみた人間がそうそう出るはずもなく、今現在賢者と認定されている人間は大陸でも十人に満たないだろう。だがニックはそんなことを知るはずもなく、純朴な問いをティアーナに投げかけた。

「それは今も狙ってるのか？」

「あー、うん、そうね……。とりあえず、冒険とギャンブルの合間に論文でも書いて出そうと思うの。魔術師協会で認めてもらえる可能性がほんのちょっとはあるし」

「論文なんて書くのか!?」

「そ、そうね。書くわよ。意外と魔術師はこういうことやってるんだから」

嘘《うそ》ではない。

趣味レベルの書き物をするだけならば意外といる。喫茶店や居酒屋のテーブルを借りて互いの論文に茶々を入れながら飲み食いすることを「研究報告会である」などと言い張ったりする。そのくらい適当なものだ。もちろん、学校や研究所に勤める人間の論文に比べれば数段格は落ちる。

在野の人間が面白い論文を出してどこかからスカウトされるという事例がたまにあるので、魔術師協会に認められるという話もまた嘘ではない。どれだけ現実的なのかを話していないだけだ。

が、ニックは当然そんなことを知らずに感嘆を素直に示した。

「論文って、すげえな……天上の世界だよ」

それを見たティアーナはばつの悪さを誤魔化すために強引に話を切り替えた。

「な、なによ。S級冒険者だったらあなたにもなれる可能性はあるじゃない。知ってる？　A級以上は爵位が与えられるからあなたも貴族になれるのよ」

「そりゃ俺だって知ってる。名士様みたいなもんで迷宮都市ならデカい顔できるぜ。でもそれ以上に……A級とかS級とかってのは、ヒーローなんだ」

「ヒーロー？」

「普段はすげえ強い冒険者ってだけで、C級やB級の延長だ。でも瘴気《しょうき》が大発生して魔物が溢《あふ》れたときは、A級以上の冒険者は率先して魔物を討伐するんだ。あるいは賞金首の大悪党を捕まえることもある。迷宮都市の人間はみんなそいつらを尊敬してる。まさにヒーローさ」

「詳しいじゃない。……もしかして、本当に目指してるとか？」

ティアーナの言葉に、ニックは寂しそうに首を横に振った。

「……いや、オレ自身は別にそういうつもりじゃなかったんだが」

「だが？」

「オレさ、古巣のパーティーのランクを上げたかったんだよ。全員熟練の戦士で、決して夢じゃなかった。魔術師がいないと攻略不可能って言われるような迷宮でも、力業で乗り切っちまうような連中でさ」

「……うん」

「だから、ちゃんとやることやればA級だって、もしかしたらS級さえいけたかもしれない。そのくらい強かった。リーダーが、もっと世間から評価されるようになって欲しいって、そう思ってたんだ」

ニックの口調は、静かだった。普段の憎まれ口がない。

だがティアーナは、何も言わずにニックの話に耳を傾けていた。

「オレの親は行商人で、町から町へ旅をしてたんだ。物心ついたときはずっと色んなところを歩いてた。でも盗賊に襲われて親父《おやじ》もお袋も死んじまった。そんなときに盗賊を倒して助けてくれたのがアルガス……【武芸百般】のリーダーだ。その後も、なんにもできないガキのオレに冒険の仕方とか戦い方なんかを教えてくれた」

「そうだったの……」

「それで、恩返ししたかったんだよ。オレなら【武芸百般】に足りないものを補えると思った。つーか実際に補ってたと思う。けど……」

その先の言葉を、ニックは言わなかった。

「……じゃあ、後悔してる？」

「後悔？」

「そのアルガスって人のために頑張ってたこと。何もしない方が良かった？」

「いや……どうだろうな」

ニックは難しい顔をして、そして間を空けて首を横に振った。

「アルガスは別に、俺が邪魔で追い出したわけじゃねえんだ。今にして思えば、送り出してくれたんだ……って思う。実際俺が目指す方向とアルガスたちが目指してる方向は違ってたんだ。今の【サバイバーズ】を作ってみてよくわかった」

「さっぱりしたものね」

「オレのやったことは独りよがりだったのかもしれない。でも何もしなかった自分ってのは、よくわからない。すれ違ってたとか追い出されたとかは結果論で、オレにとっては誰かのために何かをやるってのが、必要なことだったんだ」

「じゃあ……金を盗んだとか言われたことも怒ってはいないの？」

「いや、それとこれとは話は別だ」

ニックが真顔で手を横に振った。

「あいつらを見返してやる！　って気持ちはあるぜ。あいつらが後悔する日が楽しみだっつーの」

ニックはそう言って笑った。

ティアーナは、それを見て微笑んだ。

「良いじゃない。見返してやるってのも大事よ。あなたがA級とかS級の冒険者になって、オレの方が正しかっただろって、上から見下ろしてやれば良いわ。あなたが街のヒーローになるのは、とっても面白そうよ」

「……それも気分が良いかもしれねえな」

「その意気よ」

「んじゃ、お前にもビシバシ働いてもらうからな」

「はいはい。でも今回の決闘はあなたが主役よ。頑張りなさいな」

ニックは痛いところをつかれたとばかりに、あさっての方を向いて頭をかいた。

ティアーナは、微笑ましい気分でそれを見守っていた。


影狼窟《えいろうくつ》の探索を終えた後のニックは、決闘に向けて最後の調整をしていた。

負荷の強いトレーニングは避け、迷宮都市の外に出ずに街中の公園で済むようなランニングや素振りといった基礎的な運動のみに取り組み、体調を整える。こうして万全の態勢を目指していた。

そして早朝、まだ朝もやも晴れない中で五キロほど走ったニックは、公園のベンチに腰掛けて上がった息を整え始める。そんな時のことだった。

「やっ、久しぶりですね」

背後から聞こえてきたなじみ深い声に、ニックは驚いて振り向いた。

「お、おお」

「……なんだかパッとしない顔ですね。もしかして忘れました？」

「忘れるわけねえだろ」

ニックが苦い顔をして言葉を返すと、声を掛けた少女はくすくすと笑った。

紺色の長い髪で、優しげな顔つきをしている。今は七分丈くらいの麻のパンツを履いており、上着も身軽そうな麻のシャツを着ている。

だがニックにとって見覚えのある姿ではなかった。ニックの目に焼き付いているこの少女の姿は、煌《きら》びやかだがどこか身軽なドレスや衣装の姿だ。

この少女こそ、ニックの推しの吟遊詩人《アイドル》、アゲートであった。

「そっちもジョギングでもしてたのか？」

「体が資本ですからね。大きめのお仕事も近いし」

「ふーん、大変だな」

彼女は近々、ライブを控えている。

ニックは詩人偏愛家《ドルオタ》として当然直近のライブスケジュールなどは把握している。

彼女の活動に関することを根掘り葉掘り聞きたいという欲求を持ちつつも、今のニックは詩人偏愛家《ドルオタ》として彼女と接しているわけではない。たまたま、顔見知りとして挨拶をしあうくらいのプライベートな関係だ。それをニックは崩すつもりもなく、またアゲートもそれをどこか承知している空気だった。

「あなたもトレーニング？」

「ほどほどの仕事が控えててな」

「ほどほどですか。もっとでっかくいきましょうよ」

「お前ほどでかい仕事は誰も持ってねえよ」

ファンをかき集めて公園や公会堂をいっぱいにできる人間など、吟遊詩人《アイドル》以外でそういるものではない。ニックは賛辞を込めたつもりだった。

「そう、ですよね……」

だが、アゲートの顔色は冴《さ》えなかった。

どこか疲れたような顔で遠くを見ている。

「何か悩んでるのか？」

「まあ、ちょっと……」

アゲートは、頬《ほお》をかきながら言《い》い淀《よど》んだ。

その仕草は悩んでいますと雄弁に語っていた。

しばしアゲートは黙っていたが、ニックと目を合わせておもむろに話を切り出した。

「ちょっと私が言っちゃいけないこと言うんで、聞き流して欲しいんですけど」

「な、なんだよ？」

「最初、ちょっとやっちゃやったなって思ったんです」

「やっちゃった？」

「あなたにチケット渡したときのことです」

「いや、ありがたかったけどよ」

「……でも、詩人偏愛家《ドルオタ》になって有り金注ぎ込んで借金する人とかもたまにいるから。こっちが『ちゃんとお小遣いとか自分でやりくりできる範囲で応援してね』って言っても、逆にそれが呼び水になってますますのめり込んじゃう人とかもいるんですよ。もしあなたがその手のタイプだったら、もっと追い詰めてたんじゃないかって」

「あー……まあ、そういう奴はいるよな」

ニックは、詩人偏愛家《ドルオタ》の活動を通して、自分と同等か、それ以上にマズい生活をしている人間がいるのを認識していた。アゲートや、アゲートの所属している事務所はそこまであこぎな真似《まね》をして詩人偏愛家《ドルオタ》から搾り取ってやろうという悪徳業者めいた活動はしていないが、別の事務所では露骨に多額の援助や金品を求めているところもある。

そうした事務所の吟遊詩人《アイドル》のファンの借金額を聞いて、ニックは青い顔をしたこともあった。アゲートが悪辣であったならば、自分もそうなっていたかもしれないと思うと背筋に冷たいものが走った。

「そういう風に歯止めが利かなくなる人と、そうならない人の分かれ目って、どこにあるんでしょうか」

「そうだな……」

欲望に飲み込まれる人間と、欲望と付き合える人間。

ニックにはわからなかった。

むしろ自分がそうした欲望の沼の中に引きずり込まれていないのが少しばかり不思議なくらいだ。

【サバイバーズ】の全員にしてもわからないとニックは思う。特にティアーナなど、どうして競竜に金をつぎ込んで家賃が払えなくなるというタイミングで借金する誘惑を振り切れたのだろうか。

もちろん、ニックが冒険者としてやっていこうと提案したことは大きいとニック自身思う。

それでも人間の欲望というのは簡単にブレーキが利くものではない。

「人間、誰だって諦めが悪いと思うんだよな」

「ですね」

「恥ずかしい話なんだが、オレは女に騙されたんだよ。貢がされて利用されてポイッて感じで捨てられてさ」

「うわぁ……苦い失恋ですね」

「だからあんたと初めて会ったときは苛《いら》ついてたし、このままじゃいられないって思ってた。でも、このままじゃない場所をどこにするかはわからなかった」

「このままじゃない場所って？」

「例えば極端な話、女に仕返ししてやる……って方向を諦めなかったら、今頃オレは詐欺師か殺人犯になってたかもしれない」

「でも、そうはなってないですよね？」

アゲートは、ニックの暗い声におっかなびっくりで尋ねた。

「当たり前だろ、まっとうに冒険者やってる。けどそれは、まっとうに冒険者やっていこうって方向で諦めなかったからだと思う。それが別れ道だったし、それを選んでいるときはそんな真面目なこと考えてなかった」

「じゃあ偶然、詐欺師や殺人犯やポン引きにならなかったわけですか？　はぁ」

失望した、と言わんばかりにアゲートが肩をすくめる。

「仕方ねえだろう。正直、ちょっとでも状況が違ってたら別の選択をしてたかもしれねぇ」

自分の命や人生が脅かされるほどの土壇場で善を選択できるということ。

それは、天性の資質なのだろうか。

だとしたらニックは、ひどく残酷なことのように思えた。

土壇場で悪を選んでしまう人は天性の悪党だということになるし、再び自分に危機が訪れたときに常に善を選べるという自信もない。いつか自分の化けの皮が剝《は》がれるときが来るかもしれないという恐怖と付き合い続けなければいけない。

それを思えば、自分が公園で濡《ぬ》れ鼠《ねずみ》になっていたときに声を掛けてくれたアゲートには、感謝してもしきれない。

それをどう伝えようか迷っているうちに、アゲートが口を開いた。

「……私の友達も、なんかそういうギリギリの土壇場って感じなんですよね」

「なんだよ、オレみたいに恋人に裏切られでもしたのか」

「そうじゃないです……そうじゃないと、思いたいです」

「思いたい？」

アゲートの意味深な言葉にニックが尋ね返す。

だがアゲートは答えずに話を続けた。

「友達が、別の友達に騙されてるっぽいんですよね。なんかお金も取られてるみたいだし。でも言っても聞かないし。やる気も自信もなくしてて」

「うーん……」

「何か、目を覚まさせる方法でもあればなぁ……って思うんですけど、思い浮かばなくて」

はは、とアゲートが力なく笑う。

それを見たニックは、思った。

「あんた何言ってんだ？」

「え？」

馬鹿じゃないの？　と言わんばかりのニックの視線にアゲートは渋面を作る。

「な、なんですかそれ！」

「だって、あんたが言ったじゃないか。吟遊詩人《アイドル》の仕事は人を元気にしたり、人を勇気付けるのが仕事だって」

「……あっ」

かぁとアゲートは赤面した。

そして言い訳するように慌てて口を開いた。

「い、いや、言いましたけど、自分のプライベートの人間関係とお仕事は別っていうか……」

「そりゃそうだろうけど、あんた今の仕事以上に得意なことなんてあるのか？」

ニックの素直な問いかけに、アゲートはぐっと言葉に詰まった。

だがアゲートは、意を決してキッとニックを睨《にら》み付ける。

「……悪かったですね！　私なんて吟遊詩人《アイドル》以外に能なんてありませんよ！」

「そ、それはそれで凄いことだと思うがな……。いや、でも失礼な物言いだった、すまん」

「あなたに怒ってるんじゃありません！　そんなことに気付いてなかった自分に怒ってるんです！」

そうアゲートは叫ぶと、上がった息を落ち着けるように深呼吸した。

「……なんで叫んでるんだろ」

「オレに言われても」

「でも、なんかすっきりしました。ありがとうございます」

「お、おう」

ニックは困惑気味に頷いた。

ニックとしてはただ当たり前のことを話したに過ぎない。自分がどうアゲートに感謝を伝えようか考えているうちに、勝手にアゲートは自己解決してしまったようだ。何か悩みの解決になったのか、ちっとも手応えがない。

「それじゃ、さようなら！」

だがそれでも、アゲートは足取りを軽くして去っていった。

「つたく、傍迷惑《はためいわく》な奴だな……。ま、オレもやることやるか」

もうひとつ走りしておこう。

膝や足首をほぐし、ニックは走り出した。

夜の蝶《ちょう》たちの囁《ささや》き

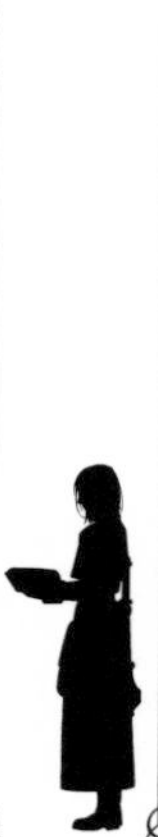

夜の色街には、意外と冒険者界隈《かいわい》の情報が流れる。

冒険者稼業は儚《はかな》い仕事だ。大きく稼ぐ日もあれば、ボウズの日もある。あるいは、一瞬の油断で命を失うこともある。だから冒険者の男は大概、夜の街に引き寄せられて儚さを忘れようとする。

そしてその日の稼ぎを失う。

ついでに、誰かの秘密が漏れ出したりする。

ゼムはそんな男の習性をよく理解していた。そもそも自分がその男の代表格なのだから。

「なるほどねぇ……そんなことがあったんですか」

「まったく、あんな頭の緩そうな女に騙《だま》される男が意外といるのよ」

ここはゼムの行きつけの酒場《キャバクラ》、「春の妖精」亭。

今回はニックに頼まれた仕事をこなすために訪れ、馴染《なじ》みの女のメリッサに酒を注《つ》いでもらっていた。勉強しているカランからは「このタイミングでマジで遊びにいくのか」という驚きと呆《あき》れの混ざった目で見られたが、これはこれで大事な仕事なのですよと言ってゼムは宿を発ち、「春の妖精」亭の扉をくぐった。

「ゼムちゃん、あのクロディーヌとかいう女に関わっちゃダメよ？　仲間の男どもを用心棒にして美人局《つつもたせ》みたいな真似《まね》してさ」

頼まれた仕事とは、クロディーヌの素行の調査である。

行きつけの喫茶店で結婚詐欺じみた真似をやるくらいだ、もしかしたら想像以上にクロディーヌの素行の悪さは目立っているかもしれない。ゼムはそうした予測を立てて、様々な店で聞き込むつもりだった。だが手始めに行きつけの酒場で話を聞いたら、まるで穴の空いたバケツのように情報が転がり込んできた。

「それはそれは、悪どい人もいるもんですねぇ」

内心の微笑《ほほえ》みを隠しつつ、ゼムはいたましそうに頷《うなず》いた。

「ったく、ああいうのがいるとウチみたいな安全な店まで『どうせ騙すんだろう』みたいな目で見られて困るのよね」

「被害に遭われたお知り合いなどいらっしゃるので？」

「あー……ナイショなんだけどね。よく週末に来る冒険者さんが騙されたって言ってたのよね。あとはねぇ……」

「あとは？」

「あー、なんか喉渇いちゃったなー」

「仕方ありませんねぇ、好きなものを飲んで構いませんよ」

「ありがとうねー！　とりあえず心当たりがあるのは四人ね。耳貸して」

「……ふむふむ」

ゼムはその哀れな被害者の名前とプロフィールを耳打ちされる。

有力な情報がどんどん入ってくることに、ゼムは小さくほくそ笑んだ。

「しかし裁判沙汰とか決闘沙汰とかには発展しなかったんですか？」

「決闘沙汰は何回かあったらしいわよ。でも相棒のレオンっていうのが強くって、だいたい勝っちゃうらしいわ」

「なるほど……」

「もしかして、クロディーヌをこらしめようとしてるとか？」

「さて、どうでしょうねぇ」

「もう、しらばっくれて……。でも、気をつけてね？　用心棒で彼氏のレオンとかいう奴《やつ》、強いよ？　ベッグとかいう仲間もなんか不気味だし」

「ほほう、そんなに有名なんですね」

「私も詳しくは知らないけど、なんか奥の手があるらしいのよ」

「奥の手？」

「そうなの。騙された冒険者さんもD級で、決して弱い人じゃないんだけどね……。でもレオンって男、やたら勘が良いらしいのよ。背中に目がついてるみたいだって言ってたわ」

「でも、殴り合いの喧嘩《けんか》ばかりじゃないでしょう？」

「ああ、冒険者だとなんか変なテストとかクイズとかやるところもあるらしいわね。でもそれも負けなし。腕っ節も頭も回るなんて反則よね。それに博打《ばくち》も強くて女には気前良いのよ。まあ恨みも買ってるから、好き好んで近づくのはおつむの弱い子ばっかりだけど」

「なるほど……」

「これより詳しいことは私も知らない。もっと知りたければ本人たちに直接聞いてね。あ、でも、みんなけっこう気にしてるからプライド傷つけるような言い方しちゃダメよ？」

心配げなメリッサの声に、ゼムは優しげな顔を浮かべた。

「そこはお任せください。僕は元神官ですよ。〝神官〟というところよりも〝元〟というのがポイントでしてね、悪い遊びを覚えて失敗したと言うと男の人も胸襟を開いてくれるんです」

「悪い人ねぇ。でも太陽騎士よりは頼りになるかも」

メリッサはそう言って笑いながら、ゼムのグラスに酒を注いだ。

ゼムは美味《おい》しそうに酒を呷《あお》る。

「そういえば太陽騎士団でしたっけ……このあたりの治安を守っているのは」

「ちょっと強引だし横柄だし、あんまり好かれてないのよねぇ……。あ、でもレオンを狙ってるって噂《うわさ》もあるけど、実際のところはどうなんだか」

「ふむ、そうでしたか……」

「太陽騎士団はあんまり関わりたくないから教えられないわよ？」

「いえいえ、大丈夫ですよ。ありがとうございます……」

そろそろ話題を変えて楽しく酒を飲むか、とゼムが思い始めたあたりのことだった。

「あー、レオンね。知ってる知ってる。前の職場の店長がカモにされてたのよ」

バックヤードから出てきたばかりの、若い赤毛の店員が肩をすくめながら言った。

「おや、それはまたご愁傷様ですね……。どうですか、一杯」

ゼムが席を勧めると、女は嬉《うれ》しそうに腰掛けた。

「あら、良いの？」

女はそう言いつつも、既に飲み物をいそいそと用意している。

ちゃっかりしていると思いつつもゼムは不快にはならなかった。

むしろこういうストレートな性格の女性はゼムの好みだ。

「あ、この子はローズよ。先週入ったばかりなの」

「ローズよ、よろしくね。あなたが噂のゼムさん？」

「ええ、初めまして。噂になってましたか」

「そりゃあもう」

「ふふ、良い噂だと嬉しいですね」

ゼムは、このあたりの色街の顔役のようなものになりつつあった。

治癒魔術や医術に詳しいゼムはこうした界隈においては貴重で、女に治療を頼まれることも多い。また遊び方も手慣れており、特定の女にずっと執着することもないので女の方も安心してゼムを接客することができる。

ゆえにゼムは「女の警戒心を解く」という、情報屋として非常に高い適性を持っていた。

「それでは出会いを祝いまして」

グラスとグラスを合わせて二人とも酒を呷る。

そしてゼムはローズに話を聞こうと思ったが、むしろローズの方から積極的に話を切り出してきた。

いや、正確には「話を切り出した」ではなく、「愚痴をまくし立てた」と言う方が適切だった。

「でさ、本当に酷《ひど》いのよ、あのドニーの野郎……ああ、私が働いてた酒場の店長のことね。そいつ、大して料理の腕が良いわけでもないのに妙に自信家でさぁ。客の入りが少ないと『味のわからない客ばっかりだ』とかブツブツ愚痴ばっかり吐くし。でもそんなこと言っても、客が来ないときは来ないの仕方ないじゃない？」

「まあ、客商売の宿命ですね」

「せめてピーアールする方法を考えるとかすれば良いんだけど、『味だけで勝負するんだ、そういうのは邪道だ』……って言ってなんにもしないの。そういうときにレオンって奴が来たのね」

「で、博打に誘われたと？」

「その前に、レオンが店長のことやたらと褒めるのよ。傍《はた》から見たら明らかにおべんちゃらだってわかるんだけど、それで気分良くなって博打に誘われて……って流れね。そこからバカみたいにカモにされちゃってさぁ」

「それはまた……ご愁傷様と言いますか」

「良いよ、あれは自業自得だし。だいたい博打で負けて金を持っていかれて、その分バイト代ケチって埋め合わせしようとしてくんのよ。最悪じゃない？」

「それはちょっと弁護できませんね」

ゼムが苦笑いを浮かべると、ローズはけらけらと笑った。

「あっはっは、元神官さんに見捨てられてるし！」

「で、ローズさん。なかなか興味深いお話ありがとうございます……それで、少しお願い事を聞いてはくれませんか？」

「え」

ローズはそこで固まった。

お願いされる内容を何となく察する程度には、ローズはまだしらふだった。

「……『スパローポート』に案内しろとか、店長の話を聞きたいとか、そういう話？」

「あ、それが酒場の名前なんですね？　まあだいたいそういうことです」

「いやー流石《さすが》にちょっと気まずいかなぁ……。あの店長、バイト代払ってくれなかったからこっちもバックレ気味に辞めちゃったし」

「いやいや、流石にその店長との面談をセッティングしてくれ、とまでお願いするつもりはないですよ。店の近くまで案内してくれたり、道すがらもっと詳しく話を聞かせて頂ければそれで構いません」

「あ、それだけで良いの？　……まあ、あいつが困ってる顔、見たいと言えば見たいし」

ローズはちらりとメリッサを見る。

おねだりのような視線だ。ゼムはこの店のお得意様ではあるが、特定の女に紐付《ひもづ》いて来ているわけではない。だからゼムと店外デートするときは、牽制《けんせい》し合うような空気が生まれる。

「ま、そういうことなら良いんじゃない？」

ローズは心なしかホッとする。

ゼムを店外デートに持ち込んだというのは手柄話になるが、かといっていらぬ嫉妬を持たれるのも面倒だ。ローズにはそんな打算があり、メリッサはそのあたりを飲み込んだ上で「そういうことなら」と頷いたのだった。

「じゃ、明日にでも繰り出しましょうか。ああ、もちろん別の酒場でちゃんとご馳走《ちそう》しますよ」

こうして次の日、ゼムとローズは酒場「スパローポート」の近くまでやってきていた。

だが、ゼムはひと目で理解した。

「立地が悪いですね」

店は、大通りからは少し外れていた。

一見の客を呼び込むには微妙な場所だ。近隣に数軒ある飲食店や喫茶店は、看板や建物がどこか古びているのに店内から賑《にぎ》やかな気配が漂っている。恐らくどの店も馴染みの客を抱えているのだろうと察せられた。目の前の酒場「スパローポート」以外は。

「そうなのよね。ちょっと前までは賑わってたんだけど、今じゃ見る影もないわ」

「賑わってた？　何か人気になる秘訣《ひけつ》でもあったんですか？」

「バイト仲間ですごく歌が上手《うま》い子がいたのよ。それで客寄せに歌声酒場《カラオケスナック》みたいなことして評判になったの。いつか吟遊詩人《アイドル》としてスカウトされるんじゃないかって噂だったわ」

「吟遊詩人《アイドル》ですか。僕の友人もハマってましてね。法被とか魔色灯《サイリウム》を持っていました」

「ディープな友達がいるのね」

「未来の吟遊詩人《アイドル》がいると知れば喜びますね」

「あ、残念だけど今は手伝ってないみたいなのよ」

「おや、辞めてしまったんですか」

「なんだか知らないうちにあんまり顔を見なくなったのよ。だから辞めたのか辞めさせられたのか、私にはわかんない。……ただ、店長は料理じゃなくて歌で評判になるのがちょっと癪《しゃく》だったみたいなのよ」

「……妬んでいたと」

「でも、歌姫がいなくなってからは売上は右肩下がり」

ローズがやれやれと肩をすくめた丁度そのとき、酒場の扉が開いた。

「あ、ごめん、隠れて！」

ローズが物陰に引っ込み、ゼムも袖を引っ張られて物陰に隠れた。

「あー、あの子、別れてなかったんだ。あーあ」

酒場から紺色の髪の少女が現れ、とぼとぼと歩いて去っていく。

どこか哀愁漂う背中をしていた。

ローズはそれを物陰から眺めつつ溜《た》め息《いき》をつく。

「ローズさん。あの子というのは、もしかして……」

ゼムの質問をすべて聞く前に、ローズは頷いた。

「うん、歌が上手かったって子。店長とデキてたみたい。でもあの様子だと……ねえ？」

少女が去ったあとの酒場の中から、楽しそうな談笑が聞こえてくる。

恐らく今出ていった少女は、中の男どもに追い払われたのだろう。

やれやれと言わんばかりの声が、開けっぱなしの扉から聞こえてきた。

「男の価値ってもんをわかってねえ女はいけねえ。なぁレオンさんよ」

「なあに、いつかわかってくれるんじゃあねえか？　それよりも賭場に早く行こうぜ。みんな待ってるぞ。今度こそ負けを取り戻せるさ」

「おうともよ」

そして談笑していた男二人は、店の灯《あか》りを消して外へと出た。

扉を施錠し、ここよりも更に裏路地へと歩いていく。

先程出ていった少女とは対照的に、二人とも軽やかな足取りだった。

「今日はもう営業するつもりもないようですね」

「……そうみたいね」

「向こうには何があるんでしょうか」

「あの男が言ってたじゃない。賭場よ」

「賭場、と言っても向こうは……」

「最近できたみたいなの。ああ、もちろん綺麗《きれい》なカジノとかじゃないわよ」

迷宮都市テラネにおいて、賭場の営業は許認可制だ。

そして許認可を得るための審査はあまりにも厳しい。高級貴族や豪商など、選ばれた人間だけの既得権益と化しているためだ。迷宮都市が新規参入しようとする業者など認めるはずもなかった。

だがそれでもモグリの賭場やブックメーカーはどれだけ規制しようとも雨後の筍《たけのこ》の如く現れる。

「……そんな場所で勝てるわけがないでしょうに。いや、まともなカジノでもわからないでしょうけど」

「ほどほどに勝たせて、最後にむしり取るらしいわよ。でも丸裸にするんじゃなくて、生活費くらいは残しておくの。だから店長、あのレオンって奴を良い人だって思い込んでるのよ」

ローズの声はせせら笑いを含んでいるようで、どこか震えていた。

その目は、男二人が消えていった路地ではなく、灯りの消えた酒場の方を向いている。

寂れていると、ゼムは思った。

ただ灯りが消えたための寂しさばかりではない。

メニューを書くべき入り口の黒板には何も書かれておらず、またゼムたちの隠れていた物陰も、片付けるのを忘れたと思《おぼ》しき空き箱が積み重なってできたものだ。そこからは、生ゴミの腐敗臭が漂っていなかった。

それは清潔さではなく、怠惰の証拠だった。まともに営業しようという気持ちさえないため、飲食店でありながら腐敗しそうなものを最初から購入しない。汚臭のしないゴミだけが出ている。

「あのさ、私がこんなこと言うのも変なんだけど……。オープンしたばっかりのときはもうちょっと良い店だったのよ。大した料理人じゃないとは言ったけど、それでもあの男、最初だけは汗水垂らして営業してたわ。さっき出てった女だって、あんな寂しい顔してなかった。楽しそうに歌ってた」

「……そうですか」

「来るんじゃなかったな。働いてるときはホントうざいしバカだなとしか思わなかったんだけど、こうやって距離を取って眺めると……哀れすぎてざまあみろってさえ思えないや」

「嫌なものを見させてしまいましたね、ごめんなさい」

「ゼムさんが悪いわけじゃないよ。ついてきた私が悪いの。ごめんね」

すう、はあ、とローズは呼吸を整える。

自分でもわけがわからず高ぶっていたようだった。

「どっかで人生躓《つまず》いたらあんな風に搾り取られてくんだろうなって思うと、なんか悔しくってさ。人間ああなったらやり直すとか絶対無理だろうし、あの虎人みたいな悪党が、いつも手ぐすね引いて待ってるって思うと……」

ゼムは、言葉を掛けようとしてやめた。

そのローズの声に含まれていたのは嫌悪感以上の恐怖だった。

それを払拭するのは言葉ではなかった。

「な、なによ……」

ゼムは優しくローズの肩を抱き、ぽんぽんと叩《たた》いた。

まるで親が子をなだめすかすように。

「怖かったのですね」

「そ、そういうわけじゃ」

「僕は冒険者です。あの酒場の店主を救うことはできない。あなたの好きだった職場を元に戻すこともできない」

「……それは、誰だってそうでしょ。時間も人間も昔には戻らないもの」

「ええ。ですが、落伍者《らくごしゃ》を見つけて搾り取るような悪党に、痛い目を見せるくらいのことはできますよ。そのためにここまで来たんですから」

その言葉に、ローズは呆気《あっけ》に取られた。

数秒、まじまじとゼムの顔を見たあと、ぷっと吹き出す。

「ホントにぃ？　結局、酒場の近くをうろついただけじゃない。私が綺麗だから、店外デートに誘う口実だったんじゃないの」

「そうかもしれませんねぇ」

ゼムの言葉に、ローズがくすっと笑った。

揶揄《やゆ》するような意地の悪い笑みだ。

だがそこからは、声の震えは消え去っていた。

さんすうベアナックル

そして瞬く間に時は過ぎ、決闘の日がやってきた。

できる限りの準備を整え、ニックたちは決闘の場所へ赴いた。その場所は、冒険者ギルド『フィッシャーメン』の屋上だ。そこに二つの試合会場が用意されている。

一つは、ごく簡素なものだ。床に白線を四角く引いただけの場所。「ここからは場外」を示しているだけの、無骨な佇《たたず》まいだ。

別に場外に出ても反則や減点にはならない。ただし、場外に出たら立ち会う人間や観客に無理矢理《むりや》白線内に押し戻される。負けを認めない限り逃亡を許さない。そんな野蛮なルールのための白線だ。

その床の四角の両端に、決闘する人間二人が思い思いに待機している。

「久しぶりだなぁニック？　よく逃げずに来られたな」

「こっちの台詞《せりふ》だ」

ニックと、レオンだ。

既に二人とも、今にも殴りかかりそうな雰囲気をしていた。

今回、武器の持ち込みは禁じられている。さらに防具どころか上着と靴の着用さえ禁じられていた。二人とも半裸のような姿で闘志を燃やしていた。

「やっちまえ！」

「レオン、ぼっち野郎にでけえ顔させるなよ！」

「ニック！　卑怯《ひきょう》なネコ野郎の尻尾をぶっちぎれ！」

ニックの珍妙に見える行動を良く思わない冒険者がレオンに味方し、あるいはレオンの所業を知っていると思《おぼ》しき人間はニックの応援をしている。当事者のみならず周囲のボルテージさえもが昂《たか》ぶっていた。

男たちがそんな荒々しい気配を漂わせている一方で、むっつりとした難しい顔をしている人間たちもいた。その人間たちは、白線の外にいた。机と椅子が二組、向かい合うように置かれている。その椅子に座るのはどちらも女だった。

「……はぁーあ。さっさと始めてほしいんだけど。ねえ、あなたもそう思うでしょお？」

「うるさイ」

一人はふわりとしたブロンドの髪の、まさに少女らしい少女。クロディーヌだ。今はつまらなそうに自分の枝毛を抜いていた。

もう一人は、カランだ。クロディーヌの話など一切耳に入っていない。目を瞑《つぶ》り集中している。今まで突貫工事で勉強した内容を、頭の中で反芻《はんすう》しているのだ。

「……あんた、クソ真面目ねぇ。つまんない」

「無駄な挑発はやめな。そろそろ始めるよ。まずは男どもの方からだ」

ヴィルマの声が屋上に響いた。

目が痛くなるほどの快晴だ。

男どもの影がくっきりと床に浮かび上がっている。その影の長さは明らかに差異があった。ニックの方が頭一つ分ほどは短い。格闘においては致命的な体格差だ。この状況を見守る冒険者の中で、ニックの有利と見る人間は少なかった。

「目と金的への攻撃、魔術や武器の使用は禁止。倒れてテンカウント、失神、降参で決着とする。当然、殺しは駄目だよ。あとは殴ろうが蹴ろうが投げようが、好きにやりな」

「おう」

「いつでも良いぜ」

決闘者同士が睨《にら》み合《あ》いながら頷《うなず》いた。

「……始めっ！」

ヴィルマの凜《りん》とした声が響いた瞬間、ニックは即座に踏み込み、一瞬で距離を詰めた。猛スピードのフックがレオンを襲う。

「つとぉ！　危ねえな！」

だが、レオンはそれを予期していたかのように避けた。拳が来る瞬間にバックステップして距離を取っている。

「……来ないのかよ」

「そう焦るなよ。勝負はまだ始まったばっかりだぜ？」

レオンが挑発する。

悠々とした余裕のある態度だ。

ニックが再び踏み込み、左のジャブを繰り出す。どっしりとした堅牢《けんろう》なガードで防がれる。

レオンが強いのではない。

レオンは、攻撃を捨てて防御に専念していた。

「……ちっ」

ニックが更に細かく刻むようにステップを踏み、拳を繰り出す。

それをレオンが腕を上げて守りを固め、致命的なダメージを避け続けた。

ニックの拳が打ち止めになったあたりで、レオンが下半身を狙って蹴りを繰り出した。

「おっと！」

だが、ニックは一歩引いて無難に避ける。

「へっ、なんだい。蹴りはお嫌いか？」

「お前……」

ひゅう、と呼吸音が聞こえた。

その瞬間、レオンの中段蹴りがニックの腹に襲いかかった。獣人のばねや瞬発力は人族を軽く凌《りょう》駕《が》する。ニックはその蹴りを避けず、あえて腕で防いだ。威力に押されて後ずさる。体勢こそ崩れなかったが、それでも隙はできた。

が、レオンは踏み込んでこなかった。

ニックは戸惑いつつもじりじりと距離を詰める。そして足を使い、レオンの周囲を回り始めた。

「どうした、動いてるだけじゃ勝てねえぞ」

「閉じこもってても勝てないがな」

ニックが攻めに転じた。

レオンの側面に回って低い姿勢で蹴りを放つ。

「うおっと!?」

レオンの太い足にニックの蹴りが当たった。その場所には、まるで蛇が絡みついた後のような痣《あざ》が残った。

「前にも思ったが、お前、こういう陰険な戦いが得意だよな……」

「ああ、戦い方だけは陰険だぜ。それ以外はお前に負けるが」

「言ってろ！」

レオンもまた、俊敏に動き回るニックを捉えようと動き、拳を打つ。

だが執拗《しつよう》には追いかけなかった。牽制《けんせい》になったと見るや、すぐにコーナーに戻る。

あそこに陣取られては、ニックも自分のフットワークを活《い》かせない。

無理に攻めようとすると、レオンが丁寧でコンパクトな拳打を放って牽制してくる。

レオンは自分の筋力や速度を、攻めではなく守りに有効に活用していた。

「……やっぱりかよ」

「なんだよ？」

「時間稼いでるだけだな？」

今、ニックは状況を動かすために攻め方を変えて試してみた。

だがレオンは釣られることなく、無理な攻めは決してしてこない。

それどころか更に一歩引き、こちらの様子を窺《うかが》っている。

防御の姿勢を一切崩そうとしなかった。

「さあて、何のことだ？」

恐らくレオンは、攻撃の意志がないと取られない程度に攻撃し、あとは徹底的に防御と回避するつもりだろう。次の勝負に持ち込むために。

「ったく、狼男《おおかみおとこ》の方がまだやりやすかったぜ」

ニックは愚痴を呟《つぶや》きつつ距離を詰めた。今度は拳を握らずに指を開き、すり足で少しずつ近づく。

「てめえ……！」

ニックは攻めっ気を一切出さずに、細かく距離だけを詰める。

お互いの吐息がかかりそうな程の距離になった。

互いの緊張と戦意が高まり合い、先に弾けたのはレオンだった。

「うるぁ！」

ニックの胸と腹の間を、レオンの拳がまっすぐに打ち抜く。

クリーンヒットした……かに見えた。

「かかったな」

だが、ニックは打たれつつもレオンの腕を取っていた。まるで蛇のように絡みついて関節を極《き》めていく。

「ぐっ……ねちねちとしつこい……蛇かてめえは……！」

レオンは腕を極められ、一気に形成が逆転した。

だがそのまま倒れることはなかった。

無理矢理体を起こし、そのありあまる剛力でニックの体ごと場外へと倒れ込む。

「ぐっ……！」

倒れる際にレオンが自分の体重でニックを押し潰す。

場外での攻撃は反則のはずだが、レオンはあくまで体がもつれた結果に見せかけていた。

「離れな！」

「ふう……やるじゃねえか」

ニックが体を起こし、レオンを睨む。

だがレオンもまた恨めしそうにニックを見る。

「うるせえ……！　しつこいんだよてめえは……！」

そんな膠着《こうちゃく》状態のままあっという間に試合時間が過ぎ、ヴィルマが鐘を鳴らす。

終了の合図だ。

カランとクロディーヌの対決へともつれこんだ。


ニックたちの試合が終わっても、カランは表情を動かさなかった。

目を瞑って集中し、今まで勉強した内容を頭の中で反芻していた。

竜人族の里は……というより、都市部から離れた辺境の集落のほとんどで、教育はさほど重要視されていない。一方で古代文明の痕跡が色濃く残る迷宮都市や王都であれば学校や教育の重要さがなんとはなしに共有されているため、「子供を学校に通わせる」という常識が根付いている。そのために、明らかな格差ができた。

それゆえ迷宮都市にはカランのように騙《だま》される人間が、そしてクロディーヌのように誰かを騙そうとする人間が、数多く存在する。カランのように騙された人間を哀れに思う人間は、まあ、それなりにいる。

しかしほとんどは遠巻きに見て哀れむだけで、根本的なところでどうこうしようとは思わない。田舎者が騙されるのはある種の通過儀礼のようなものだとさえ思われている。

だから、手を差し伸べる人間など滅多《めった》にいない。「勉強しろ」とぷりぷり怒る人間は、本当に、本当に、少ない。

「ちょっとあんた、寝てんの？」

「うるさイ」

「……人が注意してやったのに、まったく無礼なものね。やんなっちゃう。あんた田舎者丸出しでここで暮らすの向いてないわよ。さっさと尻尾巻いて帰ったら？」

向かいから嫌味《いやみ》を投げつけてくるクロディーヌを、薄目で睨む。それだけでクロディーヌは、おびえたように黙った。

カランにはまったく理解できなかった。

ニックがこんな女に貢いでいたという事実が。

「お前こそ、なんでそんな生活してるんダ？」

「はあ？」

「何か好きなことないのカ？」

「……あんた、喧嘩《けんか》売ってんの？」

「別に、ないなら良イ」

カランはそう言って、ぷいっと視線を外した。

クロディーヌが摑《つか》みかからんばかりに睨む。

「喧嘩がしたけりゃ後でやりな」

ヴィルマが二人のもとにやってきた。

「男どもの勝負は決着が付かなかった。次はあんたらだ。良いね？」

「わかっタ」

「良いわよ」

カランとクロディーヌがそれぞれ頷いた。

「制限時間は拳闘と同じく五分。まずは基礎的な問題を出すからそれを解いてもらう。多分、普通の頭なら満点は取れるよ。だが試合数が重なる度に難しくなってくからね。それじゃあ、用意……始め！」

カランとクロディーヌが同時に問題用紙をめくった。そこにあったのは、ごくごく簡単な四則演算の問題だった。

（よかっタ……）

カランは密《ひそ》かに安堵《あんど》した。ニックやゼムに勉強を教わってまだ半月にも満たないが、それでも着実に力になっている。できることが一つ一つ増えていった。今までわからなかったもの、意識することなく見逃していたものが理解できるようになる。

今、その結果を試すことができる。

向かいの人間に対する敵意さえも忘れて、カランはペンを走らせた。

「……よし、そこまで！」

五分はあっという間に過ぎ、カランも、クロディーヌも、まったく同じ答えを答案に書いていた。

五分と五分のまま、再び次の勝負……ニックとレオンの拳闘に持ち込まれた。


勝負は三ラウンドまで膠着状態が続いた。

だが、四ラウンド目から変化が起きた。

「カランは90点、クロディーヌが１００点だね」

ヴィルマが冷徹に言い放つ。

十点以上差が付いた場合は拳闘の試合でハンデが発生する。ノーガードの相手を一発だけ、殴ることができるのだ。カランが、悔しそうに歯を食いしばった。

「今からそんな調子でどうするのよ、これから差がどんどん出てくるわよ」

クロディーヌの嘲笑がカランに向けられた。

そして拳闘の試合場の方で、ニックとレオンが距離を詰めて向かい合った。

「さあて、それじゃあどこを殴ろうかね」

「さっさとやれ」

「おうよ」

レオンが顔を殴ると見せかけて腹にフックを入れた。

「ぐっ……」

「ちっ……！　てめえ、本当に人族かよ」

殴った方のレオンが毒づいた。

ニックは黙って殴られたが、痛みに喘《あえ》ぐことはしなかった。体を瞬間的に引き締めてダメージを逃がす術を習得しているためだ。完全にゼロにすることはできないが、ダメージを受けていないように見せることはできる。

だがニックが自分の無傷を見せつけたい相手は、レオンではなかった。

「カラン！」

「に、ニック」

「こんなへっぴり腰の拳、何発もらおうとオレぁ問題ない。目の前のことに集中しろ」

自分が殴られたような顔をしているカランを、励ましたかった。

「……わかっタ！」

カランの顔が引き締まった。

そして、再び瞑想《めいそう》するように目を瞑った。

「……言うじゃねえか」

「言われたくなきゃかかってきやがれ」

「レオン！　なにを逃げてんだ！　攻めろ！」

「ニック！　とどめさせ！　舐《な》められてんじゃねえぞ！」

試合がまた膠着した。

今は六ラウンド目。四ラウンド目から連続して算数のテストでの点差がつき、ラウンドが始まる毎《ごと》にニックは一発もらった。だがレオンはそれでも勝負に出ようとはしなかった。

既に観客にも、レオンが引き延ばしを狙っていることが露見していた。たまに見せる攻めっ気も、あくまでサボタージュと見られないためだけのポーズだ。

「そこまで！」

ニックの拳を避け続けたレオンが、危なげない足取りで自分のコーナーに戻る。観客の罵声など気にも留めない。

そして再び、カランとクロディーヌの戦いとなった。そろそろ、カランの即席の知識も底が見え始めた。これ以上続けば続くほど、【サバイバーズ】が不利になる。

「ねえ、ちょっと良いかしら」

そんな予感が観客の間で蔓延《まんえん》した中で、ティアーナが声を上げた。

「なんだい、【サバイバーズ】の魔術師」

「ティアーナよ。……あのさぁ、もうまとめてやってよ」

「まとめて？」

「ちまちまちまちまと、いつまで経《た》っても勝負が決まらないじゃない。筆記試験の問題だってまだ何回分もあるんでしょ。それをまとめてやってって言ってるのよ」

「ふむ」

ヴィルマが考え込み始めた。

すると、周囲の人間からはブーイングのような賛成の声が響いた。

「そうだそうだ！　さっさと決めろ！」

「いつまで引き延ばしてんだ！」

「おだまり！　勝負方法を決めるのは決闘する連中だよ！　それともあんたらが殴り合うかい！」

ヴィルマの凄《すさ》まじい怒声が響き渡ると、観客はぴたりと罵声を止めた。

「まとめてやるってことは、ハンデで殴られる分もまとめることになっちまうが、良いのかね？

つまり負けた方のパーティーは四発連続殴られなきゃいけなくなるが」

「それで良いわよ」

「……どうするね。クロディーヌ？」

ヴィルマがクロディーヌに尋ねた。

「え、そ、そりゃあ……願ったり叶《かな》ったりだけど」

クロディーヌはいぶかしげな目でカランを見る。この方法で有利なのは明らかにクロディーヌだ。ごく簡単な計算問題を解く程度では差が付きにくかったが、難易度が上がれば上がるほどこちらのものだ。知能で竜人族ごときに劣るはずがないとクロディーヌは思っている。それに何より、クロディーヌには奥の手がある。

「あんたはどうだい？」

ヴィルマがカランに目を向ける。

「望むところダ」

カランは腕を組み、何の不安もなさげに言い切った。

「……よし。では制限時間二十分で、解けるだけ解きな」

ヴィルマが問題用紙を準備し始めた。

紙束がどさりと二人の机に並べられる。

「多分、すべて解くのは無理だろう。一番難易度が高いのは、貴族学校を卒業できるくらいの知識が問われるからね。解ける問題を焦らず解きな。……それじゃあ、始めるよ」

そしてヴィルマが、開始の鐘を鳴らした。

「ええっ!?」

そのとき、驚くべきことが起きた。

カランを眺めていた観客がどよめく。カランが、怒濤《どとう》のごとく問題を解き始めたのだ。凄まじい速さでペンを走らせ、計算用に渡された白紙に数式が列記されていく。そして弾き出された答えが答案に書かれる。

舞台の緞帳《どんちょう》が上がるようにばさりと問題用紙をめくり、新たな問題をどんどん解いていく。


クロディーヌは、その光景に目を見張った。

「うっ、ウソでしょ……?」

クロディーヌの視線の先にあるカランの顔は、真剣そのものだった。真剣な表情で筆をすらすらと動かしている。まさか向こうは試験問題を先に手に入れるような真似《まね》をしてたんじゃないかと、自分を棚に上げて疑った。

「クロディーヌ！　相手の方を見るんじゃないよ！」

カランを凝視したクロディーヌに、審判のヴィルマから警告が飛んだ。慌ててクロディーヌは視線を落とし、問題用紙に目を向けた。だがそれで焦りがなくなるわけではない。

「くっ……なんでよ……？」

田舎者の中でも、竜人族は特に頭が良くないことをクロディーヌはよく知っている。あらゆる獣人と比較しても一、二を争うほどに恵まれた肉体と魔力。魔族との戦争で活躍した英傑も多く、一目置かれている。だがその優秀さにあぐらをかいている者も多い。

対して、クロディーヌはただの人間だ。顔のつくりは決して悪くないと自覚している。それでも吟遊詩人《アイドル》のような華やかさはない。生来の手の器用さはあるが、男のような力強さも、魔術師のような魔力もない。家も資産もない。

親は駅馬車の職員だったがケチな横領に手を染めて失職した。親から奴隷として売られそうになったところを命からがら逃げ出した身だ。竜人族などのように頼れる一族などあろうはずもない。

自分の手には世の中に通用する武器があまりにも少ないという事実を、嫌というほどわかっている。

だから、妬んだ。

世の中に通用する武器を持っている人間を。

天から与えられた何かを持っている人間を。

だから、開き直った。

才能のない人間が卑劣な手段に頼るのは当たり前のことなのだと。

ニックが決して侮れない冒険者であると、本当はクロディーヌはわかっていた。どこか自分を卑下しているが、道具や戦利品の目利きは確かで、頭も回る。腕力が足りないと嘆いていたが、あの【武芸百般】で足手纏《あしでまと》いにならない時点で並大抵ではない。少なくとも、ごく普通の女の体しか持ち合わせていないクロディーヌよりは遥《はる》かに強い。

だから、ニックが【武芸百般】から追い出されたと聞いたときに、思ってしまったのだ。

「こいつは私と同じレベルに堕《お》ちたんだな」と。「私の方がマシだ」と。

ニックを嘲笑《あざわら》うのは、心地が良かった。

そうだ、人間は平等なんだ。誰だって、いつの日か、絶対に、残酷なこの世の仕組みに挫《くじ》ける日が来るのだ。きっとこいつは私にも裏切られて、ゴミクズのように汚れて絶望する。

弱り切って死んでしまう寸前になれば、少しばかり温情を恵んでやっても良いだろう。今までかすめ取ってきたものを少しばかり返してやったって良い。そして弱い人間が生きるための獣道を諭し、導いてやるのだ。この猥雑《わいざつ》で悪徳に満ちた街を生き抜くために。

だがニックは、クロディーヌの思惑とは全く別の方向へと進んだ。新たな仲間を募り、周りの中堅冒険者どもが目を見張るほどの活躍を始めた。しかも、自分の詐欺の獲物さえ助けた。

止《よ》せば良いのに。

勝ち馬に乗り始めた人間など相手にせず、自分が勝者になれる世界だけで生きていけば良いのに。

頭の片隅では愚かなことをしているとわかりつつ、自分を棚に上げていることも理解しつつ、それでもクロディーヌはニックに復讐《ふくしゅう》してやろうと思ってしまった。

本当は馬鹿な商人の息子から金をせしめ、さらにレオンも裏切って都市の外に高飛びすることを企《たくら》んでいたが、それすらも放り投げた。他人と力を合わせてまっとうに生きるニックが、許せなかった。

恐らく自分の裏切りの兆候に気付いていたであろうレオンも、何故《なぜ》か私の復讐に乗ってきた。レオンも気付いたのだ。欺《だま》されてどん底に落ちて、私たちと同じ獣道を歩むべき人間が、私たちとは違う日の当たる場所へ行こうとしてることに。

「そんなの……良いわけないじゃない……！　こんなアホに……負けるわけにいかないでしょ……！」

クロディーヌの呟きを聞いたカランが、溜《た》め息《いき》をついた。

そんな嘲笑など相手にしないとばかりに。

「アホをアホのままだと思う、お前がアホってだけダ」

そのつまらなそうな口調に、クロディーヌはキレた。

『……ベッグ！　奥の手よ！』

『おう。こっちは大丈夫だ。参考書も算盤《そろばん》もある』

『今から問題を言うから解いて頂戴』

クロディーヌは、自分の懐に隠した宝珠にこっそりと魔力を込めた。

止せば良いのに。

何らかの気配を察したカランが憐憫《れんびん》さえ抱いていることに、クロディーヌは気付かなかった。

同時に、決闘を見守っているはずの【サバイバーズ】のメンバーがこの場から消えていることに、クロディーヌは気付かなかった。

クロディーヌは、ベッグからの返事を待った。《念信《テレパス》》は頭に直接声が響くため、うっかり声で返事してしまわないように口を固く閉ざし、問題を静かに解いているふりをする。それでも舌打ちが漏れそうになる。

『……難しいなこりゃ。本を開かねえとわからん。ちょっと集中するから黙ってくれ』

『早く頼むわよ』

ベッグは便利な男だ。元々はそれなりにインテリの魔術師だった。だが宵越しの金を持たない享楽的な性格が災いして借金返済に困り、奴隷落ちした。それをレオンが買い取り、【鉄虎隊《てっこたい》】のメンバーとなった。

だがそんな身の上のくせに、からっとした男だった。クロディーヌはレオンの中に自分と似た焦げ付いた臭いを感じた。だがベッグにはそんなものはない。ただあるがままに自分の好きなことだけをやる、野放図な人間だ。

レオンが報酬が出ると言えば一切の遠慮なく詐欺の片棒を担いだ。クロディーヌの美人局《つつもたせ》も楽しそうに手伝った。飲み、食い、遊ぶことができるのならば不満もなくストレスも溜めない。

難解な本を読み解くくせに人生の懊悩《おうのう》とは無縁の、ある意味ではひどく幸福な男だ。レオンもクロディーヌも、ベッグを入れた三人での仕事が一番やりやすかった。今のようなときでも遠慮なく手伝わせることができる。

今回ベッグに頼んだ仕事は、カンニングだ。

それも、念信宝珠という魔道具を利用したものだ。これは、離れた場所から声を出すことなく会話する《念信《テレパス》》が使えるようになる、反則級の魔道具である。クロディーヌはそれを使ってベッグに問題内容を伝える。ベッグは『フィッシャーメン』の屋上から《念信《テレパス》》が届く範囲の場所に隠れて、算術の参考書や魔術算盤を使い、悠々と問題に取り組んでもらう。これならば少々の知恵者相手であっても何の問題もなく勝てると【鉄虎隊】は踏んでいた。

とはいえ、クロディーヌはこの手口の危うさを自覚しているつもりだった。今回のカンニングのみならず、今まで念信宝珠を使って様々なイカサマを成功させてきた。だが一度露見してしまえば騙された阿呆《あほう》どもが一斉に騒ぎ立てるに決まっている。

クロディーヌが一度【鉄虎隊】を抜けようとしたのもそれが理由だ。十分に稼いだらさっさと手仕舞《てじま》いすれば良い。念信宝珠を使ったイカサマもこれを最後にしよう。だから今だけは存分に使おう。

『ねえ、ちょっとベッグ。そんなに難しいの？』

またベッグの悪い癖が出たのだろうと思い、クロディーヌはせっついた。ベッグは集中すると一切人の話が聞こえなくなるのだ。特に魔術書や資料を読み解いているときはその傾向が強い。

他人の機嫌を取るようなこともせず、ベッグは誰が相手でもベッグらしかった。だからいつものことだ。心配することはない。そうクロディーヌは自分に言い聞かせて焦りを宥《なだ》めた。

ただ、時間内に解けなければ意味はない。催促だけはしておこうと思い、クロディーヌは再び《念信《テレパス》》でベッグに言葉を送った。

『難しいのはわかるけど、時間内に頼むわよ』

だがそれでも、クロディーヌの脳内に言葉が返ってくる様子がない。

『……ねえ、ちょっと聞いてるの？　ベッグ！』

嫌な予感ばかり募らせていると、思わぬところから言葉が投げかけられた。

「どうしたんだよクロディーヌ。まるで、ここにいない誰かと会話してるような顔だな？　それとも、会話したつもりだけど返事が返ってこなかったのか？」

「えっ……なっ……？」

クロディーヌは呼吸が止まりそうなほど驚き、思わず声を漏らしてしまった。

そして自分の口をすぐに押さえてきょろきょろと声の主を探す。

その声の主は、ニックだった。

リング角の椅子に座りながら、こちらを睨《にら》み付けている。

「ああ、問題が難しすぎて神様にでも祈ってるのか？　自分の力で解けよ」

「ニック、野次《やじ》を飛ばすんじゃないよ！」

ヴィルマがニックに注意すると、ニックはやれやれと肩をすくめた。

クロディーヌは一瞬、からくりが露見したのかと思い打ち震えた。だが、気を取り直した。念信宝珠を知る者は少ない。迷宮都市の闇市でさえ出回っていない貴重品だ。ニックは無知ではないが、魔道具についてはそこまで詳しくなかったのをクロディーヌは知っている。

野次も偶然だろう、きっと大丈夫、イカサマか何かを疑っていることはあるかもしれないが、証拠を摑めるはずがない……と、クロディーヌは自分に言い聞かせた。

だが、そう願うときは往々にして最悪よりも少し上の事態に物事は進行しているものだ。

クロディーヌは、自分らが怪しいことをしていると疑われるにしても、その証拠が握られるなどとは思っていなかった。念信宝珠は存在自体知らない者の方が圧倒的に多い。隠し通すことはできると思っていた。縄で縛られたベッグが、クロディーヌたちのいるギルド屋上に現れるまでは。

「悪いなクロディーヌ、レオン。ドジっちまった」

へらへらと悪気のなさそうな顔でベッグが現れた。

その左右には、【サバイバーズ】のティアーナとゼムが立ち、逃げないように固めている。それを一目見たクロディーヌは何もかも悟った。

「審判。こいつらは不正をしたわ」

ティアーナが宝珠をヴィルマに投げ渡した。

「これは……念信宝珠だね……？」

「知ってたのね。話が早いわ」

「ああ。これなら間違いなくカンニングもいかさまも自由自在だ」

その瞬間、クロディーヌは自分の座っていた机を蹴り上げ、ヴィルマにぶつけようとした。

クロディーヌは、逃げ足だけならば自信がある。人は多いがそれはそれで好都合だ。その方が逃げやすい。隠れ家に保管しておいた金を持ち出してすぐに都市の外に逃げよう。どうせ冒険者ギルドのことだ、太陽騎士団の介入を恐れて通報もすぐにはできまい……と瞬時に計算し、すぐにその計算は破綻した。逃げ去ろうとしたクロディーヌの脚を、凶悪な力で摑む手があった。

「ぎゃっ!?」

「逃げるナ。勝負はついてなイ」

問題を解いていたはずのカランが、まるで野生の獣のように気配を殺して忍び寄っていた。

そして逃げようとするクロディーヌを持ち上げ、ぶらんぶらんと宙づりにしている。

「なっ、何が勝負よ！　あんた……問題解いたフリしてたのね……！」

クロディーヌが怒りの抗議の声をあげる。

だがカランはにやりと悪どい笑みを浮かべた。

「お前がやってきたことに比べたら、まだマシな嘘《うそ》だロ？」

「うるさい！　離しなさいよ！」

「離せば良いんだナ？」

カランがクロディーヌの体を更に高く持ち上げた。

その次のカランの行動を予想したクロディーヌが慌てて首を横に振った。

「や、やめて……参ったわよ、私の負けよ！」

叩《たた》き付《つ》けるか落とされるかすれば、どうなるかわかったものではない。そして、怒りを燃やすカランが手加減するなどという甘い考えは、流石《さすが》のクロディーヌも期待しなかった。

「でも離したら逃げるだロ？　口先だけで言われても信用できなイ」

「に、逃げないから……約束する、だからお願い！」

「わかっタ、大人しくしておケ」

カランは、そのまま屋上の床にクロディーヌを投げた。

ぶへっという情けない悲鳴を漏らし、クロディーヌは意識を手放した。


『フィッシャーメン』の屋上は、状況がようやく飲み込めてきた冒険者たちの敵意に満ち溢《あふ》れていた。それは当然、【鉄虎隊】に向けてのものであり、つまりはリーダーであるレオンに向けてのものだった。

「ちっ、畜生が……！」

「おい、レオン」

ニックが落ち着いた声で呼びかける。

「てめえ……嵌《は》めやがったなぁ……!?」

「いや、お前が言える台詞じゃねえだろ。まあ事実だけどよ」

ニックが呆《あき》れながら言葉を返した。

「あのなぁレオン。お前、もう既に目を付けられてたんだよ。念信宝珠を使って上手《うま》く周りを誤魔《ごま》化《か》せてるって思ってたんだろうが、お前らが怪しいってのに気付いてる連中は大勢いたぜ。ヴィルマもそれを燻《あぶ》り出すために決闘を組んだってことだ」

「呼び捨てはおよし。ま、誤算だったのは【サバイバーズ】の連中がそこに気付いたってことくらいかね」

冒険者ギルドは、グルだった。

【鉄虎隊】とではなく【サバイバーズ】とだ。

そのきっかけを作ったのはゼムだった。夜の街で情報収集をした結果、【鉄虎隊】が根城にしているモグリの賭場を突き止めることができた。そしてそこに出入りする客にそれとなく接触し、ゼムはレオンたちが「何らかの方法で決闘や博打《ばくち》でイカサマをしている」と推測した。

しかもそのイカサマは、【鉄虎隊】が『絆《きずな》の迷宮』の探索をした後から頻発するようになったらしい。

ここでキズナが以前、「念信宝珠があったはず」と発言していたことをゼムは思い出した。恐らく【鉄虎隊】は、絆の迷宮を探索して得た魔道具を冒険者ギルドに提出せずに隠し持っている。自分らが絆の剣を隠し持っているように。

状況証拠が出そろったあたりで、ゼムは冒険者ギルドのヴィルマに話を持ちかけた。【鉄虎隊】が組織的な詐欺やイカサマをやっている可能性があると。

冒険者ギルドも、【鉄虎隊】が怪しいことに気付いていた。気付きつつもイカサマの証拠が掴めないために手が出せずにいたのだ。【サバイバーズ】との決闘騒ぎになったことは冒険者ギルドにとって渡りに舟というわけだった。証拠を掴み、これまでのイカサマを暴くチャンスであると。

ゼムは微笑《ほほえ》みながら「つまり我々を利用したと？」と責めると、ヴィルマは観念してその通りだと告白した。そして約束を取り付けた。

「【鉄虎隊】の不正を我々が暴くことができるならば冒険者ギルドから報奨金を頂く、という手はずになっておりましてね……。いやはや、迷宮探索が延期となったので良い収入になりそうです」

ゼムがレオンににこやかに語りかける。ここに趨勢《すうせい》は決したようなものだった。周囲の観客は、レオンを逃がすまいとする看守へと姿を変えた。レオンに博打でむしられた人間もいるのだろうか、「金返せ！」という怒号が飛んできた。

「なあ、レオン。ここで終わりにしても良いんだが……どうする？　大人しくお縄につく前にせめて拳闘らしいことをしてみねえか？」

と、ニックがレオンに言った。

「なんだと？」

「そろそろかかってこいって言ってんだよ。最後くらい格好付けろ」

「……くっそがあー！」

レオンが完全に殺す気でニックに襲いかかってきた。

殺気に目を曇らせながらも、動きに淀《よど》みはなかった。自分の柔軟性やバネを十全に活かす術を身につけている。地面を蹴り、その勢いを下半身、腰、肩へと回し、恐るべき速さと力を拳に集中させている。まともに食らえばただではすまない。

ニックはそれを、哀れに思った。

レオンの腕は決して悪くない。事実、たゆまぬ鍛錬の成果が肉体に現れている。拳闘における時間稼ぎも、簡単にできる芸当ではない。鍛え上げた肉体と焦りを抑える強靭《きょうじん》な精神力がそろわなければできない。

そして、攻撃に転じるときもまた、経験と度胸が求められる。細やかな数式を積み上げた上に出来上がる解のように、必殺の一撃を繰り出さねばならない。

「なっ……!?」

「悪いな、ここまでだ」

だが、そうするしかないという行動、弾き出される必然の答えは、つまるところ相手にも把握されてしまう。至高の一撃であったとしても、ニックが避けるのはあまりにも容易だった。

気付けばニックはレオンの拳をかいくぐっていた。

そして次の瞬間、ニックの拳はレオンの顎を的確に揺らしていた。

賭博指南

結局、決闘ではなく【鉄虎隊《てっこたい》】の捕縛が目的となってしまった。

念信宝珠を使っての様々なイカサマが露見し、もはやその場だけですべてを解明するのは困難な状況だった。このような決闘での不正よりも、酒場でカード賭博をしたり、クロディーヌと示し合わせて美人局《つつもたせ》をしていたり、様々な疑惑が芋づる式に掘り起こされてしまったため、もはやギルド内だけで解決できる問題ではなくなってしまったのだ。

【鉄虎隊】のメンバーはすぐさま迷宮都市を警護する太陽騎士団に引き渡され、留置場へと護送される運びとなった。ニックたち【サバイバーズ】の文句なしの大勝利だ。

だがここで誤算が起きた。

綺麗《きれい》に勝ちすぎてしまい、話が大きく周囲に喧伝《けんでん》されてしまった。それによって思わぬ事態が起きた。

「まさか、他にも騙《だま》されたって被害者がぞろぞろ湧き出てくるとはなぁ……おかげでオレが巻き上げられた分が返ってくるかもわからねえ」

決闘が終わった次の日、ニックが宿の部屋で溜《た》め息《いき》をついた。

「仕方なかろう。自分らだけがあやつらから金を返してもらっていたら、妬まれて後々トラブルになっておったのかもしれんぞ。冒険者ギルドからの報奨もあるし、良いではないか」

と、キズナが至極まっとうな指摘をする。

「そりゃそうなんだがな」

「手堅く稼いだ分はあるのじゃろ。まずはカランのようにゆっくり休んだらどうじゃ？」

ニックはその言葉に素直に頷《うなず》く。今回一番大変だったのは、念信宝珠が使われるまで計算問題に取り組み続けたカランだろうとニックは思った。

【鉄虎隊】が時間を稼いで長丁場で勝負を確実に決めたかったのを逆手にとったとはいえ、四六時中勉強を続けたカランは精も根も尽き果てて宿の隣の部屋でずっと寝ている。朝に起こそうと思ってノックしたが、「まだ寝ル」と言って二度寝を始めて、夕方になった今でもだらだらと休んでいた。普段ならばカランは朝早く起きてニックを起こしたり、食べ歩きのために一日中出ずっぱりだったりするので、こんな状況は初めてのことだった。

「カランにはあとで差し入れでもしてやるか」

「うむ、勉強をずっと頑張っておったしの。そなたも疲れたであろう」

「いや、体は大して疲れてねえぞ。どっちかっつーと気疲れの方が大きくてな。面倒《めんど》くさかった」

「殴られたのに余裕じゃのう」

「ゼムに回復してもらったしな。……ってわけで、ちょっと遊びにいくわ」

「遊び？　どこにじゃ？」

「吟遊詩人《アイドル》がたまにゲリラライブやってる公園があるから、チェックしてくる」

「そなたも吟遊詩人《アイドル》がやたらと好きよの……」

「何かの本に書いてあったが、人間にはワガママになれる瞬間ってのが必要なんだよ。キズナは何かないのか？」

「ふーむ……ネットワークインフラが生きていた頃は動画配信などやっておったが」

「どうが？　なんだそりゃ？」

「ま、言うても詮無いことよ。それより、我も見てみたいぞ。そのゲリラライブとやら」

「えー、面倒くせえな」

「良いじゃろーちょっとくらい。我とて賑《にぎ》やかな催しがあるなら見てみたいのじゃ」

「つたく、しゃーねーな……」


迷宮都市中心部にある中央公園の噴水広場は、いつも雑多で賑やかだ。

出店や見世物など、様々な個人の商売が許可されているために人で賑わい、明るい空気を醸し出している。

晴れの日であれば。

「なんかめっちゃ雨が降ってきおったんじゃが」

「ダメだなこりゃ」

夏を控えたこの時期、迷宮都市の天気は変わりやすい。突然の雨に見舞われることも少なくない。

ニックとキズナは、近くの木の下で雨宿りをしていた。

「止《や》みそうもないんじゃが、どうする？」

「仕方ねえな、濡《ぬ》れ鼠《ねずみ》になってでも帰るか」

はぁ、とニックが溜め息をついたあたりで、同じく雨宿り目当ての人間が木の下に入ってきた。

「あーもう、びしょびしょじゃない……」

少女がローブをばさばさと振るい、水滴を払っている。

その顔は、ニックたちがよく見知ったものだった。

「ティアーナ？　どうした？」

「あら、そっちこそどうしたのよ」

「このへんゲリラライブがよくあるもんだから見物に来たんだが……」

「あなたも熱心ねぇ……とはいえ、この有様じゃあねえ」

ティアーナが乾いた笑みを浮かべながら雨雲を見上げた。

「お前は？　いつもの競竜か？」

「競竜は雨くらいじゃ中止にならないわよ。今日は買い物だったんだけど……」

と言って、ティアーナが肩をすくめた。

「雨の中動き回るのもちょっとな。災難なこった」

「お互い様ね……あ、そうだ」

「ん？　どうした？」

「ちょっと付き合わない？」

ティアーナに連れられて、ニックとキズナは雨の中を歩いた。

ニックがどこに行くんだと尋ねても、ティアーナは良いから良いからとはぐらかしながらずんずん進んでいく。気付けば繁華街と高級住宅街の境目の、ややお上品なエリアに入りかけたあたりでティアーナが歩みを止めた。

そこはさながら高級ホテルのような場所だった。だが、入り口にかけられた看板はホテルではないことを示している。魔力灯が幾つも飾られて入り口を明るく照らしているが、騒がしい酔客などはいない。むしろ派手でありながらもどこか上品さを演出しようとしている、そんな風情があった。

「いらっしゃいませ」

「あ、ああ……」

ニックは内心焦りつつも店員の言葉に頷いた。こんな場所に来たのは初めてのことだ。

「二人は初めてよ。とりあえず今日は会員登録はしないからゲスト扱いでよろしく」

「はい。施設のご説明はいかがいたしますか？」

「私がやるわ」

「承知しました。それと、お荷物の方を……」

店員に促されてティアーナは自分の杖《つえ》と帽子、そしてローブを預けた。

身軽になったティアーナはまるで自分の屋敷のように、絨毯《じゅうたん》の床を踏みしめて歩いていく。周囲にはしっとりとした音楽が流れつつも、コインのこすれあう音やカードをシャッフルする軽快な音が響いている。

「……カジノは初めてなんだがな」

「今日くらいはおごるわ」

ティアーナは受付でコインの入ったバスケットを受け取り、ニックにそのまま預けた。

「おいおい、ルールわかんねえよ！」

「カードくらいはわかるでしょ？」

「いや、あんまりやらねえようにしてたから……」

ニックが恥ずかしそうに俯《うつむ》いた。

「あら意外。怖いの？」

ティアーナがにやにやと笑うと、ニックがばつの悪そうな顔でそっぽを向く。

「イカサマ野郎と戦ったばっかりじゃねえか。念信宝珠を使ってるって気付いたから良かったが、気付けなけりゃヤバかったかもしれないぞ」

「バカね、こういうちゃんとしたカジノだと魔術や魔道具への対策はしてるのよ……ねえ、ちょっとそこの店員さん」

ティアーナが歩いている店員に呼びかけた。

「ちょっと、ここで使ってるカードを見せて頂けるかしら？　初めて連れてきた人がいるから、仕組みを説明したいの」

「承知しました。少々お待ちください」

そう言うと店員は、手近なテーブルからカードを持ってきた。

「こちらが当店で主に使用しているカードになります」

店員は四種類のカードをニックに見せる。

地水火風の四種類の意匠が描かれ、その隣に数字が書かれている。ディネーズ聖王国のみならず、大陸全体で広まっているカードだ。このカードを使用した様々なゲームがあり、そこまではニックも知っていた。カジノ以外でも、冒険者ギルドのテーブルで遊んでいる人間も多い。

「当店では不正の対策としまして、このような仕掛けが施されております」

そう言って店員は銀色の棒を胸ポケットから出した。イグナイターと呼ばれる、《着火》の魔道具だ。店員がイグナイターを操作すると、小さな火が先端に灯《とも》った。店員はその小さな火をカードに近づけていく。

だがカードが焦げるのではないか、と心配したあたりで火の方が消えてしまった。

「これは……抗魔塗料じゃな。なかなかの高級品じゃろう」

キズナが驚きの声を上げた。

「はい。当店のカードやコイン、その他各種ゲームに使用するものはすべて魔力を弾く処理が施されております。懐に忍ばせられる程度の魔道具であれば通用しません」

店員がどこか自慢げに説明した。キズナが物珍しそうにカードをあれこれと眺めている。

「お前が驚くほどか」

「作るの面倒なんじゃぞ。迷宮の近くにしか咲かぬ新月草を摘み、職人が何年も掛けてようやく出来上がるのじゃ」

「そうですね。もっとも迷宮都市であれば新月草には困りませんので、他の都市よりは安価に手に入りますよ」

「安価と言ってもそりゃカジノにとっての安価じゃろう」

賛辞とも皮肉ともつかないキズナの言葉に、店員は嬉《うれ》しそうに微笑《ほほえ》む。

「ただ、抗魔塗料ではあまりに強い魔術は防げませんので杖などはお預かりしますし、魔術の使用と武器の持ち込みもすべて禁止しております。その点だけご了承くださいませ」

「説明ありがとう。だいたいわかったでしょ？」

ティアーナがそう言うと、店員が空気を読んで一礼して去っていった。

「とりあえずレオンみたいなイカサマ野郎が出入りするのは難しいってことはわかった」

「そういうこと。酒場の隅っこのテーブルでやってるカードゲームとは環境が違うのよ、環境が」

「だったら魔術以外の純粋な技術として凄《すご》い連中がうようよいるんじゃないか？　古巣のパーティーで、行く度に素寒貧《すかんぴん》になってた奴《やつ》がいたし、やっぱりプロにゃ勝てねえよ」

「確かに、良いようにやられて気付けば丸裸……ってのもありえるわね」

「だろ？」

「だから、そうならない遊び方を教えてあげるわ」

「ちょ、おい！」

「あら、本当よ？　任せておきなさいな。ルールを知らなくてもできそうなのは何が良いかしらねえ……？」

ティアーナが迷わずまっすぐ歩いていくのに、ニックとキズナが慌ててついていく。

ティアーナはそのままバーカウンターの方に進み、三人並んで座った。

「バーテンダー、この子に何か甘い物を出して頂戴」

カウンターの奥にいた男が頷きながらテキパキと動き始める。

ニックがそれを眺めつつ、ティアーナに質問した。

「競竜以外にもギャンブルやってたんだな？」

「こっちは本当に遊びだけどね。トータルで勝ててもいないし」

「トータルで勝てるのがおかしいわ。そういえば、キズナはルールとかわかるか？」

「……倫理規定で制限されているのでギャンブルはできぬのじゃ。破るとむずむずして気分が良くない」

キズナがぷうと頬《ほお》を膨らませながら答えた。

「ありゃ。ちょっと目を瞑《つぶ》るとかも無理なの？」

「できなくもないが面倒じゃ。ここで休んでおるわい」

そんな不満げな顔をしていたところに、バーテンダーから皿を差し出された。

皿の上には、チョコレートソースがかけられた丸いバニラアイスが鎮座していた。

ウエハースとミントの葉も添えられ、彩りも綺麗だ。

「おお、アイスがあるのか！　良いのう良いのう！」

さきほどの不満もどこへやら、キズナが大喜びで頬張り始めた。

「現金なやつだな、お前も」

「ふふん、こういう文明の味には目がないのじゃ。カランほどではないがの。そなたらは原始的な賭博の熱狂に飲み込まれて後悔するが良いわ」

キズナが行儀悪く、スプーンをゆらゆらさせながらニックたちをせせら笑う。

「あら、そう言われたら勝ってくるしかないわね。行くわよニック」

「だからオレぁ素人って言ってるだろ！」

文句を言うニックの首根っこを引っ張り、ティアーナが鉄火場へと躊躇《ためら》いなく踏み込んでいった。

ルーレットはシンプルだが奥深いゲームだ。

ホイールと呼ばれる回転盤を回して球を投げ入れ、円形に並べられたポケットのどこに球が入るのかを当てる。ただそれだけのゲームに過ぎない。だが賭け方は何通りもある。ポケットの番号をピンポイントで指定することもできるし、大雑把《おおざっぱ》に赤か黒といったポケットの色で賭けることもできる。隣り合った数字のどちらかといった、細かい範囲でも決められる。

「で、ホイールの中で球が回っててもディーラーが止めるまでは賭けを追加したり変更したりできるわけ。良いわね？」

「まあ、わかったが……」

ニックの目は良い。

殴り合いや摑《つか》み合《あ》いを制する勝負勘もある。自分の頭より二つ三つ大きいオーガに向かうクソ度胸もある。

が、ここでは完全に雰囲気に飲まれていた。ちびちびとしみったれた枚数のチップをアウトサイドベット……倍率の低い場所にばかり置く。ディーラーや周囲の客の顔には、初心者を見る微笑ましささえ浮かんでいた。

ただし、隣の美少女だけはいらいらした雰囲気を隠さずにニックにがなりたてた。

「あなたねー！　もっとバーンと賭けなさいよバーンとぉ！」

「あのなぁ、他人の金で馬鹿みてえに賭けられるわけねえだろ！」

「つたくもー。スロットの方が良かったかしら」

「だから、あんまり引きずり込まないでくれ」

「何よ、人を冒険者だの決闘だのに引きずり込んでおいてその言い草」

「うっ、それを言われたら立つ瀬がねえんだが……」

ばつが悪そうに目をそらすニックを、ティアーナはにやにやしながら眺める。

「ウソよウソ。ただちょっと気晴らしに付き合ってってだけの話」

「……気晴らしか。まあ、そういうことなら」

「さ、次のゲームが始まるわよ。ちゃんと集中して見なさい」

「おう」

ニックはホイールの中を高速で回転する球を眺めた。ボールは、思わぬ動きをしながらもどこかのポケットに吸い込まれていく。

少しずつ、ニックの賭け方が変わっていった。ホイールを眺めるのではなく、ディーラーの指や目を見るようになった。これは球と盤が回転するという物理的な運動と戦うゲームではなく、人間と戦うゲームだとニックは気付いた。

「そうそう、悪くないわよ」

くるくると盤上をボールが回っていく。ボールが落ちるであろうポケットの範囲を絞り込み、探るようにチップを積み重ねる。思えば、拳闘も細かい駆け引きと大胆な勝負の連続だった。

最後まで考え抜き、必殺の機を窺《うかが》う。ディーラーの顔から微笑ましさの皮がめくれる。目の奥に隠した鋭さが見え隠れする。そしてディーラーが鐘を鳴らした。賭けはここまでというサインだ。

「……よし！」

「やるじゃない！」

ティアーナがばしばしとニックの背中を叩《たた》いた。

三十六倍の配当のチップがニックの懐に入る結果となった。

「おめでとうございます」

ディーラーが満面の笑みで祝福しながら、重ねられたチップを差し出した。にこやかな笑みを浮かべるディーラーの目の奥に、ちらちらと見える火のようなものをニックは垣間見《かいまみ》てしまった。「そろそろ本気でやりましょうか」という意志が宿っている。これはまずいなとニックは思う。

だが、それこそがゲームでもある。本気で相手を打ち負かそうとしてからが本番だ。恐れてはいけないとニックは思い、自分を奮い立たせた。


ニックたちはしばらくルーレットに没頭していた。

そう、没頭だ。集中したり、全力を尽くしたのではない。考えるべき頭がどこかに飛んでいってしまっていた。

「儲《もう》かった分、全部巻き上げられちまったじゃねえか！」

「あっはっは、流石《さすが》プロね。本気にさせただけ偉いものよ！」

「はぁ……素人が手ぇ出して良い遊びじゃねえな」

ニックががっくりと肩を落とすが、ティアーナはげらげらと笑い、存分に楽しんでいた。

さっきから背中が痛くなるくらいティアーナはばんばんと叩いてくる。

「でも、気晴らしにはなったでしょう？」

「気を晴らすには犠牲が大きかった気がするがな」

「貸しにしとくわよ」

「おっ、おま、奢《おご》るって言っておいてそりゃねえだろ!?」

「ウソよウソ」

ティアーナがからからと笑いながら、すれ違った店員から飲み物をもらった。酒ではなくノンアルコールのジュースのようだ。

ニックも渡されて口を付ける。柑橘系《かんきつけい》の爽やかな酸味が喉を通り抜けていった。

「……なあ、ティアーナ」

「なに？」

【鉄虎隊】は、どこでしくじったんだろうな」

ふと、ニックの口からそんな言葉が出てきた。

「どうしたのよ、藪《やぶ》から棒《ぼう》に」

「いや、あいつらって賭場でイカサマしてたって話だろう。ここにも来てたのかなって」

「……さあね。私らにはわかりようのないことだし、わかっても仕方ないことよ」

「そうなんだがな。ただ、あいつらってオレたちとちょっと似てた気がするんだ」

「似てる？　どこが？」

「ギルドの裏でレオンと喧嘩《けんか》したときにあいつ、オレにクロディーヌを売ろうとしてたんだよ」

「……はあ？　仲間でしょ？」

ティアーナが呆《あき》れ切った声を出した。

「だがクロディーヌはクロディーヌで、レオンと手を切って一抜けしようとしてた」

「そういえばそうね」

「あいつら、仕事でのコンビネーションはけっこう良かったと思うんだよ。念信宝珠を使ってたとはいえ、オレも不覚を取りそうになったたし。でもあいつらは同時に、お互い一線引いて信用し合ってなかった」

「……あなたも言ってたわね。オレを信じるなって」

「そうだ。あいつらのやってることと俺の言ってることは似たようなものだ。だから……多分だけどよ」

「なに？」

「……どっか間違えたら、オレたちもああいう風になる可能性はあるんだろうなって。オレがこうしてここにいられるのは色んなラッキーがあったからで、ちょっとでも歯車がズレてたら」

そこでニックは言葉を切った。

そこから先の言葉を言うのが怖かった。最悪の可能性が頭を過《よぎ》る。レオンのように、今そこにいる仲間を食い物にしようとする自分だ。やろうと思えば、できた。だからこそたやすく想像できる。

だがその想像を、ティアーナが切り払った。

「ちょっとニック」

「ん？」

完全に油断していたニックの額に、ティアーナがでこぴんを放った。

「いって!?　おまえ手加減しろよ!?」

思わずニックはティアーナを睨《にら》むが、ティアーナの方がよほど怒りに燃えていた。俺なんかしたっけ？　とニックが言いそうになったところでティアーナがまくしたててきた。

「そういう馬鹿なこと言うからでしょーが！」

「な、なんだよ……馬鹿なことって言われても意味わかんねえよ」

ニックは何のことかわからず、呆《ほう》けた声を出した。

だがその態度が火に油を注いだのか、ティアーナの顔がやたらと険しくなる。

「うるさいわね！　このバカ！」

いやお前の方がうるさくて周りからひそひそと不審がられてるぞ、と言いそうになるのをニックは自制した。そんなニックの気分も知らずにティアーナは肩をすくめた。

「まったく、せっかく気晴らししてやろうと思ったのに、もうちょっと楽しそうに遊びなさいよ！ここは大人の夢の国よ？　吟遊詩人《アイドル》以外の羽目の外し方くらい覚えてみたらどう？」

「そう言われてもな……」

「こうなったら覚悟決めたわよ。儲かった分がなくなるとか、そんなちゃちな遊び方じゃダメね」

そう言ってティアーナは、ニックに持たせていたバスケットを奪い、中のコインをひと掴みする。

そして、コインの残ったバスケットの方をニックに乱暴に投げ渡した。

「お、おい!?」

「私は今掴んだ分だけで遊ぶわ。あんたはそのバスケットが空になるまで帰っちゃダメよ」

「待て待て、これ幾ら分になるんだよ……！」

「そういうせせっこましい考えがなくなる頃に教えてあげるわ！」

そしてティアーナは、ニックの制止の声も聞かずにずかずかと去っていった。

ついカッとなってしまうところがティアーナの悪いところだ。

ティアーナはそれを重々承知している。生意気だと見られることも多かった。恐らくは元婚約者のアレックスもそこを嫌っていたのかもしれない。師匠からも口酸っぱく「もう少し落ち着きなさい」とたしなめられたものだとティアーナは過去を懐かしむ。

「ここのテーブル、空いてるかしら？」

「ん？　ああ、構わないぜ」

ティアーナは、カードゲームをしている卓に適当に掛けた。

地水火風の四種と一から九までの数字を組み合わせた合計三十六種類の札と、騎士や竜といったデザインが描かれた特殊な六枚の絵札を使って役を作る……というカードゲームだった。

将棋盤のように歴然とした実力差が勝敗に現れはしないが、競竜ほどの運要素はない。そのため賭け金を積むテーブルゲームの中では非常に人気が高い。どれくらい高いかというと、「そろそろ帰ろう」とせがむ可愛《かわい》い彼女を無視してのめり込む男が隣に座っている光景が日常茶飯事と言えるほどだ。

（……あら？　妙に綺麗な子ね）

ティアーナは、隣のカップルを見て少々不審に思った。女の子が妙に可愛い。化粧が上手い、というわけではない。むしろ地味だ。あえて目立たなくなるための化粧をしてるようにさえ感じる。たまに高級貴族の子女が自分の出自がばれないような変装をして盛り場を歩くこともあるが、彼氏とおぼしき男はどこからどう見ても身持ちを崩した賭博師《ギャンブラー》だ。いや、賭博師《ギャンブラー》というほど腕があるかも疑わしい。ただのヒモ男の可能性が一番高い。

（ニックが好きな吟遊詩人《アイドル》だったりして……ま、それはないか）

ともあれ、じろじろ眺めては失礼だとティアーナは思い直し、目先のゲームに集中することにした。正直、あまり強いプレイヤーはいない。隣の男は表情があまりにもわかりやすい。恐らくは負けが込んでいて、なんとか一矢報いようと椅子にしがみついているのだろう。

ディーラーはそれをカモにしている。また、同じ卓についている別の男もまた流れに便乗してヒモ男をカモにしている。まだカードが配られてもいないのに、ディーラー、ヒモ男、小判鮫《こばんざめ》男という非常にわかりやすい構図をティアーナは察してしまった。

「ディーラー、早く始めてくれ！」

ヒモ男のがなりたてる声に、ディーラーが静かに「わかりました」と呟《つぶや》く。その口元には微笑が湛《たた》えられている。客にサービスする人間が浮かべる笑みではない。存分に搾り取ってやろうという搾取者の笑みだ。それを見たティアーナは、かちんと来た。

ディーラーの態度は別に悪いことではない。あからさまな不正でもしていない限りは卓について負ける方が悪い。当然の態度とさえいえる。ヒモ男が負けるのも、負けが続いて最終的に破滅するのも自業自得だ。

しかしその煽《あお》りを食って他人まで巻き添えになるのは別の話だ。恐らく男は、女の金を当てにして博打《ばくち》をしている。男の装いは金をかけている風に見えてただ派手なだけで、女は逆に地味に見えてしっかりとした生地の服を着ている。どちらが金を持っているのかなど、見る人が見れば一目瞭然だった。

そんな状況をわかっているだろうに、ディーラーも隣の男も、帰りたがっている女のことを無視してゲームを始めようとしている。

「それでは始めましょうか」

ディーラーがシャッフルを始めた。

それを見た女が、泣きそうになるのをぐっと堪えている。

だからティアーナは思った。

遠慮なく叩き潰そう。


「なっ……えっ……？」

ティアーナを除く全員が、呆然《ぼうぜん》としていた。

そもそもこの卓は賭け金の上限も小さく、ここを担当するディーラーも弱くはないものの、そこまで凄腕ではなかった。高レートの卓でも勝負ができるティアーナにとっては十分に勝算のある相手だった。

その上ディーラーは、隣のヒモ男のようなわかりやすいカモと、ディーラーの意図を酌《く》む小判鮫男がいたためか、隙だらけだった。そこに付け込むのはティアーナにとってたやすかった。

ティアーナはカッとなりやすくもあるが、同時にカッとなった自分を冷めた目で見ている自分がいることに気付いた。光の当たる場所で感情を存分に発散する自分を、闇の中から冷静に見つめている。この状態になると、ティアーナは賭博において無類の強さを発揮する。

婚約者に裏切られ、家を追い出され、就職希望先から門前払いを食らい、そして競竜にハマるという雪だるま式の不幸を積み重ねた結果として得られた能力だ。

もっともこの状態になるとひどく疲労が溜まるので普段はやらない。より運要素が強くそこまで深く集中せずとも楽しめる競竜の方が、ティアーナにとって気楽に楽しめた。だが、今回ばかりはその能力をフル回転させることにした。

ディーラーと小判鮫男に意味深な微笑みを向け、「私はあなたの仲間ですので、一緒にこのヒモ男を貪るだけ貪りましょうよ」というサインを送る。二人とも簡単に話に乗ってきた。だから、そこからは赤子の手をひねるようなものだ。

終わってみればティアーナの圧勝だった。カモを食らうはずのディーラーと小判鮫男はまんまとティアーナの餌食となり、そしてヒモ男もまた、奪われていく自分のコインを震えながら眺めていた。そしてティアーナは、集められたコインをつまらなそうに自分の懐に入れながら詫《わ》びを口にした。

「なんだか一人勝ちしちゃったみたいね。ごめんなさい」

だが当然、謝罪の意志などこれっぽっちもこもってはいなかった。

わかりやすすぎるほどの挑発だった。

「おっ、おま、おまえ……！」

小判鮫男が激昂《げきこう》して立ち上がりかけたところを、ティアーナがぎろりと睨む。

「なに？」

「だ、騙しやがったな！」

「騙した？　あんた何言ってんの？　ここはそういう場所でしょうに」

「ぐっ……」

小判鮫男は反論もできずに呻《うめ》いた。

ティアーナは溜め息をつきつつ席から立ち上がり、ヒモ男とその彼女の方を見る。

「な、なんだよ」

「あなた、賭博の才能はないわよ……っていうより、賭博師《ギャンブラー》じゃないわね」

「なんだと!?」

「自分の金で博打を打つのが賭博師《ギャンブラー》でしょう。それができないなら、こんな場所に来ても子供の遊びにしかならないわよ」

ティアーナは吐き捨てるように言うと卓を立った。

恨みがましい視線を背中に受けると、挑発するように髪をなびかせる。残された男たちはそれを見て今度こそ完全に敗北を悟った。あそこまで颯爽《さっそう》と勝つことはできないという敗北感を刻みつけた。

が、一人だけ違う印象を持った人間がいた。

「あ、あの……ちょっとお話、良いですか？」

ヒモ男の後ろにいた女がティアーナのところに駆け寄ってくる。

「……なに？」

面倒という気持ちを一切隠さず、足を止めもせずにティアーナが言葉を返す。

だがティアーナよりも女の方が背が高く歩幅も大きく、早歩きのティアーナに苦もなくついてきた。

「もしかしてなんですけど、彼……ドニーに、諦めさせようとしてくれたんですか……？」

「ネギ背負ったカモ三匹がいたから、全部巻き上げてやっただけよ。用件はそれだけ？」

「いえ、その、お話ししたくて」

「あらそう。でも私は用はないわ。……ていうかあんたの金であの男、博打してたんでしょ。実質あんたから巻き上げたようなもんなんだけど？」

「それは……そうですね」

何故《なぜ》か女が、へらりと笑った。

ティアーナに苛《いら》つきが募る。

何となくこういう態度の女が嫌いだった。男を際限なく甘やかして、甘やかしている自分がまるで物語の主人公であるかのような錯覚を抱く。いつかその苦労に見合うご褒美が来るはずなのだと。それが悪徳を増長させて世の中の不幸を増やしていることにも気付かない。ティアーナにとってそれこそ恥ずべき人間の姿であり、過去の自分だった。

「そうですね、じゃないわよ」

ティアーナは懐からパイプを取り出して煙草《たばこ》を詰め、そして火を付けた。

いかにも「あなたに興味なんて毛ほどもありません」という態度をこめた振る舞いのつもりだったが、女は一向に去る様子もない。ティアーナは根負けして、口を開いた。

「……名前は？」

「ああ、彼は……」

「彼、じゃなくてあんたでしょうが。なんで基準が〝彼〟なわけ？」

「あっ、す、すみません……。ベル、って言います」

「そう。私はティアーナよ」

ティアーナは煙をふうと吐いてから名乗った。

「で、私たちはお互い初対面なわけだけど、ダメな恋人の愚痴でも聞かせてくれるわけ？」

「愚痴なんてそんな……本当は、優しい人なんです。今はちょっと、心が弱ってるだけで」

「弱ってる、ね」

私だって弱ったわよ。私だけじゃない。他の三人だって、弱りに弱った。悪い趣味も覚えた。ティアーナの心の声は、口から紡がれることはなかった。だがそのかわりに、皮肉の笑みが三日月のように口元に浮かんだ。

「……おかしいですか？」

「おかしいと思わない方がどうかしてるわ。あんたは気付いてないいんだろうけど」

「気付いてます」

ベルが、俯きながら答えた。

「成功を摑んでみせるんだって言って、真面目に頑張ってたんです」

「どれくらい頑張ったの」

「一年……いや、半年くらい？」

ベルが指折り数えて、そして自分で答えた数字にショックを受けていた。

「ドニーは料理人で、いつか自分の店を構えるんだって頑張ってたんです。でも気付いたら私の方が稼ぎが多くなって、仕事も長続きしなくなって、私に頼るようになって……今じゃ、頼られてる時間の方が長くなっちゃってました。……はは、なんだか……しょうもないですよね」

ベルの目が潤み、涙を一粒こぼした。

ティアーナは、その涙を拭おうとはしなかった。出会ったばかりの他人の人生にあれこれ言うつもりもないし優しさをかけるつもりもない。だが居心地の悪さに負けた。

「あんたの人生にあれこれ言うつもりもないけど、愚痴なのかのろけなのかわかんない話をずっと聞きたくもないから一つだけ言っておくわよ。捨てたら？」

「……はい」

「ていうかそういう言葉を掛けてもらいたかったんでしょ。別に私が何か言ったところであなたはあなたのやりたいようにしかやらないし」

「あなた、けっこうひどい人ですね」

ベルがくすくすと笑う。

何が面白いんだとティアーナは憮然《ぶぜん》としていた。

「ひどくて結構よ」

「もう一回だけ、立ち直ってくれるように言おうと思います。それを最後にします」

これが最後だと言って、ずるずると勝負の場に居残り続けるのがいわゆる賭博師《ギャンブラー》の負けパターンだけどね、という言葉をティアーナは言わなかった。これ以上別れろと言ったら向こうも意固地になりかねないだろうし、今度こそ別れ目だ。

「それじゃ、私は仲間のところに……」

ティアーナが立ち去りかけた、そのときのことだった。

があん、という金属がひしゃげる音がカジノ入り口の方から響いてきた。

「うわーっ!?」

「ばっ、化け物……!」

「にっ、逃げろ！　はやく逃げろ！　ぼさっとするな！」

遅れて、人々の悲鳴や怒号が聞こえてくる。

厳重に警備されているはずのカジノでは、まず聞こえてくるはずのない声だ。

「な、なに……!?　強盗ですか……!?」

「強盗なんてカジノなら撃退できるわよ……ていうかこれ、魔物の気配……!?」

ティアーナの言葉を耳にしたベルや、その周囲にいた人間に恐怖が伝播《でんぱ》する。

それを払拭できる人間は誰もおらず、ただ悲鳴と轟音《ごうおん》が響き渡っていた。

苦難の過去／暴挙の現在

昔の話だ。

【銀虎隊《ぎんこたい》】という冒険者パーティーがあった。

彼らが活動していたのは十年ほど前で、今も覚えている者は少ない。B級の冒険者パーティーで、誰もが一騎当千の強者だった。そして同時に、古代文明に魅了された好事家《こうずか》たちだった。

「レオン、俺たちは伝説の古代文明の秘宝を手に入れるんだ」

リーダーのビショットは、年の離れたレオンの兄だ。荒くれ者の多い虎人族の中で、珍しいほどのインテリだった。人間族に混ざって勉学に励み、古代文明語をそらんじることのできる男だ。ユーモアもあり、腕っ節もあり、多くの仲間が彼のもとに集った。レオンも兄を尊敬し、その背中を追いかけていた。その【銀虎隊】の崩壊は、成功と同時に訪れた。

迷宮、機鋼遊月獄《きこうゆうげつごく》。

瘴気《しょうき》に侵されて魔物と化した古代文明の魔導人形が争いあう、地獄のような迷宮だ。

B級以上の冒険者のみに探索が許された高難易度の迷宮であり、完全踏破されたことはそれまで一度もなかった。魔物の強さ以上に、迷宮そのものが謎めいていて意地の悪いトラップも多い。ただ強いだけでは攻略できない場所であり、ある意味ではA級向けの迷宮よりも困難な面がある。それを初めて攻略したのが【銀虎隊】であり、謎を解明した英雄こそビショットだった。

手に入れたのは名誉だけではなかった。様々なアーティファクトが【銀虎隊】の懐に入った。光と音を操作し幻惑攻撃を繰り出す魔剣「胡蝶《こちょう》の剣」。起動前の魔導人形の支配権を得る「擬根杖《ぎこんじょう》」。今は滅び去った伝説の種族、幻光族《げんこうぞく》の秘宝「幻王宝珠《げんおうほうじゅ》」。

また、この他にも多くの宝が手に入った。どれも破格の性能を持つものばかりだ。「金に糸目はつけない」、「買い取り希望者が多すぎるならばせめてオークションに出品してくれ」、「いやいや、王宮に献上すれば爵位も報奨も思いのままだ」などと、ひっきりなしのオファーに埋もれる日々。

そして仲間の一人が、欲望に負けた。

「胡蝶の剣」を盗み、売却した。

ビショットに知恵はあれども、身分は低かった。高級商人や高級貴族とタフな交渉を何度もこなせるほどの経験はない。少なくない手数料を取られてでも商人ギルドに売却の一切を任せるよう話を進めていたが、ここで段取りが狂ってしまった。狂った段取りは、人格と運命さえも狂わせた。

誰が最初だったのか、それさえもさだかではない。ただレオンが覚えているのは、兄と仲間が殺し合う最悪の光景だった。

兄は殺され、仲間……いや、「元」仲間は逃げた。

【銀虎隊】の名声は堕《お》ちるところまで堕ちた。ビショットがこれまでの冒険で蓄えた財も、パーティーのために建てた共同の屋敷も、商人ギルドに違約金としてすべてを奪われた。レオンは、一夜にして仲間と家族と財産のすべてを失った。

その日からだ。

誰も信用することはできないとレオンが悟ったのは。冒険者パーティーで組む人間はあくまでビジネスパートナーだ。決して信用せず、こちらが切られる前に切る。

そういう意味では、クロディーヌはレオンと息の合う相手だった。躊躇《ちゅうちょ》せずに人を陥れ、悪巧みには嬉《うれ》しそうに乗ってくる。そしてこちらが油断すれば遠慮なく裏切ろうとする。こちらが裏切ろうとするとその気配を察して釘《くぎ》を刺してきた。「人とは信用ならないものだ」という信念を焼き付けてくれる、良い女だった。

ベッグは頭は良いくせに何も考えていない阿呆《あほう》だが、それでも楽しそうにレオンの仕事に協力した。そして仕事が終われば良心の呵責《かしゃく》なく美味《うま》そうに酒を呷《あお》る。そんな、悪の適性のある男だった。

レオンには他にも金や脅しで縛り付けたパーティーメンバーがいたが、レオン自身を含めたこの三人での仕事を好んだ。

どこで失敗したのか。

一つは、念信宝珠を手に入れたことだ。間違いなく便利な道具だった。だがそれゆえにレオンたちに油断が生まれ、仕事が雑になった。搾り取って捨てた人間と再び出会ってしまうような事態など、念信宝珠を持つ前ならば起こさなかった。

そして、ニックたちといざこざに発展した。レオンは当初、クロディーヌがニックにこだわる理由がわからなかった。むしろクロディーヌに釘を刺して逃亡を防いだことに感謝したいくらいだった。

だが、ニックと会話するうちにレオンは理解できた。理解してしまった。ああ、こいつは、絶望しなかったんだな。油断すれば足をすくわれ、何もかも奪われるこの街で、まともでいようとしている。

クロディーヌを売ると持ちかけたのは半分本気だった。あいつが何か大事なものを曲げる姿が見られるならば惜しくはなかった。いっそ仲間にしてやっても良かった。

だがあいつは、まともな言葉を返した。こうなってしまえば、あの連中は間違いなく敵だ。叩《たた》き伏せなければいけない。

「お前の集めた財産は売却され、その金は被害者に分配されることになる」

だが、結果はご覧の有様だった。

レオンは決闘に負け、念信宝珠によるイカサマが露見したことによって多くの詐欺のからくりが暴かれた。そして迷宮都市の治安を守る太陽騎士団によって捕縛され、石畳の部屋に押し込められている。今、レオンはその狭く暗い場所で、騎士に尋問されていた。

「お前の部屋に隠してあった財宝も没収された。競売に掛けられるわけだが……」

「なんだよ？」

騎士が、意味ありげに沈黙する。

レオンも、口を噤《つぐ》んだ。

「……ぐっ」

騎士の太い腕がレオンの首に絡みついた。

「あれだけではあるまい？　お前の素性は知ってるぞ、【銀虎隊】の生き残り」

レオンの頭にかっと血が上った。

「あのとき盗まれた宝を隠し持っているんじゃあるまいな？　散逸したアーティファクトは『胡蝶の剣』、『擬根杖』、『幻王宝珠』の三つ。どれか一つでもあれば被害者に全額弁済できるぞ。観念して吐くが良い」

「……な」

「なんだ？」

「ふっ、ふざける……なよ……！　俺は持っちゃいねえ！」

「ふん、他の仲間が盗んだと言うのか？　そもそもお前が殺したんじゃないのか？　今のうちに話せるだけ話しておけ。その方が楽だぞ」

騎士の手が弛《ゆる》み、レオンの首から離れた。レオンが騎士を睨《にら》むが、騎士はまったく怯《ひる》みもしない。むしろ哀れだとせせら笑うようだった。

「盗まれた秘宝がどれ一つとして闇商人の手にさえ渡っていない。換金もせず使いもせずに取っておくようなものではない。どこへやった？」

「それで俺が隠し持ってるとでも？　当てが外れたな」

「嘘《うそ》かどうかはじっくり調べてやろう」

「俺が持ってるのは、その三つじゃない」

「なに？」

レオンが、くっくと笑い始めた。

それは、ビショットにさえ隠していた秘密。

人間は信用できない。

何故《なぜ》なら自分こそが本当に嘘をつき通していたからだ。レオンは、あの機鋼遊月獄において最高の秘宝を独り占めし、隠していた。だがあまりにも危険すぎて使いどころもなく、売却さえもできなかった。今までは。

騎士がその不気味さに後ずさりしそうになったそのとき。レオンが叫んだ。

「……こうなったら仕方がねえ！　来い！　滅《ほろび》の剣！」


元々、機鋼遊月獄は古代文明が造り上げた研究施設だった。

魔物の発生原因である瘴気を祓《はら》う抜本的な手段を研究・開発することが目的であり、様々な魔道具や魔導人形が開発された。その中でもっとも危険な魔道具が聖剣「進化の剣」である。

魔術が付与された剣を魔剣と呼ぶ。聖剣とは魔剣の中でも特に優れたものを指すが、更に聖剣の中でも優劣は分かれる。

特に優れた聖剣には、命題《テーマ》がある。ただ強大な力を発するだけではない。強大な力を振るった先に何があるのか、というものまで見据えなければならない。

進化の剣はまさにその名の通り、「人は進化し、環境に適応するものである」という前提に立って鍛造された。人族、獣人、ドワーフやエルフなど様々な存在がこの世界には生まれたが、それらは元を辿《たど》れば矮小《わいしょう》な哺乳類に過ぎない。

それゆえに、環境に適応しさらなる進化の形を人間は得ていくものだ。どれだけ瘴気が広がり魔物が生まれようとも、それに適応する存在となれば脅威は脅威たりえない。使用者の状況に合わせた進化をもたらして魔物を駆逐することが、進化の剣の命題であった。

ただ、急激な進化はもはや狂化とさほど違いはない。一時的にとはいえ、一個体の生物に過ぎないものを強制的に進化させる剣は見る者を恐怖させた。

その剣のもたらす危うい光は進化ではなく破滅ではないのか。それゆえに「進化の剣」は「滅《ほろび》の剣」と呼ばれるようになった。


「なっ、なんだ!?」

「剣だ!? 剣がいきなり飛び込んできたぞ!?」

まるで意志を持つかのように、剣が太陽騎士団の取調室に飛び込んできた。

それは、絆の剣に似たオーラブレード型の魔剣だ。月のような黄金の光が、三日月のように湾曲した刀身を形成している。また鍔元には、猫の目を思わせる妖しい輝きを放つ石がはめ込まれていた。


斬られた人間はいない。

だがこの異常事態を前にして、多くの騎士が戦慄して剣をただ眺めていた。

『レオンよ、久しいな。ようやく私を使う気になったと見える。まったく、行動が遅い』

「うるせえ、てめえを使えばどうなるかわかったもんじゃねえ」

『だが、それでも我輩を使わねばならない程に追い詰められたのだろう?』

滅《ほろび》の剣は、冷静に言い放った。

だがレオンは、その声の裏にある歓喜を敏感に感じ取った。

「……構わねえさ。だが一つ」

『なんだ?』

「殺したい奴《やつ》がいる。ニックって名前の冒険者と、【銀虎隊】の元仲間だ」

『我とて名前だけで一個人を探し当てるのは無理なのだがね……だが君は彼らの匂いを覚えているのだろう？　五感が獣と同様に研ぎ澄まされるように進化しよう。さすれば君自身が探せるようになるさ』

「頼んだぜ」

レオンが、目の前に浮かぶ剣と会話している。

取り調べする騎士は内容こそわからないが、それが危険であることを察知した。

その勘の良さと勤勉さが仇《あだ》となった。

「きっ、貴様！　動くな！　その剣から離れろ……！」

だがレオンは騎士の言葉を無視して、剣の柄をがっしりと握る。

「《進化《エヴォリューション》》」

その呪文が紡ぎ出された瞬間、剣から黄金色の光が迸《ほとばし》った。

「ぐがっ!?」

そして、重い鎧《よろい》を纏《まと》っているはずの騎士が一瞬で吹き飛ばされ、彼は意識を手放した。

負けず嫌い

「どこだ……ニックぅ……！　お前の匂いがあるのはわかってるぞ……！」

カジノに押し入って暴れ出したのは、黒い虎のような魔物だった。

人間に虎の耳や尻尾などの特徴を持たせた者が虎人族であるとするなら、これは逆に、大きな虎に人間の特徴を持たせたような存在だった。二本の脚で立ち、何故《なぜ》かオーラブレード型の魔剣を握っている。

ただ、顔そのものは明らかに虎だ。虎人族や竜人族などの獣人種は人間の顔つきをしており、耳や腕、髪や尻尾などに特徴が現れるものだ。顔が人間でなく動物であれば、すぐに魔物などの人間以外の種族だと判別できる。

それに加えて、体が通常の人間の二倍近くはあるだろう。こんな化け物じみた存在は明らかに魔物に違いなかった。

カジノの観客はパニックを起こして逃げ惑い、店員たちは果敢にも立ち向かおうとしている。

だが、虎の魔物はあまりにも強かった。まるで羽虫を追い払うように手を払っただけで大の男を吹き飛ばした。

「え、ちょ、なにあれ……？　しかもニックの名前を知ってる……？」

「お、お知り合いですか？」

「あんな知り合いいないわよ！」

ティアーナとベルもうろたえていた。他の客も店員も、誰もが混乱している。

こんな場所に魔物じみた存在が来るはずがない。魔物が迷宮を出て迷宮都市に辿《たど》り着《つ》き、門や壁を乗り越えて都市内部に入ろうとしても、その途中で討伐隊がすぐに編成されて魔物を倒す仕組みがある。仮に討伐隊が手も足も出ない魔物だったとしたら、今までのんきにカジノが営業できているはずもない。

だが現実として、虎の魔物が目の前に存在していた。

「なっ、何者だ貴様！　魔物か！」

混乱から立ち直った警備兵たちが謎の虎の前に立ちはだかった。槍《やり》を手にした兵が虎を囲んで果敢に攻めつつ、後衛の兵が魔術を詠唱する。流石《さすが》にカジノを守るだけあって、突然の出来事であっても対処が早い。

ティアーナは安堵《あんど》の息をついた。所詮は一匹に過ぎないし、体が大きいとはいえオーガより多少大きい程度だ。問題ないだろうと思い込んだ。

「どこから来た、曲者《くせもの》め！」

「怯《ひる》むな、かかれ！」

「図体《ずうたい》がでかけりゃ的もでかいぞ！　……あ？」

警備兵は決して弱くはない。その実力は『フィッシャーメン』に出入りしている冒険者にも見劣りしないとティアーナは感じた。恐らく周囲の客も心強く感じたはずだ。

だが全員の安堵は、すぐに恐怖へと変貌した。

「ぬっ……抜けない……？」

槍で刺されたはずの虎は、不敵な笑みを浮かべた。見れば槍は刺さってはいても、傷口からは血の一滴も零《こぼ》れていない。

「悪くねえ腕だな……だが」

ぐわん、という不気味な音が響いた。

虎がただ腕を乱暴に振っただけの風切り音だ。たったそれだけで、槍を持つ警備兵たちがまとめてなぎ払われた。緑色の羅紗《らしゃ》の張られたテーブルを破壊する勢いで警備兵が叩《たた》き付《つ》けられる。

「くっ、喰《く》らえ……！」

後衛の警備兵たちが攻撃魔術を撃つ。

撃ったのは土属性の《石弾》という魔術だ。重く鋭利な石を飛ばしてダメージを与える、シンプルだがそれゆえに幅広い敵に通用する魔術だった。速度も申し分なく、虎の体に何発もの石の弾が直撃した。

「やったか!?」

「……芸がねえな。ま、こんなもんか」

だが、虎の体は一切揺るがなかった。

ダメージを負わないどころか、体勢を崩しさえしない。

「うっ、嘘《うそ》だろ……？」

そして、次の魔術を撃つまでの空白を虎が待つはずもなかった。

乱暴に殴られ、蹴られ、蹴散らされていく。

集まった警備兵たちの半数が既に倒されてしまった。客の誘導をしていた店員や、別の場所の警備をしていた警備兵たちがこの状況に気付いて加勢し、虎に対抗しようとしているが、もはやまともに戦って勝ち目などあるまいという空気が蔓延《まんえん》していた。客たちは恐慌に陥り、無様に逃げ惑っている。

「にっ、逃げろ！　魔物だ！　食われちまうぞ！」

「うわあー!?」

もはや暴動のごとき有様だった。

カジノは負けて金に困った客が精算する前に逃げないよう、出入り口が絞られている。窓は梯子《はしご》を使わないと開け閉めできないほど高い位置にあり、従業員用の通用口も同様に客にはわかりにくく狭く、簡単に出入りできない構造だ。

そして今、正門はあの虎の魔物が立ちはだかっている。結果として従業員用の通路に逃げようとした客が詰めかけることとなった。押し合いへし合いという言葉が生やさしいほどの惨状だ。

「ちょ、ちょっと待ってドニー、私も……！」

「うるさい！」

ベルが、ヒモ男に追いすがったものの突き飛ばされてしまっていた。

そしてヒモ男は我先にと逃げていく。すぐに人混みに紛れて姿が見えなくなる。

「えっ……そ、そんな……うそ、でしょ……？」

ベルが、その場にへたりこんだ。立ち上がることを忘れ、ヒモ男が消えていった方向を呆然《ぼうぜん》と見ている。だが誰もベルのことなど気に留めはしない。暴れ回る虎の体から突き刺さった槍の穂先がすっぽ抜けて、くるくると回転しながらベルの頭をめがけて襲いかかってきていても、誰も気にする者はいない。

ティアーナ以外は。

「あ……」

「ばかっ！」

ティアーナがベルを押し倒した。さっきまでベルの頭があった場所を槍の穂先が通過していった。

一瞬でもティアーナの反応が遅れたら、ベルの頭は貫かれていたことだろう。

「きゃっ……！」

「ボーッとしてんじゃないわよ！　立て！　立って逃げろ！」

「こっ、腰が抜けちゃって……！」

「ばかっ！　それなら這《は》ってでも逃げなさい！」

ティアーナがベルを叱責する。

だが、状況は刻一刻と悪化するばかりだった。虎に襲いかかろうという人間もいたが、虎の方はどんな攻撃を食らっても傷一つ負った様子がなかった。

今も一人、また一人と倒されていく。槍を構えた前衛の兵はほぼすべて倒されていた。後衛の兵も当然座視しているはずもなく、《石弾》や《火弾》といった様々な攻撃魔術を放っているが、虎にはどれも通用した気配がない。むしろ攻撃を放つほどに虎は不気味な哄笑《こうしょう》を上げ、兵たちがすくみ上がる始末だった。

「ま、まずいわね……杖《つえ》も預けちゃったし……」

ティアーナは、自分が戦ったところで無力だと悟った。

少しでも攻撃魔術が効いているならば誰かの杖を拾って参戦しても良いところだが、闇雲に攻撃しているだけでどうにかなるとも思えない。

しかも、どうやら向こうはニックを探している。それならばニックと合流して逃げるのが最善だろう。そこまでティアーナは頭の中で算盤《そろばん》を弾いた。

「うん……？　おい、そこのお前」

弾いた計算はいきなり崩れた。

ティアーナは気付かないふりをして、ベルと共にこそこそと逃げようとする。

「いやお前だよ。そこの金髪の女、気付いてんだろ」

「な……なによ……ていうか誰よ……」

「別に、取って食いやしねえよ。お前、ニックの知り合いだろう？」

虎がにやりと笑った。

ティアーナはその笑みにどこか見覚えがあった。

（どこだっけ……？　いや、こんな魔物みたいな奴《やつ》と知り合いのはずはないんだけど……ニックも知り合いとは思えないし）

ベルが不安そうに身を縮め、ティアーナの後ろに隠れている。

踵《かかと》でげしげしと蹴るが、それでもベルは離れようとしなかった。

「顔つきが変わってわからねえか。レオンだよ。お前ら【サバイバーズ】に負けた【鉄虎隊《てっこたい》】のレオンだ」

「うえっ!?　あ、あんた……ちょっと見ない間に……随分変わったわね……？　ふ、太ったんじゃないかしら」

「無駄話は良い。あの野郎……ニックを差し出せ。それで見逃してやる。後ろで縮こまってる女も興味ねえ。どっか行きな」

「え？」

その提案にティアーナは驚いた。

今まで好き放題、それこそ野獣のごとく大暴れしていたというのに、突然我に返ったように交渉を持ちかけてきたのは不気味の一言だった。冷静になったとは言い難《がた》いとティアーナは思った。いきなり我に返ることがあるというならば、逆にいきなり我を失って襲ってくることもあるかもしれない。下手に刺激をしてはいけないという危機感がティアーナの頭を駆け巡る。

「いや、疑ってるだろうがマジだぜ。この姿になって興奮してたが、ようやく体が馴染《なじ》んできた。これ以上無駄に大暴れはしねえよ。まあそれも……お前が素直に言うことを聞けばの話だがな」

「ニックを出せって？」

ばかじゃないの、とティアーナは頭の中だけで呟《つぶや》いた。こんな混乱状態で人探しなんてできるわけがないのだ。警備の兵はほとんど倒れ伏し、従業員用の通用口には逃げようとする客が詰めかけ、従業員やディーラーは物陰に隠れて固唾を呑《の》んでこちらを見守っている。この騒ぎなら恐らく誰かしら太陽騎士団――迷宮都市テラネの治安維持機構に通報が届いているはずである。

そこから導き出された最適な行動は、時間稼ぎだ。ティアーナは改めて算盤を弾き、解答を導き出す。レオンに協力をするように見せかけてのらりくらりと動いて自分の命を守れば良い。もしかしたら効くかもしれない魔術を使って抗《あらが》うことも考えたが、愚策だとティアーナは切って捨てた。たとえ効果があったとしても、一撃で殺すなり昏倒《こんとう》させるなりできなければ次の瞬間に自分が死ぬだけだった。

「なんだ迷ってんのか？　仲間に義理立てするこたぁねえだろう」

虎の爪が、ティアーナの顎を撫《な》でた。

虎の爪は硬く鋭利で、いかにも恐ろしさを体現したような形状をしていた。ただ撫でられただけでつうと血が流れる。

「ああ、それと時間稼ぎしようとか思うなよ。そういう素振りを見せた瞬間、頭を握りつぶす。どうも鼻がやたらと良くなってな。良からぬことを考えてるかどうかは匂いでわかる」

再びティアーナの算盤が狂った。レオンの言うことはただ釘《くぎ》を刺すためだけのブラフかもしれないと思いつつも、ティアーナはある種の信憑性《しんぴょうせい》を感じていた。カジノに出入りしていると時々、獣人族でやたらと博打《ばくち》の強い人間と出会うときがある。その人間の様子を注意深く探ると、たまに鼻で匂いをかぐような仕草をしている。もしかして匂いで嘘か本当かを判断できる人間はいるのかもしれない。

となると、ティアーナに残された行動はただ一つだ。

一時的にレオンに協力すれば良い。なあに、この人混みをかき分けて進むだけで一苦労だ。それだけで十分くらいは稼げる。その間に、誰かしら状況を打開してくれるに違いない。これは仲間に対する裏切りではない。そもそもどんなに信頼関係を築いていたとしても、このような脅迫を受けているのだ。緊急事態でありすべてはノーカンだ。ティアーナの頭の中に、数限りない言い訳が生み出された。

「ばーか。教えるわけないでしょ」

そしてティアーナは生み出された言い訳を「全部言い訳だ」と切って捨てた。

そうして最後に口から出たのは、脅してくる人間への憎まれ口だった。

「……賢い女だと思ったが、どうも違ったみてえだな。ここで死ぬ運命だってのがわからねえのか？」

レオンは、さも呆《あき》れたと言わんばかりの声だった。

哀れな子供を見るような目でティアーナを眺め、溜《た》め息《いき》をついている。

「運命？　ばっかばかしい！　死ぬ運命なんてものはね、生きてりゃ何度だって来るのよ！」

「おう、そうだろうよ。それを切り抜けるのが賢い人間ってもんだ。我を張って一文の得にもならねえことをして惨めに死ぬ。俺ぁイヤだね。だから」

「だから？　裏切れって？」

「そうだ」

「つまりあんたは、誰かを裏切って嘘をついて生きてきたわけね」

「おうともよ。悪いか？」

レオンは悪びれもせず、微笑《ほほえ》みを浮かべた。

ティアーナはそれを、淡々とした表情で見つめた。

「……別に。追い詰められてどうにかなりそうなときに、あんたみたいになるのを否定はしないわ。でもニックは違った」

「……どう違うってんだ？」

「少なくともあいつは、苦しいときに他人を引きずり込もうとはしなかった。苦しかった分、他人を陥れて憂さ晴らししようなんて考えなかった。あいつとあんたは違うわ。お仲間が欲しいなら他を当たって頂戴」

「なるほどな、お前は自殺志願者だったか」

「何度でも言うわ。あんたは、ニックには、勝てない」

言い聞かせるように、一語一語丁寧に、だが力強くティアーナは言い放った。

その瞬間、レオンの腕が高々と上げられた。

ひいっという悲鳴が響く。後ろで縮こまっていたベルだ。腰が抜けたなら這いつくばってでも逃げれば良かったでしょ、とティアーナが心の中で毒づく。

だがもう遅い。レオンは既に、ティアーナを殺す気だ。

「……まあ、待ちなさいよ。死ぬ前に一服くらいさせなさい」

ティアーナは懐からパイプとイグナイターを取り出した。

イグナイターは一見、金属のペンのような形状だ。先端が発熱して煙草《たばこ》の葉を燃やしたり、燃料に火を付けたりすることができる。実用品ではあるが、装飾をこらしたり実用性を高めたりした高級品も幅広く存在している。これを格好良く使えることは一種のステータスだ。ティアーナがイグナイターを使う仕草もまた、実に様になっていた。

「ギルドで見たときから思っていたが、豪胆な奴だな……」

感嘆したようにレオンが呟いた。

ふう、とティアーナは紫煙を吐く。

「これ、けっこう値打ち物なのよ。パイプは霊木を削り出した逸品だし、葉も南方の国で栽培されてた特級品種よ。あ、それとこのイグナイターも普通のとはちょっと違うのよ」

イグナイターは鉄の棒の先端から小さな火を起こすだけの、ごくシンプルなものが一般的である。だが、ティアーナの師匠から譲り渡されたものは特別製だった。小さな火を出す以外にも、落ち葉を集める程度のそよ風を起こす風魔術《落葉》、硬度を高めて壊れにくくする土魔術《硬質》、そして火ではなく電気を使って火起こしをする……つまり圧電着火をする雷魔術《雷火》などを使用することができる。

非常に便利だが、ペンほどのサイズしかないために耐久性に問題があった。殺傷性を持つほどの魔術を使用すれば壊れかねないために、リミッターを付けている。

逆に言えば、リミッターなど外して使用者が大きな魔力を流し込めば、一度くらいは殺傷性のある魔術を使用することができる。

ティアーナは、何気ない所作でリミッターを外した。

「《硬質化》！　《雷光》！」

「ぐあっ!?」

ティアーナは渾身《こんしん》の力を込めて魔道具の先端の鋭利な部分をレオンの腕に刺し、雷を体の中に流し込んだ。

「なっ……なんだ、どうして俺に効く……!?」

ぶすぶすと肉の焦げる嫌な臭いが立ちこめた。

「てっ……てめえ……！」

「雷属性の魔術は、体の表面じゃなくて体の中身を焼くのよ！　甲殻類とか、やたら分厚い毛皮を持ってる魔物にはよく効くわ……あんたに効くかどうかは賭けだったけどね！」

ティアーナはそう叫びながらもへたれたままのベルの腕をひっつかんで無理矢理起こした。そしてレオンとは反対方向に駆け出した。

「あんたもっとしゃっきり立って走りなさいよ！」

「すっ、すみません……！」

「あいつが戸惑ってる間に……！」

だがその瞬間、ティアーナとベルの眼前に巨大なテーブルが落ちてきた。緑色の羅紗がまるで壁のように二人の進路を塞いでいる。テーブルそのものが二人を害することはなかったが、床に響き渡る衝撃で二人ともバランスを崩して転んでいた。

「……感謝するぜ。今の攻撃は覚えた。高ランクの魔術師がちゃんと準備した雷を撃ってたら俺も流石にヤバかったかもしれねえ。五分は失神してたな」

戦々恐々としながら二人は後ろを振り向く。

そこには、腕を掲げたレオンの姿があった。そして、レオンのすぐ近くにあったはずのテーブルが消えている。重々しいテーブルを持ち上げ、まるでボールか何かのように放って投げたのだ。

「……あ、あれ、手が……？」

レオンの腕はティアーナが焦がしたはずだった。

だが今はその痕跡さえなく、綺麗《きれい》な虎の毛皮が腕を覆っている。

「効いたことは効いたが、回復するくらいわけはないぜ」

バカ言わないでよ、とティアーナは心の中で毒づいた。人間の体の中に魔術を放つのはもはや禁じ手に近い。弱い威力でも十分に人を殺傷できるからだ。魔術を跳ね返したり無効化する魔物に対して通用することもある。一種の裏技に近い技術であるが、これが効かないとなるとティアーナにはどうしようもない。

「えーと、今から降伏するっていうのは、アリ？」

「お嬢ちゃんよ。覆水盆に返らずって知ってるか？」

「はっ、その通りよね」

「じゃあな」

恐らくレオンにはそれなりの慈悲があったのだろう。自分の爪でいたぶろうとはせず、今度はオーラブレード型の剣を上段に構えた。一瞬で止めを刺すつもりだとティアーナは悟り、覚悟を決めた。

「なにっ!?」

だが、レオンの剣がティアーナの首をはねる直前、絆《きずな》の剣を構えたニックががっしりと受け止めていた。

「あ……」

「悪い、遅くなった！」

ティアーナは、思わず涙を流しそうになるところをぐっと堪えた。そして、きっと睨《にら》み付けてあらん限りの悪態をついた。

「……遅いわよバカ！　アホ！　詩人偏愛家《ドルオタ》！　脳みそにオタ芸以外のものを突っ込んだらどうな

なかったんだよ！」

「詩人偏愛家《ドルオタ》は関係ねえだろ！　トイレ行ってたらいきなり何十人も逃げ込んできて出るに出られなかったんだよ！」

のよ！」

ニックは叫びながら剣でレオンの攻撃を防いでいる。

だがティアーナは気付いた。状況的にさほど良くなったわけではない。

レオンは焦りもせず、むしろ嬉《うれ》しそうに顔をほころばせていたからだ。

「へっ、今更のこのこ出てきて死ににきたのか？」

「がっ……うおっ……？」

レオンが少しばかり力を入れただけでニックは片膝をついた。そのままレオンは遊ぶように体重を掛けていく。まるで大人が子供をいたぶるかのような有様だ。

「くっそ……ティアーナ！」

「なによ！」

「アレやるぞ、アレ！」

「アレって何よ……って、アレ!?　上手《うま》くいくわけ!?」

「この状況で四の五の言ってられるかよ！」

レオンも、そしてベルも、ニックたちが何を言っているのかわからずぽかんと眺めていた。が、

レオンは二人に何か考えがあると気付いたのか愉悦の笑みを強めていく。

「へぇ、この状況を何とかできる隠し球でもあるってのか。良いじゃねえか、やってみろよ」

『レオンよ、やらせるな……あやつの持っている剣は危険だ！　油断せず目的を果たせ！』

「うるせえ！」

レオンが自分の剣に文句を付けられ、そして言い返している。

ティアーナはその姿にどこか既視感を覚えた。

だが今はそんなことを言える状況ではない。

「仕方ない、行くわよ……！」

いやいや、ちょっと待ってよ、ずっと練習しても成功しなかった《合体《ユニオン》》がここで上手くいくはずないじゃない、という疑問が湧き出て、しかしティアーナはそれをねじ伏せた。

ニックとカランが《合体《ユニオン》》したときも似たような状況だったという希望に縋《すが》る。

恐らく、この土壇場での高揚こそが鍵だ。高等な古代魔術を行使するには、一種のトランス状態になるほどの精神の集中が必要なのだ。こじつけのような気がするが、そんな疑念さえも今は邪魔にしかならない。

私はできるのだ、私とニックとキズナならば勝てるのだという確信の薪を魂の炉にくべて燃やし尽くせ。

「「《合体《ユニオン》》!!」」

凄《すさ》まじい光が剣から溢《あふ》れ、周囲を白く染め上げた。

ニック／ティアーナ／麗しのパラディン

そこに突然現れた純白の騎士を目撃した者は驚愕《きょうがく》していた。

突然現れたことに対してではない。その人間の纏《まと》う気配に対してだ。

気高さと美しさの両立した金色の長い髪。

女性的でありながらも引き締まった、張り詰めた弓のような神秘的な体つき。

裾の隙間から覗かせる美しい太股は黒い薄手の生地に覆われており、しなやかな黒豹の風情がある。

身につけているのは、神話や伝説に語り継がれるような、あまりにも清らかな純白の鎧。

鎧に分厚さはなく、全身を覆う重装備でもないが、そこにあるのははかなさや頼りなさではない。天を駆ける鷹のようなかろやかさと美しさだ。

手にする剣もまた不可思議で、鍔元《つばもと》から伸びる青い光芒《こうぼう》がレイピアのような刃を形成している。

だが、なによりも見る者に強い印象を残すのは顔であった。凛《りん》として、一瞬男にも見えるほど研ぎ澄まされた美貌に、誰もが見とれた。

「だ、だれ……？　てぃ、ティアーナさん……？」

再び腰を抜かしてへたり込んだベルが思わず尋ねた。

確かに、ティアーナの顔つきに似ているようでもある。だが身長も体格も大きくなり服装もまったく違っていた。

「「さあて、誰なのかしらね。どう名乗れば良いかもわからないし、名乗るほどでもない……と言っておきましょうか」」

純白の騎士はそう言って問いをはぐらかした。

その正体はニック／ティアーナ……つまりは、《合体《ユニオン》》したニックとティアーナだったが説明できるはずもなく誤魔化していた。

「お前……もしかしてニックか？」

レオンもまた、似たような問いかけを投げる。

「「当ててごらん」」

今度は、挑発と魔術で答えた。

蠱惑的《こわくてき》な笑みを口元に浮かべながら、絆《きずな》の剣を床に突き刺した。

突き立てられた場所から、凍えるような空気が吹き出した。最初はそよ風のような冷風だったが、次第に勢いを増していく。それはまるで、嵐の予兆のような不吉な予感を周囲の人間に感じさせていた。

「「離れてなさい。風邪引くわよ」」

「あっ、は、はい……」

ベルは腰を抜かしたまま這《は》うように逃げていく。

純白の騎士は逃げていくベルを見送った後、戦々恐々とこちらを眺めている人々と、自分とレオンのいる場所を区切ることにした。

「《氷盾》」

純白の騎士が指を弾くと轟音《ごうおん》がカジノ全体に鳴り響いた。

気付けばそこに、大きな壁があった。人の背丈の倍はあろうかという程の氷の壁だ。それが何枚も整列している。まるでレオンとニック／ティアーナを封じ込めるように。

「へぇ……やるじゃねえか。どういうからくりだ？」

レオンは面白いとばかりに牙を剝《む》き出《だ》しにして笑った。

「最近天気が変わりやすくってね。冬が来たんじゃないかしら」

それは冗談めかしているようで、後半は事実であった。純白の騎士はカジノのメインフロアに限定して「厳冬」を召喚した。一時的に氷や冷気を放つのではなく、周囲一帯の冷気を思うがままに操る魔術《氷河《アイスエイジ》》だ。

本来は複数人での儀式が必要な高難易度の魔術を、ニック／ティアーナは単独で発動させた。効果は強力で、結界内であれば好きなときに好きな場所、好きな形状で《氷盾》などの水や氷の魔術を発動させることができる。大規模な《氷盾》を連発して壁を作ったのも、《氷河《アイスエイジ》》の補助があってこそなしえることだった。

「ま、どっちでも良いさ。そういう魔術ってことなんだろ。俺としても望むところだ……覚悟しやがれ！」

レオンが剣を構えて突撃してきた。凄まじい重量と速度で純白の騎士に襲いかかる。だが辿《たど》り着《つ》く前に、レオンの体を槍《やり》のごとき巨大な氷の柱が貫いた。

「《氷槍》」

天井、壁、床の四方八方から、氷の槍が生え、飛び出してきた。《氷柱舞《つららまい》》の上位呪文で、本来は一本の氷の杭《くい》を撃ち出す魔術だ。だがそれを、純白の騎士は任意の場所から縦横無尽に放った。

それらが無慈悲にもレオンの体を貫いていく。

「ぐがあああっ!?」

『焦るな、レオン。我輩がついているぞ……。さあ！　怒り、悶《もだ》えるが良い！』

「おうとも、舐《な》められてたまるか……うおおおお……！」

奇妙な声が響くと同時に、驚愕の事態が起きた。

虎の魔物となったレオンの四肢が、ぐぐぐと膨らんでいく。風船のように膨らんだわけではない。硬い肉体が、さらに硬く大きくなった。ただひたすら筋肉の収縮だけで、氷の槍を打ち砕いた。傷穴も、まるで何事もなかったかのように修復されていく。

「ふぅうう……今のは流石《さすが》に痛かったぜ……」

『良いぞレオン。その調子で我を使いこなしてゆけ』

「うるせえ……好きに暴れさせろ……！」

「「なによ、一人じゃないの……？」」

レオンと謎の声の異様な会話にニック／ティアーナは怪訝《けげん》な顔をする。

そこに口を挟んだのは、絆の剣だった。

『その声……やはり貴様、進化の剣じゃな』

『そういう貴様は、絆の剣だな……数百年ぶりか』

「「キズナ、知ってるの？」」

その質問に、キズナが歯切れ悪く答えた。

『う、うむ……あやつは我と同時代に開発されたものじゃ』

『絆の剣の所有者よ。我は進化の剣改め、滅《ほろび》の剣。我こそ聖剣である……と名乗りたいところだが、魔王討伐計画の採用試験で敗退した身だ。こうして時代が過ぎ去って別の聖剣と邂逅《かいこう》するとは因果なものだな』

どこかシニカルな滅《ほろび》の剣の言葉に、絆の剣が怒りを露《あらわ》にする。

『たわけ！　貴様は敗退以前にレギュレーション違反で失格であろうが！　そこな使い手よ！　進化の剣を使い続ければ人間を辞めることになるぞ！』

「「に、人間を辞める……!?」」

純白の騎士が驚きの声を漏らした。

『うむ。我の権能《合体《ユニオン》》のようにこやつにも権能がある。それは《進化《エヴォリューション》》と言って……』

絆の剣が説明しようとした瞬間、レオンが叫んだ。

「ごちゃごちゃうるせえ！」

そして再び、純白の騎士に襲いかかってきた。

「「話を聞け！」」

「人間を辞める？　人生が終わっちまいそうな状況で関係あるわけねえだろうが！　こうなったらてめえをブッ殺せるならどうだって良いんだよ！」

「「くっ、レオン！　あなたそんな短絡的な奴《やつ》じゃないでしょう！　もっと、こう……姑息《こそく》な感じの！」」

「やかましい！」

レオンの握る滅《ほろび》の剣は、絆の剣と同じく魔力によって形作られている。

月のような黄金の輝きが滅《ほろび》の剣から迸《ほとばし》った。レオンの裂帛《れっぱく》の気合いと共に剣は太く長く伸び、凶悪な姿を晒《さら》していた。

『やめておけ。奴は滅《ほろび》の剣によって極度の興奮状態にある。言葉は発してもまともに話が通じると思わぬ方が良い』

「『ひどい奴ね……。魔剣って人間を洗脳しちゃいけないんじゃなかったの」

『そうとも。だから開発競争からは脱落して封印されておったのじゃろう。まったく、こんな危険なものに頼るとは……』

絆の剣の溜《た》め息《いき》を、滅《ほろび》の剣がせせら笑う。

『見解の相違だな。結果として一時的な興奮状態になっているだけのことよ。肉体を強化すれば、その肉体が精神に影響をもたらす。生物として当たり前のことだ。子供の体の者は子供の精神になるし、大人の体の者には大人の精神が宿る。それのどこに問題がある？』

『それとこれとは話が違うであろう。進化するように誘導したのであれば使い手の意志とは言えまい』

『助言はしたとも。だが助言を受け入れるかどうかはあくまで当人の意志。そもそも我が権能、《進化《エヴォリューション》》は何も、使い手の望まぬ方向への進化などはせぬ。あくまですべて本人が望んだ姿を目指すのみ。我は常に人と寄り添っているよ。貴様のように居丈高に使い手を選ぶ方こそ不遜極まりない』

『詭弁《きべん》を弄しおって……！』

絆の剣の反論にも、滅《ほろび》の剣はどこ吹く風といった態度を貫いた。

二本の剣は完全に思想が異なり、対立する構図のようだった。

『ふふん、何とでも言うがよい。しかし絆の剣と相まみえるのは初めてだが、この程度であったとは落胆してしまうな。《進化《エヴォリューション》》の前には取るに足らぬものということか』

『それはこちらの台詞《せりふ》じゃ。力任せの攻撃を繰り返すばかりではないか』

『そうとも。シンプルな攻撃というものはどんな状況でも通用する。で、そちらはどうだ？　貴様らの魔術は通用しない。膂力《りょりょく》もこちらが上。こちらはまだ本気からは遠いぞ？　どうするつもりだ？』

だが、ここは二本の剣が対決するために用意された場ではなかった。

結果としてそうであったとしても、ニックとティアーナには、自分こそが当事者であるという意識があった。

「ごちゃごちゃうるさいわね！　戦ってるのは私たちとレオンよ！」

それを、ニックとティアーナは行動で示すことにした。

鍔《つば》迫《ぜ》り合《あ》いしている最中に、稲光のような光が走る。

「ぐっ!?」

「剣と杖《つえ》を兼ねてるっていうのも便利ね……。ってわけで、侮ってくれるのは大歓迎だけど、こっちも引き出しはまだまだいくらでもあるわよ」

レオンの体から煙のようなものが吹き出た。腕全体が無残に焦げている。近接距離で高威力の《雷光》を食らっていた。先程ティアーナが放ったものとは段違いの威力で、レオンを弾き飛ばすことに成功していた。

「ちっ……だがその攻撃はさっき食らったぜ。今のおかげでもっと防御力も増してきた」

無残に焦げたはずの皮膚が剝《は》がれ落《お》ち、その下から一瞬で新たな皮膚が再生した。

再生速度が明らかに上がっている。

だが、純白の騎士は怯《ひる》むことなく、淡々と戦術を積み上げていく。

「「もちろんわかってるわ。でもそんなおしゃべりするから足をすくわれるのよ」」

気付けばレオンの頭上や背後に氷の槍が浮き上がっていた。それらが何度となくレオンの体を貫いていく。

「「どうだ！」」

『器用なものだな……だがこちらは幾らでも復活できるぞ』

滅《ほろび》の剣が再び輝き出すと、またも何事もなかったかのようにレオンの肉体が再生した。しかもただ再生しただけではない。一回り大きくなっている。傷を治すと同時に、より強く進化したのだ。

「「なるほどね……それじゃ、こういうのはどうだ……《氷盾》」」

純白の騎士の口調が、どこか男らしいものになった。

レオンはその微細な変化に気付き、いぶかしげな顔をする。だがそれ以上に奇妙なことが起きた。

今作りだした《氷盾》を床に落として、それを純白の騎士が踏んづけたのだ。

「遊んでんのかてめえ」

「「ああ。遊ぶには絶好の場所だろう？」」

「ふざけんな……ああ？」

レオンが周囲の違和感に気付いた。

四角く区切っていたはずの壁代わりの《氷盾》が、今度は輪を作るような配置になっている。四角ではなく丸いリングだ。ついでに、そこかしこに転がっていた椅子やテーブルが氷漬けにされている。

「「さあてレオン……そり遊びは好きか？」」

そう言って純白の騎士は《氷盾》に体重を載せて縦横無尽に滑り始めた。《氷盾》によってできた壁を回り、氷漬けにしたテーブルをジャンプ台のように使い、レオンの周囲を変則的かつ高速で動き回る。

「「そらそら！　反応が遅いぞ！」」

そして動き回る中で、嫌がらせのようにレオンに攻撃を始めた。

レオンの死角に潜り込み剣で切り裂き、逆にレオンの視界内にわざと入り込んで《氷柱舞《つららまい》》を撃って攪乱《かくらん》し、その間もひっきりなしに《氷槍》を撃ちまくる。

形勢は既に、純白の騎士に傾いているように見えた。

だが、それを粉砕するほどの力がレオンにはあった。

「くっ……畜生……！　舐めるんじゃねえ……！」

レオンが、氷漬けになったテーブルや壁を形成している氷を手当たり次第に破壊し始めた。純白の騎士の移動速度は氷の上を滑って初めてなしえるものだ。だが滑る地面の滑らかさが消えてしまえば移動できる経路は限定される。

「そこだ！」

「「がっ……！」」

レオンが蹴りを放った。純白の騎士は弾き飛ばされ、自分が作り出した氷の壁に激突する。

レオンが追撃を仕掛けた。

滅《ほろび》の剣を振り下ろす。純白の騎士は真っ二つに切り裂かれた。

「……上手《うま》く避けるじゃねえか」

が、それは純白の騎士を映し出した虚像だった。

鏡のように艶《つや》やかな氷を自分の目の前に作り上げ、一瞬だけの錯覚をレオンにもたらしていた。

「「やっぱり慣れないことはするもんじゃないな……練習が足りてねえや。それじゃ、魔術主体に戻しましょうか」」

再び純白の騎士は女性的な口調に戻った。

その体をニックとティアーナのどちらが主体的に動かすかを中で切り替えていた。

『ふん！　こちらはスロースターターだが、今受けた攻撃はすべて覚えたぞ！　もはや通用せぬ！　我を倒す方法などなかろう！　遊び過ぎたな！』

「「いや、まあ、三通りくらいはあるけど」」

『……は？』

「「単純な話、あなたを壊せばそれでお仕舞《しま》い。あるいはもう、ダメージを与えるとかじゃなくて氷漬けにすれば良いし」」

『……はっ、ハッタリを弄するとは意外に小心者だな。やれるのならば何故《なぜ》やらない？』

滅《ほろび》の剣は一瞬動揺したが、それをすぐに鎮めた。

恐らくブラフだと思ったのだろう。

だが純白の騎士の余裕ある態度は、一切の綻びがなかった。

「「あんたって聖剣なんでしょう？　だったら今、短絡的に壊しちゃったら後々面倒だろうし興味もあるわ。それにレオンは賠償金の支払いどころか押収品の査定さえも終わってないでしょう？　死なれちゃ被害者全員が困るのよ。そういうわけで……」」

純白の騎士が蠱惑的に微笑《ほほえ》みながら、床に転がっているものをひょいと拾った。

「「一番優しい方法でサレンダーさせてあげるわ」」

それはカジノでは当たり前にありふれているもの。

カードの束だった。


純白の騎士は不敵に微笑みつつ、カードを手の中でもてあそぶ。

『はっ、そんな玩具《おもちゃ》でどうしようと言うのだ』

「「色々と便利なんだけどね」」

『笑わせるな！　レオン！』

滅《ほろび》の剣の呼び声に応じてレオンが動き出した。

黄金の剣閃が再び純白の騎士に襲いかかる。

「うるあああ！」

「「対策しようとしても無駄よ。ここでは反対属性の魔術……火はほとんど使えない。それが

《氷河《アイスエイジ》》の効果。こっちと同レベルの魔術を使えない限りは無駄骨になるわ」

純白の騎士が突っ込んでくるレオンに、再び《氷槍》を何本も撃ち飛ばした。

『馬鹿者、油断するでない！』

だがそこに、絆の剣が鋭く言い放つ。その警告と同時に、滅《ほろび》の剣が輝きをさらに強めた。まるで満月のような不気味さだ。

『レオンよ、我が加護を存分に喰《く》らえ！』

「おうよ……！」

「「なにっ⁉」」

レオンの腕と脚、そして胸の部分が、まるで甲殻類のような殻に覆われた。同時にそれ以外の部分が白い体毛で覆われ始める。一言で言うならば、金属鎧を着た白熊だ。

ますます人間からかけ離れた姿へと変貌していく。

『極寒の中でも不足なく動き、氷の槍は鎧で防ぐ。もう少し工夫が欲しいところだが……火の魔術に頼らず氷を打ち破るならこんなところか』

「喰らえッ！」

新たな獣と化したレオンが猛攻を始めた。

展開された《氷盾》を飴細工《あめざいく》のように打ち砕き、純白の騎士へと迫る。

「「くっ……！」」

『何を目論《もくろ》んだかは知らんが、その有様では無駄だったようだな』

『ああっ、何をやっておるのじゃ⁉』

鍔迫り合いの形となり、手でもてあそんでいたカードが周囲にばらばらと散らばった。

そのままレオンは巨体を利用して純白の騎士をじりじりと押していく。

絆の剣が悔しげに呻《うめ》いた。

『……進化の剣の光を浴びることで使用者は進化していく……いや、強制的に進化させられるといった方が正しいかのう。危なっかしい加護もあったものじゃ』

『強制的に、とは誤解を招くではないか。我は必要なものを与えているだけだ。刀傷を負った者にはそれを跳ね返す強靱《きょうじん》な肉体を。冷気を浴びて動けなくなった者には冷気の中でも動ける体を。それを恩恵と言わずしてなんと呼ぶ？』

『餌で魚を釣るのと変わらぬであろうが。だいたい、なんじゃその不格好な姿は！　動物と動物を掛け合わせただけでセンスの欠片《かけら》もない！』

『人と人を掛け合わせるだけしかできないお前に言われたくはないな。魔力と魔術の腕が上がった程度で我に勝てると思う方が間抜けなのよ』

『なんじゃと！』

そのいがみあいに、純白の騎士が不敵に笑った。

「「減らず口は言わせておけば良い。……よっと！」」

そして、手元に残った一枚のカードを器用に投げつけた。

それは水気と氷が接着剤の役割を果たし、べたりとレオンの目の上に貼り付いた。

「ぐっ……卑怯《ひきょう》だぞ……！」

「「こんな状況で卑怯もクソもないわよ！」」

カードの目くらましが効いている隙に純白の騎士は距離を取る。

そして自分の足下に転がったソファーを蹴り上げ、斬り付ける。

中に詰まった綿が雪のように周囲に舞った。

「何を意味のわからねえことをしてやがる、遊んでるんじゃねえ……！」

レオンが顔に貼り付いたカードを剝がし、純白の騎士に凄《すご》む。

だが純白の騎士は一向に気にせず、切り裂かれたソファーから綿を引っ張り出した。

そして綿を凍らせ、一本の氷の槍を創り出す。

『む……まずいぞ、レオン！　防げ！』

「「さーて、上手く防げよ」」

そして、勢いよく撃ち飛ばした。

先程まで使っていた氷槍と変わらない。

氷の中に綿が入って白く濁って見えるだけだ。

しかし、

「ぐうあぁっ!?」

それは先程までの氷槍と違い、レオンの腕の甲殻を鋭く抉《えぐ》った。

鮮血がこぼれ落ちる。

「「何故か知らないが、綿を入れた氷って凄い硬いんだよな。ハンマーでぶっ叩《たた》いてもなかなか壊れないらしい。知ってたか？」」

綿ごと凍った氷は、綿の繊維が氷と絡み合って驚くほどの強度を発揮する。

更に純白の騎士の唱える《氷槍》は氷自体が魔力によって凄まじい低温と硬度を維持している。

その相乗効果によって、氷の槍は鋼鉄をも軽々と貫くほどの強度を保っていた。

『ちっ……古代文明の残りかすで生きる未開人どものくせに……！』

今度は滅《ほろび》の剣が悔しげに呻く番だった。

その声を聞いた絆の剣が嬉《うれ》しそうにせせら笑う。

『まったく、そうやって見下すから足をすくわれるのじゃ』

『うるさい！　カードだの綿だの、小細工を弄していることが貴様らが弱者であることの証左よ！

レオンよ……より硬く、強くなれ！』

またも滅《ほろび》の剣が妖しく輝く。

そしてレオンが咆吼《ほうこう》し、更なる凶悪な進化を遂げようとした。

が、その途中で滅《ほろび》の剣は不思議そうな声を出した。

『む……？　レオンよ、背中のそれはなんだ？』

「ぐるる……！」

レオンの背中に、カードが貼り付いている。

それも、一枚や二枚ではない。

気付けば体のそこかしこにカードが体毛に絡み、凍り付いていた。

鍔迫り合いをしたときに散らばったカードだ。

「ぐおおっ！」

だが、レオンは止まる様子もなく純白の騎士に襲いかかる。

剣を振るい、猛攻を仕掛ける。

『くっ……レオンよ、話を聞け！　まずは敵の意図を……くっ、闘争本能を高めすぎたか……!?』

「「よっと！」」

純白の騎士は果敢に攻めるレオンをいなす。

今度は綿の入った氷盾を展開し、猛々《たけだけ》しく襲いかかるレオンを防いでいた。

「くそっ、ちょこまかと……！　逃げるな……！」

「「お前が言える台詞じゃないだろう！」」

だが、純白の騎士は逃げる一方ではなかった。

「「《落葉》」」

純白の騎士は囁《ささや》くように魔術を唱えた。

地面に落ちた木の葉や土埃《つちぼこり》を巻き上げて攪乱するという、初歩中の初歩の風魔術だ。

だが屋内に木の葉など落ちてはいない。

その代わりに舞ったのは、散らばっていた残りのカードだ。

『な、なんだ……？　どういうつもりだ……？』

またしてもカードがレオンの体に貼り付く。

気付けば体全体がカードで覆われていた。

「「皮膚を強化し続けたのが仇《あだ》になったな。傷を負わない鉄壁の鎧ってのは、だいたい感覚があんまり鋭くないもんだ」」

「うっ……な、なんだ、これは……？」

『お、おい！　どうしたのだ!?　レオンよ！』

そしてカードが貼り付いていく度にレオンの動きが鈍っていく。

まるで力が抜けていくかのように。

「『お前、滅《ほろび》の剣って言ったか。その剣から放たれる光で使用者の体に干渉するのが《進化《エヴォリューション》》の力だって言ってたな』

『そ、そうとも。それが我が権能よ』

「『剣が輝く度にレオンは進化した。つまり、その光こそが力の源。そうだな？』

『な、何を言いたい……？』

「『じゃあ、光が届かなかったらどうなる？』

『あ』

滅《ほろび》の剣が間抜けな声を上げた。

『い、いや、待て！　魔力に満ちた光がただの紙に防がれるなど、あるはずがない……！』

「『って思うだろ？　ここはカジノで、カードもイカサマを防ぐために良い紙とインクを使ってるんだ。カードに触れた魔力を弾くとか』

『なっ……なんだと……!?』

その言葉に、滅《ほろび》の剣が愕然《がくぜん》とした声を上げた。

『たっ、たかだかギャンブルにそんなものを使う意味がどこにある!?　古代文明があった頃ですら抗魔塗料は高級品だったのだぞ！　いや、そもそも賭博場があるなど、背徳的と思わんのか！』

「『人を操って暴れさせる野郎が何か道徳的なことを言い始めたぞ』

純白の騎士が呆《あき》れて肩をすくめる。

『我らは倫理規定があるからのう。使い手をそそのかしたりでもせぬ限り、自分から賭博や風俗には行けけぬのじゃ。ま、悪知恵が働くくせにちょっと世間知らずなわけじゃな』

絆の剣が溜め息交じりに呟《つぶや》く。

『せっ、世間知らずだと……この我輩に対して……！　許さんぞ……！』

滅《ほろび》の剣は激昂《げきこう》し、自分の輝きを強く昂《たか》ぶらせた。だがレオンの体には反応がないばかりか、一層体がしぼんでいく。もはやそこにいるのは荒ぶる獣ではない。

ただの、虎人族のレオンだ。

「「とりゃっ！」」

純白の騎士は弱体化するレオンの懐に飛び込み、剣を下から振り上げた。

その狙いは、滅《ほろび》の剣の鍔元。

その鋭い一閃《いっせん》によって、滅《ほろび》の剣は中空へと跳ね上がった。

「「《氷棺《アイスコフィン》》」」

『ぐあああーッ!?』

純白の騎士が魔術を唱えると、滅《ほろび》の剣は氷の中に閉じ込められた。

氷と魔力によって封印を施す結界魔術だ。

これも氷河《アイスエイジ》と同じく、複数人で儀式を実行しなければいけない難易度の高い魔術だが、今の純白の騎士は一人で即座に唱えることができる。

「「一丁上がり、と」」

『う、うむ。正直、ここまでやるとは思っていなかったぞ……』

絆の剣が感嘆したように言った。

「「そうか？　しかしアーティファクトの割に考えが浅かったな」」

『そう言うてやるな……我もこやつも研究所以外のことはよく知らんからの。試験場以外での実戦など全然経験しておらぬし。それに』

「「それに？」」

『剣の強さは大事じゃが、剣の使い手の強さの方がやはり大事じゃの』

「「違いない」」

戦いの後始末

レオンがカジノで暴れるだけ大暴れし、そして倒された件について、ニックたちは駆けつけてきた太陽騎士団にすべてを押しつけることにした。その場から脱兎《だっと》のごとく逃げたのだ。《合体《ユニオン》》している状態であれこれと尋問されては、自分もまた聖剣を隠し持っている身であることが露見してしまう。立つ鳥跡を濁さず……と表現するにはカジノの方がひどい有様だったが、幸いにして騎士団の人間はニックたちを追いかけるほどの余裕はなかった。

不幸中の幸いとして、どうやらあの日のレオンは暴れ馬のごとく街道を突き進んでいたらしく、カジノ以外の被害も多くどこも混乱していた。騎士たちの最優先事項は、まず何より留置場から脱走したレオンの確保だったようだ。誰がどのようにしてレオンを倒したのか、という件については後回しにされ、そして後回しにされればされるほど事実からは遠ざかる。

そうしてほとぼりがさめた頃に、ニックは太陽騎士団の留置場に赴いていた。

「お前が面会希望者だな。一人か」

「うっす」

太陽騎士団の留置所はいつ来ても物々しい。特に冒険者に対しては風当たりが強く、屯所の通路を歩くニックの背中に刺々《とげとげ》しい視線が突き刺さる。

冒険者は柄の悪い人間も多く、そうでなくとも犯罪者捕縛や賞金首狙いで金を稼ぐような者もいて、太陽騎士団がお株を奪われることすらある。そのためギルドと騎士団は冷戦状態にあるのが常だ。

「良いか、まだレオンの件は正式な裁判も終わっていない。お前がレオンの詐欺の証拠を摑《つか》んだから面会権が特別に与えられたわけだが、業務の邪魔になるようならば即刻叩《たた》き出《だ》すぞ。わかっているだろうな？」

こんな風に凄《すご》まれることも日常茶飯事だ。

「すぐ済ませます」

「それと面会には俺が立ち会いに付く。怪しい動きをしたら……」

「わかってますよ」

ニックはそう言いつつ、銀貨を騎士の袖に入れた。

「……まあ、市民に施しを与えるのも騎士団の務めだ。時間を延ばすくらいはしてやる。だが席は外せんぞ」

「少し距離を取ってもらえるだけで良いんで」

「良かろう」

騎士が鷹揚《おうよう》に頷《うなず》く。面頰《めんぽお》付きの兜《かぶと》を被っているので表情は見えないが、そこまで謹厳実直な騎士でもないらしい。

ニックは騎士に連れられて、石造りの廊下を歩いていく。湿気がこもる陰気な場所だった。幾つもの鍵付きの扉を騎士が開けていく。がしゃりがしゃりという物々しい響きが建物の中に反響していた。

「ここだ」

ニックが通されたのは、天井の低い妙に圧迫感のある部屋だった。

紛《まご》うことなき牢屋《ろうや》だ。鉄格子と石壁で区切られた部屋が六つある。たまたま人は少ないようで、一つの部屋に一人の男が押し込められているだけだ。

「んだよ、お前かよ」

「よう、元気そうだな」

「ハッ、元気に見えるかよコレが」

押し込められている囚人は、レオンだった。

一緒に入ってきた騎士は部屋の出口あたりまで離れた。話が聞こえるほどの距離ではない。袖の下に入れた分の融通は利かせてくれるようだ。

「……んで、何の用だ。二回も同じ相手に負けた奴《やつ》の顔でも拝みにきたのか？」

と、レオンが自嘲気味に言った。

「ああ、顔を見にきた」

「なんだそりゃ……ま、見たけりゃ見てけよ。終わったらさっさと帰りな」

レオンが、呆《あき》れたように溜《た》め息《いき》をついた。

だがそこには、以前会ったときのような焦燥感や怒りの気配がない。

不思議に思ったニックが、レオンの顔をまじまじと見る。

「……なんだよ。お前本当に顔を見にきただけなのか？」

「い、いや、もう少し文句や憎まれ口を叩かれると思ってな」

「馬鹿か。んなことしてこっちの待遇が悪くなったらどうすんだ」

「それもそうだが……」

調子狂うな、とニックは頭をかく。

「まあ、聞いておきたいことがあって来たんだが……その前に説明しといてやる。あの後の顛末《てんまつ》だ」

「おう」

「カジノは建物としてはかなり壊れたが、死人は出てない。怪我人《けがにん》はいたが死人はゼロ。一番怪我が酷《ひど》かったのは、お前が脱獄したときに居合わせた騎士の連中だろうな」

「ふーん」

「……加減が上手《うま》いな。それなりに理性は残ってたんじゃねえか？」

「さあな」

「クロディーヌとベッグの二人はしょっぴかれたままだ。まあ、詐欺や恐喝、他にも余罪があるからしばらくムショ暮らしだろうな」

「だろうよ」

「滅《ほろび》の剣……いや、進化の剣は封印した。今は誰にも知られないところに置いてある」

ニックがそれを密《ひそ》やかな声で言うと、ようやくレオンの表情に変化が起きた。

「……やっぱりあの金髪の女、てめえだったんじゃねえか。いつの間に女装趣味になりやがった」

「ちょっと心境の変化があってな。人間、ストレス解消せずに溜め込むと健康に悪いぞ」

「………………」

レオンが物凄い形相をしてニックを睨《にら》んだ。

「冗談だよ、そう怒るな」

「ちっ……。ともかく、お前も聖剣使いだったわけだな？」

「ああ」

「なんで俺にばらす」

「お前こそなんで黙ってる。言われるまでもなくわかってんだろ」

「……別に、お前らがヒーロー扱いなのが面白くねえだけだよ」

レオンが苦み走った顔で、そう呟《つぶや》いた。

「ま、それならそれで良いんだがな」

「言いふらされて困るっつーんなら喜んで言うがな」

「そのときはそのときで、お前の言う通りヒーロー様の待遇を満喫するだけだ」

というニックの言葉は、虚勢だ。

レオンがぺらぺらと喋《しゃべ》っていたら、【サバイバーズ】にとってそれなりに厄介な事態だった。カジノでの純白の騎士の正体を知っているであろうレオンの様子を探ることも、ニックがここに来た目的の一つだった。ニックは、あまり言いふらすつもりのなさそうなレオンの態度に密かに安堵《あんど》していた。

「ニックてめえ、本当にムカつく奴だな」

「お互い様だ。……んで、本題だ」

「なんだ？」

「あの剣は何処《どこ》で見つけた？」

「ばーか、教えるわけねえだろ」

「ま、そうだろうな」

はぁ、とニックは溜め息をつく。

そして懐から一枚の紙を取り出した。

「……なんだそりゃ？」

「弁護士の名刺。酒場《キャバクラ》の店員とかヤクザ者あたりの弁護に慣れてるんだとさ」

「そういう意味じゃねえよ」

「教えるなら紹介する」

そのニックの言葉を聞いて、しばらく押し黙った。

そして数分の後、ようやくレオンは口を開いた。

「聞いてどうするつもりだ？」

「別にどうもしねえよ。キズナ……こっちの聖剣が調査しておきたいんだとさ。古代文明の遺産を変な連中に使われたくないってうるせえんだ」

「お前は興味ねえのかよ」

「小うるさいのは一人で十分だ」

「……寄越《よこ》せ」

「ほらよ。ああ、言っとくが金は払わねえぞ。お前、かなり貯《た》め込んでるだろ」

ニックがレオンのところに紙を投げ入れた。

受け取ったレオンは、しげしげと紙を眺めた後、服の中に入れた。

「それと、弁護してもらえるからってあんまり期待するな。無罪を勝ち取るとかはまず無理だからな。年単位でブチ込まれるのは覚悟しておけ」

「そんなこたぁ承知だ。……滅《ほろび》の剣を拾ったのは、機鋼遊月獄《きこうゆうげつごく》の最下層だ」

「確か……B級の迷宮か」

「ああ。……昔、【銀虎隊《ぎんこたい》】ってパーティーが攻略した迷宮だ。完全攻略したのは後にも先にもそこだけ。何を拾ったかも、どう攻略したかもギルドに記録が保管されてる。だが完全に迷宮の構造は解明されてるから、アーティファクトは残っちゃいねえぞ」

「わかった」

「ニック。今、進化の剣はどうしてる？」

「封印した。場所は教えない」

「そうか」

「不満か？」

レオンが目を瞑《つぶ》り、静かに首を横に振る。

「……いや、それで良い。誰にも教えるなよ。ギルドにも騎士団にも黙っとけ。俺も、お前が聖剣使いってことは黙っとく」

「なんだ、やけにサービスが良いじゃねえか」

「サービスもするさ。正直言って、ホッとしてる。滅《ほろび》の剣を隠し持ってるのはやっぱり負担だった。どこかで使える奥の手だなんて思ってたが爆弾と変わりゃしねえ。俺はもう、そういうのから降りる。しばらく臭い飯を食うのも悪くはないくらいに思えてるからな」

そう淡々と語るレオンの顔は、意外なほどに穏やかだった。

話を聞き出すのは無理かもしれないと思っていたニックは、素直に驚いていた。

「変わったな、お前」

「ともかくニック、これは冗談抜きの話だ。よく聞け」

レオンのいやに真面目な声色に、ニックは気圧《けお》されるように黙った。

「迷宮都市には、古代文明の遺産を狙う連中がいる。そいつらは上級の冒険者でさえ不覚を取るくらいに搦《から》め手《て》を突くのが得意で、手段を選ばねえ。……思い返せば、【銀虎隊】が崩壊したのも奴が原因だったと思う」

「はあ？　いきなり何を言ってんだ？」

あまりに予想外の方向に話が飛び、ニックは素っ頓狂な声を上げた。

「【銀虎隊】は昔、機鋼遊月獄の攻略に成功して幾つものアーティファクトを手に入れた。そのせいで色んな商人や貴族の代理人が買い取りを求めてきたが、そのうちの一人が仲間を上手いこと言いくるめて裏切らせて、横流しさせた。……よくよく考えたらありゃ、横流しそのものが目的じゃなかった。横流しすることでパーティーが崩壊するように画策したんだ。全部のアーティファクトを総取りするために」

「おい待てレオン。話が見えねえぞ」

「【銀虎隊】の顚末は冒険者ギルドで調べりゃすぐわかる。調べれば俺の言ってる意味もわかるはずだ」

「お、おう」

【鉄虎隊《てっこたい》】でのシノギが上手くいって金に余裕ができたあたりで、俺はあのとき起きたことを調べ直してた。【銀虎隊】の連中を騙《だま》したのは、偽名を使う金髪の長剣使いだ。まだ本当の名前はわからねえが……カリオスって名前も使ってたらしい」

「お前、それは……」

「ともかくニック。今、てめえは聖剣を持ってることを秘密にしてるんだろう、それは正しい判断だ。これからも続けろよ。狙われるな。それが嫌だって言うなら、狙ってくる奴を返り討ちにできるくらい強者になれ。腕っ節だけの問題じゃねえ。権力《パワー》と金《マネー》の問題だ」

「その狙ってくる奴のことをもっと詳しく教えてくれ。今、カリオスって言ったよな？」

「教えてやっても良いが……」

レオンが顎をしゃくり、ニックの背後を示した。

ニックが振り返ると、太陽騎士が椅子から腰を上げてこちらに近付いてきた。

「時間切れだ」

「……あー、そうかよ」

「次来るときは何か差し入れ頼むぜ。ああ、酒はいらん。紙巻き煙草か菓子が助かるな。メシが不味くっていけねえ」

「そのくらい我慢しろ。居心地良いんじゃなかったのか？」

「べ、別に良いじゃねえか……そりゃ食生活以外の話だ」

「つたく」

ニックが舌打ちをしながら立ち上がる。

ここに来た目的は達成したはずだったが、それ以上に解決すべき問題を突き付けられた格好に近い。濃い疲労の溜め息をつきながら、ニックは太陽騎士団の留置所を後にした。


「ただいまー」

「だからあなたの家じゃないわよ」

ニックがティアーナのアパートの扉を開けると、ティアーナが呆れ気味に肩をすくめた。

その奥でキズナ、ゼム、カランがくすくす笑っていた。

「貸会議室みたいな場所を借りても良いんだぜ？　あるいは共同で広いアパートとか一軒家とか借りて物置兼会議室にするとか」

とニックが言うが、ティアーナの機嫌が直るわけでもなかった。

「共同の財布から毎月家賃出ていくのも悔しいの！　だったらウチくらい貸すわよ！」

「そうなるんだよなぁ」

「というわけで、感謝しなさい」

「へいへい、感謝してるぜ」

「はい、よろしい」

その言葉を聞いたティアーナが偉そうに腕組みして微笑《ほほえ》んだ。

「それでニックよ。首尾はどうだったのじゃ？」

と、キズナが尋ねた。

【サバイバーズ】の面々は、ティアーナの部屋でニックを待っていた。

ニックとレオンの話し合いの結果によって今後の方針が変わりかねない。皆、興味津々にニックの言葉を待っていた。だがニックはいぶかしげな顔をした。

「いや、わかってるだろキズナは。《念信《テレパス》》で伝えておいたろ」

「伝言で伝えるのも味気ないと思って黙っておったのじゃ」

「おい」

全員の刺すような視線がキズナに集まる。

キズナは涼しげな顔のまま、へらへら笑っていた。

「まあまあ、良いではないか。こういうのは本人に聞くものじゃぞ。それに」

キズナが意味深にニックを見る。確かにニックには、直接言葉で説明すべき話があった。レオンの話のすべてをキズナに説明させるのは流石《さすが》に荷が重い。

「……ったく。ま、とりあえず今のところバレずに済んでる。口止めも上手くいった」

「そうでしたか、それは良かったです」

ゼムがホッと息を吐いた。

「ただ、なぁ……」

ニックが、言いにくそうに言葉を濁す。

そしてちらりとカランの方を見た。

「どうしタ？　食うカ？」

カランはもしゃもしゃと皮を剝《む》いたオレンジを頰張っていた。

この時期の市場には多くの柑橘類《かんきつるい》が並んでいる。

カランがまとめ買いしたらしく、テーブルの上に山のように積まれていた。

「食いながらで良い。話がある」

「う、ウン？」

カランは話が見えず、曖昧に頷く。

そのままニックは全員に、レオンとの話の顛末を説明し始めた。

カランの曖昧な顔から少しずつ、緩さが消えていった。

「話を纏《まと》めるぞ。一つはアーティファクトを狙う怪しい盗賊がいるから気をつけろってこと。そしてもう一つは……」

ニックがカランを見る。

冒険のとき、それも強敵と相まみえたときだけに見せる、厳しい顔をしていた。

厳しい顔のままオレンジを咀嚼《そしゃく》し、飲み込み、

「ニック」

「なんだ」

「……そういう真面目な話、食べ終わってからにしロ」

「すまん」

カランは少し顔を赤らめながら文句を言った。

「ともかく……カリオスの手がかり、なんだナ？」

カランの呟きに、ニックが頷く。

カリオスとは、カランを陥れた冒険者パーティーのリーダーだ。金髪の長剣使いという風体もカ

ランの記憶と合致している。カランの宝、竜王宝珠《りゅうおうほうじゅ》を持ち逃げしている、何としても探し出すべき敵だった。

「ああ。どうやら数年前から迷宮都市で活動してたらしいな」

「レオンは、アーティファクトを盗まれたんだよナ？」

「らしい」

ニックが頷く。

「じゃあ、ちょっと儲《もう》けたとか、高価なものが手に入ったとか、そういう理由で迷宮都市から離れたりすると思うカ？」

カリオスと自称した男は、レオンたち【銀虎隊】から相当に高価な魔道具を盗んだ。

それでもなお、カランを騙すなどの詐欺を続けている。

であるならばカランの予測は恐らく正しい。

「カラン。お前の言いたいことはわかる。けど今そいつがどこにいるとか、具体的なことがわかったわけじゃない。だから……」

「ウン、わかってル。だいたい、それ昔の話だロ？　同姓同名かもしれないし、偽名をずっと使ってることになル。ちょっと変」

ニックが予想した以上に、カランは冷静だった。

カランは、見聞きした話を頭に刻みつけようとする真剣さはあったが、焦りや怒りが浮かんではいなかった。

「でも、調べる手がかりが増えただけで十分ダ。ありがと、ニック」

「お、おう」

あまりに素直な感謝の言葉に、ニックの方が顔を赤らめた。

カランから視線を外しつつニックは話を続ける。

「……とりあえず、その【銀虎隊】ってのを調べてみる。アーティファクトを持っていることで厄介事に巻き込まれるっていうなら、もうオレたちも当事者だからな」

「うむ、気を引き締めていかんとのう」

そうキズナが言うと、また全員から刺々しい視線が突き刺さる。

「こ、こればっかりは我も被害者じゃぞ!?　アーティファクト専門の盗賊がいるなんて封印されてた我は知らぬわい！」

「知らないなら知らないで当事者意識を持ってくれ」

「もちろん助力は惜しまぬとも。大船に乗った気でいると良いわ」

キズナがえへんと胸を張る。

それを見たニックがやれやれと肩をすくめた。

「ま、ともかくだ。カラン、焦らず慎重に行こう」

「だから、心配するナって。そんなに意外カ？」

カランがぶすっと不満げな声を出す。

「いや、気を悪くしないでほしいんだが、すっ飛んでいったらどうしようかと思ってた」

「ばか」

カランがオレンジをニックに投げつける。

高速で飛んでくるオレンジをニックが右手で受け止めた。

「……なんか、わかった気がしたんダ。レオンとかクロディーヌとかと決闘しテ」

「わかったたって、何をだ？」

「殴ったり、殴られたりするだけが解決する方法じゃないってコト」

「いや滅茶苦茶《めちゃくちゃ》殴り合いしたが。ついこないだは殺し合いみたいになったし」

「そうじゃなくテ！」

「いや、すまん。冗談だ」

「つたく……ニック、変なところで冗談言ウ。ともかく」

カランはこほんと咳払《せきばら》いした。

「ちゃんと調べて、作戦立てて、更に穴がないか調べて……。そういうの、ワタシ、やったことなかっタ。でも多分、頭の良い人ってそういうこと自然としてるんだナって」

「……カラン」

「今のワタシじゃできなイ。少なくとも一人じゃ。多分、カリオスを探して宝を奪い返すのには、そういうのって必要なんダ。だから今回は、勉強になっタ」

「色んな意味でな」

「本当ダ！　問題解くばっかりで疲れたんだからナ！　決闘が終わったのにまだ宿題やれって言うシ！」

「こういうのは日々の訓練が大事だからな」

ニックがにやにやと笑い、カランがぶーぶーと文句を垂れる。だが文句を垂れつつもカランは真面目に取り組んでいた。ティアーナがよしよしと褒めるようにカランの頭を撫《な》でる。それを眺めるニックの心に、春の日差しのような暖かいものが流れた。

ニックは、レオンやクロディーヌを倒しても別に心が晴れやかになったわけではなかった。喉に刺さった小骨が取れたような痛みの消失はあっても、心地良さではない。それはそれで喜ぶべきことだが、後味の悪さや苦さが残留していた。

その苦さは、今、ニックの心から消え去った。カランが前を向いて歩き、一歩ずつ成長していることが、ニックに確かな実感を与えていた。

「……なんだヨ、みんな笑っテ？」

「なに、気にするな」

気付けば、カランを除く他の三人も、ニックと同じような微笑みを浮かべていた。

カランが恥ずかしげに文句を呟く。

「変な顔するナ！　ともかく！」

「おう」

「ようやく事件が落ち着いたんダ。部屋に引きこもって勉強するのも飽きタ！　外で遊びたイ！」

カランの言葉に、全員が「確かに」と頷いた。

レオンとの一件が落ち着くまで、【サバイバーズ】の全員が派手な遊びを控えていた。

ニックもしばらく吟遊詩人《アイドル》のライブに出かけていない。

「……そうね。ストレス解消するつもりが大変なことになったし」

「ですねぇ、ようやく人心地といった感じでしょうか」

「引きこもっていては健康に悪いからのう」

ティアーナもゼムもキズナも、朗らかに笑った。

「だロ？　まず、ニックも座って休メ。疲れただロ？」

「そうですね、お茶淹《い》れましょうか」

「ゼム、なんであなた私の部屋のティーポットを普通に使ってるの」

「使っちゃまずかったですか？　良い薬草茶があるのですが」

「いやまあ良いんだけど……。ていうか薬草茶って美味《おい》しいの？」

「つーかティアーナ。お前の部屋、物が増えすぎじゃねえか……？」

「魔道書やら魔術の実験器具やらが多いし、汚部屋になりつつあるのう」

「はいそこ！　人のプライベートに干渉するのルール違反よ！」

「それもそうだな、悪い」

「そこは『掃除手伝うから片付けろ』とか言う流れだと思うんじゃが」

「良いんだよウチはこれで」

そして、ニックはゼムから差し出された薬草茶を一口すする。

清涼感のある味わいが、ニックの疲れた体に染み渡っていった。

詩人偏愛《ドルオタ》家の悩み

ニックは懊悩《おうのう》と疲労がたっぷり含まれた溜《た》め息《いき》をついた。

「はぁ……」

「ニックさん、今回は大成功だったと思うんですよ」

「……そうだな」

「冒険者ギルドから報奨金は出ましたし、裁判が片付けばあなたが奪われたお金も戻ってくる。なによりニックさん、因縁の相手と決着をつけたのでしょう？」

「まあ、そりゃ間違いない。あ、それと弁護士の名刺くれてありがとうな。話がスムーズにいった」

「いえいえ、お気になさらず」

「レッドさんって言ったっけ。どこで知り合ったんだ？」

ニックがレオンに渡した名刺には、「サウスゲート法律事務所　弁護士レッド・チェンバーズ」と書かれていた。名前も何となく格好良い。渋みのあるタフガイなのだろうなとニックは勝手に想像していた。

「治癒魔術を使える人間と弁護士は友達にしておきたいというお嬢さんが多いものでしてね。そうなると私のような人間と弁護士が仲良くなったりするものなんですよ」

「そりゃ頼もしい話だ。安心だな」

「ではなぜ、ニックさんはそんな思い詰めた顔をしてるんです？」

そのゼムの問いかけに、ニックは額に手を当てて再び溜め息をついた。

「……二つ、理由がある」

「聞かせて頂いても？」

「ああ。……まず一つ」

「はい」

「オレは確かに、女の子にお酌される店って苦手なんだよ」

「はい」

「でも、女装してる男にお酌されるのはちょっと予想外だった」

ニックとゼムのいる店は、迷宮都市に数ある酒場の中でもことさらに奇抜な店だった。

酒場《バー》「海のアネモネ」。

二人はその店の奥のカウンターに座っていた。

「おや、お嫌いでしたか？」

「いや別に嫌いじゃないが……つーか好きとか嫌いとか考える機会がなかった」

そう言って、ニックがちらりとカウンターの方を見る。

そこには、どこからどう見ても男には見えない美貌の男性や、男とも女ともつかない謎めいた男性、あるいは服装以外はさほど意識を払っていない男性たちが並んで立っていた。

「なによー文句あるわけぇ？」

「ゼムちゃん、この子つめたーい！」

「でも可愛《かわい》いじゃない、キミ幾つ？」

「あっはっは。皆さん、彼は初めてなんだから優しくしてあげてくださいね」

店員たちがにやにやと笑いながらニックを揶揄《やゆ》する。

ゼムはこの状況にまったく動じていない。

色街で遊び慣れた男の風格というものをニックは感じ取っていた。

「とりあえずおかわり頼む。あとなんか食うものあるか？」

「「はぁーい！」」

ニックの注文に、店員たちがにこやかに応えた。

どの店員の声もどこかハスキーさがありつつも、「ちょっと声が低い女の子なんですよ」と言われたら信じてしまうくらいには女声だ。多分発声の訓練をしているとニックは感じた。

「そういえばレオンに『女装趣味かよ』とか言われたばっかりなんだよな」

「やってみますか？　店員さんに頼めば化粧セット貸してくれますよ？」

ニックがそのとき怪しげな視線に気付くと、カウンターにいる店員たちが面白そうな目でニックを見ている。

「……やってみる？」

「今日はやめとく」

「あら、残念ねぇ。心変わりしたらまた教えて頂戴？」

店員は楽しそうに笑いながら、ニックたちの前に皿を差し出した。

皿に盛られているのは、旅鳩《たびばと》の肉、玉ねぎ、そら豆やきのこなどをトマトや唐辛子で味付けして煮込んだ料理だ。

遥《はる》か昔に異国から持ち込まれた料理らしいが、百年以上もの間、迷宮都市の市民に食べられてきているためにすっかり定着している。もはやここの郷土料理と勘違いしている人間も多く、名前も「迷宮煮込み」とか「迷宮チキン」とか、外から来たものであることが完全に忘れ去られていた。

ニックも冒険の野営の際、野鳥をさばいてこの料理をよく作る。

父と母がよく作っていたので、ニックもなんとはなしに覚えていた。

他のメンバーには好評で、ティアーナなどは残った分を自宅に持ち帰って食べていた。

「む……けっこう美味《うま》いな」

「でしょでしょお?」

「きゃー! うれしー!」

ニックの素直な感想に店員たちが甘ったるい声で喜ぶ。

「いやでもオレが作るのも負けてないけどな」

「ニックさんなんでそこで張り合うんですか」

「いやなんか妙に悔しくて」

実際、美味い。

かなり辛めの味付けがされていて常食するには向かないが、こういう盛り場で楽しむには十分に適している。

「まあ、慣れると良い店だな」

ニックがぽつりと呟《つぶや》く。

最初こそ店員たちは一見のニックに興味津々だったが、そこまで押しが強いわけでもなかった。もう少しがめつい酒場《キャバクラ》であれば、とにかく酒を飲ませるか奢《おご》らせるかしてくるものだ。少なくともニックが連れていかれたことのある店はそうだった。

だがここは酒場での楽しみ方を強制しようという空気がなく、ニックは予想外に居心地の良さを感じていた。

「でしょう？　けっこう落ち着くんですよ」

「ゼムは女のいる店の方が好きかと思ってた」

そのニックの言葉に、ゼムがふっと微笑《ほほえ》む。

「僕はね、ニックさん。女性が怖いんです」

「……ああ、十三歳くらいの幼女が怖いんだっけ」

ゼムの身の上話はニックもよく覚えている。少女から「乱暴された」という嘘《うそ》を吹聴《ふいちょう》され神殿を追い出されたという経緯は、忘れようとしても忘れられるものではない。

「それはもう怖いを超えて心的外傷ですね。そうではなく、女性全般に対して」

「そうか」

ニックは驚きつつも、心の何処《どこ》かで納得もしていた。

ゼムは、女のいる店によく行く。女に陥れられ、女に救われた。陥れられただけならば良い。救われただけならば、それもまた良い。だがその二つ同時に起きたのであれば、心に強く刻まれているはずだ。ある局面において女性には絶対に勝てないという、自分の弱さを。

ゼムは怖がりつつもそれを楽しみ、あるいは克服しようとしている。女性がサービスしてくれる店に通っているのも、そうした恐怖に飛び込むという愉悦があるからなのかもしれない。

「そうよー女は怖いのよー」

「っていっても私たち男だけどね。でも心は女よ。うふふ」

「いや別に、心が女だっていうならそれで良いんじゃねえの。男と女別れてねえ種族とかもいるし。男と女が合体してどっちかよくわかんねえ生き物とかいるし。なら自分が何者なのかは自分で決めるっきゃねえだろ」

そうニックが言った瞬間、店員たちの目つきが変わった。

「な、なんだよ」

「……ゼムちゃんが連れてきたのもわかるわ。見所あるわよ、あなた。名刺あげる」

男とも女ともつかない謎めいた顔の店員がニックの隣に座り、胸元から名刺を取り出してそこに口づけをした。鮮烈な色のキスマークのついた名刺をニックに投げるように渡す。

「つっても、オレは常連になるわけじゃ……」

「あら。あなたとはお仕事で関わることになるのよ？」

「へ？」

ニックは意味深な言葉に疑問を覚えつつ名刺を眺めた。

そして、そこに書かれていた文字に度肝を抜かれた。

「弁護士!?　つーか、あんたまさか……」

名刺には「サウスゲート法律事務所　弁護士レッド・チェンバーズ」と書かれていた。

「そうよ。レオンちゃんの案件は私が担当するからよろしくね」

「マジか」

レッドがニックにウインクをする。

ニックは呆気《あっけ》に取られ、何と言えば良いかわからず固まっていた。

「……ええと、サウスゲート法律事務所って書いてあるが」

「ああ、この建物の二階よ。一階が酒場《バー》で、二階が法律事務所になってるの」

「アリなのかそれ!?」

「ちゃんと許可はもらってるから大丈夫よ」

と言って、レッドは服の襟を見せる。

そこにはバッジが縫い付けられていた。天秤《てんびん》を抽象化したようなデザインで、これは国から認められた本物の弁護士だけが身につけることができるものだ。

「あたしの仕事はレオンちゃんの弁護だけど、あなたや他の被害者への弁償も滞りなくやるつもりよ。ウィンウィンでいきましょ」

「お、おう」

「期待して頂戴。といっても裁判はまだまだこれから先の話だし、詳しいことはまた後の話になるわ。とりあえず今日は楽しんでいってね」

レッドはそう言ってカウンターの奥へと引っ込んでいった。

ニックは呆気に取られてその後ろ姿を見送った。

「どうです？　驚きました？」

「当たり前だろ……何の話してたか頭から吹っ飛んじまったよ」

「ええと、女は怖いって話でしたね」

「そう、それだよゼム。女は怖い。あと男も怖い」

「確かに」

「だがな、ゼム。お前も怖いんだぞ」

「僕が？」

「お前だってたくさんの人間を診て、救ってきたんだろう。弁護士だって、色んな人を助けてきただろう。そういう強くて影響力のある人間が、怖くないはずがねえ」

ゼムはその言葉に、どこか傷ついたような顔をしていた。

「こ、怖いですかね？」

「だってお前が治癒したり薬を渡してきた人間がいるとして、そいつらはお前を怒らせたり見限られたくないって思うだろう？　次の日から薬もらえないとか、治癒の続きしてもらえないとか、そんな事態になったらお先真っ暗じゃねえか」

「いや、僕は治療してるときにそんなつもりは……」

とゼムは言いかけて、途中で口を噤《つぐ》んだ。その意志を信じられるかどうかは、また別の話だ。しかも迷宮都市に来てからは、治癒魔術や治療の腕を「自分の利得のため」に自覚的に使っている。金を騙《だま》し取ろうとするタチの悪い酒場《キャバクラ》に対しては、医術を利用して脅しつけたことさえあった。

「……確かに、怖いものですよね。力を持つ者は怖い。逆らえない人もたくさんいる。どんなに清廉潔白に見えても」

心変わりしないとは限らない。

ゼムもニックも、あえて言葉にはしなかった。

「でもニックさん。あなたがそう思えるのは凄《すご》いことですよ」

「そうか？」

「だって、あなたも騙されているでしょう。あのクロディーヌさんに」

「それは言ってくれるなよ」

ニックがじっとりした目でゼムを見ると、ゼムは苦笑しながら詫《わ》びた。

「はは、すみません」

「でも多分、あいつらはオレたちのことが怖かったと思う。なんとなくだが。怖いから攻撃してきたんだ」

「……なるほど」

「違うか？」

ニックが尋ねると、ゼムは首を横に振った。

「さて真実かどうかは僕にはわかりません。僕よりもニックさん自身の方がわかっていることでしょう。ただ僕が言えるのは、恐ろしいからといって即座に攻撃したり敵対を選ぶというのは非常に短絡的である、ということです」

「そりゃそうだ」

「逆に、自分にとって恐ろしい存在と対話するのは勇気の要ることです。ある意味、分の悪い博打《ばくち》と言っても良い」

「まあ、博打は怖いよな。ティアーナあたりはまた別の意見もあるだろうけど」

「さて、どうでしょうね。でも何となく僕の中で整理がつきました。僕もティアーナさんと同じく博打が嫌いではないようです」

「火遊びはほどほどにな」

ニックがそう言うと、ゼムがにやりと笑った。

「しかしいけませんね。悩みがあれば聞こうと思ったのに、僕の方が相談に乗ってもらったみたいで」

「いや別に、こっちは大した悩みじゃないし」

「ということは、悩んでいることは悩んでいるんですね。どうしました？」

ゼムに促されて、ニックは苦い顔をした。

しばらくの沈黙の後、ニックは絞り出すように悩みを吐露した。

「……休んでるんだ」

「休んでる？」

「オレが推してる吟遊詩人《アイドル》のアゲートが、活動休止しちまった」

ベル・ハギンズ／吟遊詩人《アイドル》アゲートの決断

「吟遊詩人《アイドル》になりませんか？」

これまた怪しい客が来た。

私の職場は酒場で、働き始めて三ヶ月になる。だから、ちょっとくらい厄介な客をあしらうくらいは手慣れたものだと思っていた。慢心であり、油断だった。これはもう職場を変えようと思うほどに不審な客だった。

黒ずくめの偉丈夫であり、髭《ひげ》も丁寧に剃《そ》っている。ついでに頭も綺麗《きれい》な禿頭《とくとう》だ。ちゃらついた怪しさはない。ちゃらついたところのない、質実剛健で本物の怪しさを備えた男だ。とてもじゃないがまっとうな仕事をしているようには見えない。多分殺し屋あたりだと思う。

「え、ええと……すみません、他店の引き抜きは禁止なんです……その、勘弁してもらえませんか……」

「ああ、いや、違います、ベルさん。酒場の店員としてあなたをスカウトしたいわけではないのです。引き抜きかと言われれば完全に否定することはできないのですが、お話を聞いてはくれませんか」

「はぁ……」

そう言って男は、怯《おび》える私に名刺を差し出してきた。

ぽかんとしたまま私はうっかりそれを受け取ってしまう。

ジュエリープロダクションプロデューサー、ジョセフ・コールマン。

そう書かれていた。

「おいベル。変な客は追っ払って良いって言っただろ……」

「あっ、ご、ごめんねドニー」

揉《も》め事《ごと》の気配を察したのか、厨房《ちゅうぼう》の方からドニーが現れた。もうそろそろ厨房を閉めたいのだろう。だが客がいるならば油やかまどの始末をすることができず、ずるずると退勤時間が延びてしまうから、閉店時間が近づいても客がだべっているとドニーは露骨に不機嫌になる。

特に、私目当ての客がいると苛立《いらだ》ちはますます強くなる。開店したばかりの頃はもう少し余裕があったのだけど。

私はこの酒場で客のために歌う歌い手ベル・ハギンズであり、同時にドニーの恋人だ。嫉妬してくれることは嬉《うれ》しい。でも納得いかないところもある。この店のため、というよりも彼のために歌って客を増やそうとしているのだから、不機嫌をぶつける前にちゃんと守ってほしい。彼が忙しいことは重々承知してはいるけれども。

「んで、あんたは？」

ドニーは男につっけんどんな口調で尋ねた。

「失礼しました。あなたがこちらの店長で？」

男がすっくと立ち上がり、丁寧に詫びる。ドニーはその態度に気を良くしたのか、話を聞くつもりになったようだ。

「そうだが、あんたは客じゃなさそうだな」

「彼女を吟遊詩人《アイドル》としてスカウトしたいのです」

「吟遊詩人《アイドル》？」

「ええ。正確には、デビューを前提とした吟遊詩人《アイドル》の候補生という扱いですが」

「面白そうだな」

ドニーが興味深そうに呟《つぶや》いた。

ちょっとやめてよ。こんな怪しい人の話を真に受けるなんて……という意味をこめてドニーを睨《にら》む。

だがドニーは、私の視線など意に介さずに嬉しそうにしていた。

「良いんじゃないか。ビッグになるチャンスだろう。これを摑《つか》まなくてどうすんだよ」

「だって吟遊詩人《アイドル》なんて見たこともないし」

「じゃあ見てから考えれば良いんじゃないか？」

ドニーの発言に、黒服の男、ジョセフが嬉しそうに反応した。

「それは良い。ぜひ一度ライブにお越しください。ああ、そうだ、ついでにライブ後は楽屋に遊びに来られてはいかがですか？　私の名刺を出せば通れるようにスタッフに言っておきますから」

そしてジョセフは私に、チケットと名刺を押し付けてきた。

これがライブチケットというものらしい。迷宮都市の南側の公会堂で歌や踊りを披露するらしく、「もちろんあなたの意向を尊重します」などと言い訳しつつも何度も何度も「来てくださいね」と念を押してきた。そして要件が済んだ後は足早に去っていく。殺し屋みたいな風貌のくせに、やり手の営業マンのような立ち居振舞いだった。

正直、このときの私は何も期待していないどころか、騙されないようにしようという警戒心でいっぱいだった。


「……ねえドニー。なんで乗り気なの？」

厨房の片付けや店の戸締まりを済ませ、いざ帰るとなったあたりで私はドニーに尋ねた。

私はつい非難めいた口調になり「しまった」と思ったが、私の本音でもある。店を頑張って手伝っているのに、それを無下にされたようで気分が良くなかったのだ。

「良いじゃないか。店だって今のところ客足は悪くないし。お前だって歌を歌うなら店よりも良いところがあるだろ」

だが、その非難はドニーには通じなかった。

「それは、そうだけど……」

私は、彼の店を盛り上げるために女給兼歌い手として働いていた。自分で言うのもなんだが、評判は上々で歌目当ての客が増えた。仮にこの状況で私が抜けて吟遊詩人《アイドル》になって、上手《うま》くやっていけるのだろうか。

「いや、お前が頑張ってくれてるのはわかるぜ？　でも、やっぱりここは酒と料理を出す店なわけだしな……あんまり、邪道なのに頼るのもなんつーか」

「邪道!?」

「い、いや、お前が邪道だって言ってるんじゃねえよ。ただ、そういうことを言う客がたまにいるんだよ。な、わかってくれよ」

「……客の言うことばっかり鵜呑《うの》みするの良くないと思うけど」

「いや、わかるって。お前がすごく頑張ってくれてることは。ただ……お前に世話になりっぱなしじゃ恩返しもできないだろう？　だから、できるだけ俺の実力で店を盛り立てたいんだよ」

「まあ……そういうことなら」

邪魔だって言うなら、はっきり言えば良いのに。

私のおかげで利益が出るのがつまんないなら、手伝えなんて言わなければ良いのに。

自分の内側に生まれた文句を口に出す代わりに、私はライブチケットを握りしめて吟遊詩人《アイドル》のライブへと出かけることになった。そして私は、運命に出会うことになる。


ライブ会場の公会堂には一人で出かけた。流石《さすが》にドニーと私の二人で店を空けるわけにはいかなかったし、ドニーはさほど興味がない様子だった。迷宮都市の南側は東側ほどの治安の悪さはないが、それでも女の一人歩きが推奨されているわけではない。そんな私の不安や心細さと相反するように、周囲は異様な熱気に包まれていた。しかもどこかむさ苦しい男性客ばかりだ。

途中何度も帰ろうかと思ったが、たまたま会場で二人の女性客と出会って救われたような気持ちになった。二人もどこかこの会場の雰囲気に気圧《けお》されていたようで、すぐに意気投合して三人グループで行動した。

一人はブロンドの長髪のどこか育ちの良さそうなのんびりした女の子だ。

「なんだか凄いところだよね、びっくりしちゃったぁ。場所間違えてないか不安だったの、ありがとねー」

吟遊詩人《アイドル》と比べても見劣りしないほど綺麗な子がこんなぽやっとした発言をするものだから、いつか誘拐されるんじゃないかとこっちが心配になってしまう。

そしてもう一人はショートカットの元気な子だ。出会ったときは一番心細そうな顔をしていたが、三人で集まると自信を取り戻したのか堂々と私たちの先頭を歩き始めた。

「ま、まあジタバタしてもしょうがねえしな。せっかくもらったチケットなんだ。ここで帰ったら損するだけだぜ」

などと調子の良い発言をするから、こっちはこっちで少し心配だ。でも決して悪い子ではないだろう。押し合いへし合いしそうな人混みの中で、私たちを守るようにライブ鑑賞するポジションを確保してくれた。

「うん、そうだね。せっかくだしちゃんと見ていこっか」

私は感謝を込めて二人に言った。もしここで私一人のままだったら挫《くじ》けて帰っていたことだろうし。

けれど、挫けなくて良かったと今では思っている。ライブが始まり、演奏が聞こえた瞬間に私の心はステージに完全に奪われてしまった。

あんなに、あんなにも、きらきらした場所があるなんて。あんな風に輝いて歌える場所があるなんて。

私は興奮も冷めないうちに、ジョセフさんのいる楽屋へ駆け込んだ。何故《なぜ》か連れの二人も一緒に楽屋に通された。

「感動しました……！　本当に凄かったです！」

「楽しかったな！」

「うん、すっごく素敵だった！」

二人も、火照った表情でうんうんと頷《うなず》く。

ジョセフさんは仏頂面をほんの少しだけほころばせていた。そして私たちの顔を順繰りに眺めて、ゆっくりと言葉を紡いだ。

「楽しんで頂けたようで何よりです。それで……吟遊詩人《アイドル》になるというお話ですが」

ジョセフさんの続く言葉を遮るように、私は立ち上がって叫んだ。

「よろしくお願いします！」

「はい。ではベルさんは決まりですね。それで……」

「ボクもやる！」

「あたしは最初から決めてたぜ」

私は驚いて二人の顔を見た。今更この子たちが、自分と同じ吟遊詩人《アイドル》候補生なのだと気付いた。

「えっ、あなたたちもそうなの……!?」

「あれー？　話さなかったっけ？」

「……いや、普通に隣に座ってんだから気付けよ」

二人に露骨に呆《あき》れられてしまい、私は赤面して顔を伏せた。

そんな空気を仕切り直すように、ジョセフさんが改めて話を切り出す。

「そういえば私の方から説明がまだでしたね。三人とも私が声を掛けさせて頂きました。そして同期の吟遊詩人《アイドル》候補生……ということになりますね。力を合わせて頑張りましょう」

「「「はい！」」」

次の日から、私には「アゲート」という名前を与えられた。

新たな名前は、新たな日常を作り出した。

ボイストレーニングやダンスレッスンを受けることになった。無料で石鹸《せっけん》や香油が支給されるようになった。

友達ができた。ライブで一緒になった子だ。

ぽやっとした長髪の子は「トパーズ」。

ショートカットの元気な子は「アンバー」。

デビュー前のトレーニングはいつも二人と一緒だった。私は歌が得意で、踊りが下手だった。アンバーはその逆で踊りが大の得意。トパーズは歌も踊りも未熟だったけど、ぽやっとした外見に似合わず熱意と度胸に溢《あふ》れた子だった。

新鮮な経験だった。同い年くらいの友達に、「何かをしないでほしい」と要求したことはあった。でも、「何かをしてほしい」と期待して喧嘩《けんか》になったことは生まれて初めてだった。

もっと呼吸とリズムを合わせよう。もっと張りのある声を出そう。もっと観客を盛り上げるようなことをしよう。

もっと、なんていうか、すごいことをしよう。

私には今までこんな女友達はいなかった。親は数年前に他界して借家を追い出され、住み込みの働き口を見つけては職も住まいも転々とした。その過程で友達ができなかったわけじゃない。けれど何か同じ目標を共有したことはなかったと思う。

職場の愚痴、男の愚痴、客の愚痴。自分の愚かさの愚痴。どろどろしたものを吐き出して背中をさすり合うような友達はいたけれど、その友達の幸福を心から願ったり、その友達から幸福を祝われたりということはなかったかもしれない。光のない日々は辛《つら》かったから。そこから去ろうとする人間を祝福するという発想がなかった。

だから、夢を語り、夢を手伝ってくれと言うドニーのことを好きになった。光を手に入れようとする彼を尊敬した。彼のことを応援しようと思って、お店のことも身を粉にして手伝ったつもりだ。彼に労《ねぎら》われるとそれだけで疲れが吹っ飛んだ。そんな、誰かの夢に乗っかることしかしなかった私が、自分の意志で何かを目指しても良いんだと気付いた。

もちろん、良い出来事ばかりではない。他の吟遊詩人《アイドル》や吟遊詩人《アイドル》候補生からやっかまれたり喧嘩を売られたこともあった。だがそこには、同じ舞台に懸けるという真剣味があった。だらだらと布団の中で憎い相手の不幸を願うだらしない呪いなどとはまったく違っていて、研ぎ澄まされた刃で斬られるような鮮やかな痛みがあった。

負けたくないって思った。

私が実は負けず嫌いだっだと、初めて気付いた。

「最近お前、仕事手伝ってくれないよな」

「ご、ごめん」

「いや、良いんだよ。あんまり手伝わなくて良いって言ったのは俺だし、満足に給料も出せないことも悪いって思ってる。ただ……週末とか本当に忙しいときは頼むからな？」

「それは良いけど……。あれ、そういえばローズは？」

「辞めたよ」

「え？　なんで？」

女給のローズとはシフトがすれ違うことが多く親しくはなかったが、決して勤務態度の悪い子ではなかったと思う。明るく親しみやすい、こうした接客商売に向いている子だったし、なによりこの酒場がオープンしたときからずっと働いてくれていた。ドニーほどではないにしても、店にはそれなりに愛着があったように思う。

「……がめついことを言うから、ついカッとなってな」

「がめついこと……？　って、もしかして私の給料だけじゃなくてローズのも……」

「と、ともかく、頼むからな！」

ドニーはそう言って、厨房へと引っ込んだ。

後から振り返ってみれば、この時点で店の展望や将来について話し合うべきだったと思う。このときの私は吟遊詩人《アイドル》の仕事のことで頭がいっぱいで、ついでに言えば少し浮かれていた。

所属事務所の大物吟遊詩人《アイドル》、ガーネットのライブの前座として一曲披露することになったのだ。そのための練習や打ち合わせに力を注いでいた。

ただ仮にライブがなかったとしても、私が手伝っても手伝わなくてもあまり変わらないんじゃないか、と心の片隅で思っていた。ドニーの店は、私が手伝うのを控えるようになってから客足は遠のく一方だった。私の穴埋めに誰かを雇おうとしたらしいが、長続きする子がいなかった。

給料の安さや勤務時間が不規則なことがネックになっているのだろうなとは思ったが、黙っていた。それを言っても聞いてくれないことは目に見えていた。資金繰りは大丈夫なのかと聞いても「先のことはちゃんと考えているから」と言われるだけで、ちゃんとした考えの中身を教えてくれたことはなかった。

そして私は、目の前のことに打ち込んだ。ドニーのことを考えたくないがために吟遊詩人《アイドル》活動に打ち込んだ部分もあると思う。それは皮肉にも好意的な評価を生んだ。ライブでは主演の吟遊詩人《アイドル》・ガーネットから直接褒められ、ファンの間でも「期待のアイドルがいる」と噂《うわさ》になった。

そして、正式なデビューが決まった。

トパーズもアンバーも祝福してくれた。同時に、「悔しい」とも言われた。彼女たち二人も必死にトレーニングを重ねて私に続いてデビューを決めたが、それでも同期の中では私が一番だ。もし私が抜かされる側だったら、きっと嫉妬で眠れなかったと思う。

だけど二人は、私の失敗を望まなかった。他人の成功を呪うことはなかった。もしかしたら私の見えないところで呪いを放っていたかもしれないが、それでも二人は私のために色んな応援をしてくれた。どうすれば舞台の上で目立つ立ち回りができるか、髪型や衣装をどうすべきか、どうすれば新人吟遊詩人《アイドル》として生き残ることができるか、真剣に考えてくれた。

ドニーは私に「俺も運に乗ってみたいもんだ」と、含みのある言葉をくれただけだった。

それからどんどん、ドニーの酒場は静かになっていった。

店じまいの時間が早くなった。

休みの日が増えた。

「ちょっと金を工面してほしいんだ」

「そんなに店の経営、まずいの？」

「あ、ああ……。金貸しからまた更に金を借りると利息がキツいし、頼めるか？」

結局、断りきれずに金を貸した。

金を貸すのが嫌だったわけじゃない。これで苦境を凌《しの》いで店がなんとかなるなら構わなかった。

だが、ドニーが努力しているようにはちっとも見えなかった。来ない客を罵り、アルバイトを罵り、世の中を罵る。一緒にいるだけで気が滅入《めい》ってくる。金だけを渡して、私はそそくさと仕事に出かけるようになった。トレーニングや仕事の隙間の時間、事務所のソファーでうたた寝することが一番の休養だった。

私がライブで歌を歌い、あるいはレストランや魔道具店を紹介し、新聞記者からインタビューを受ける。少しずつファンが増え、歌が広まり、私の顔が有名になる。何故かそれと反比例するようにドニーは身持ちを崩していった。

まるで光と影だと思った。私は吟遊詩人《アイドル》の仕事にますますのめり込む一方で、私生活においてひどく消耗していた。ドニーと一緒にいることが辛いと思った。

そんなとき、これまたひどい光景を目撃した。

喫茶店巡りをしていたときのことだ。私はむしょうに一人になれる時間が欲しくて、今まで入ったことのない喫茶店に飛び込むことが増えた。今までドニーが喫茶店に連れていってくれることはなかったが、事務所のプロデューサーや吟遊詩人《アイドル》仲間と一緒に利用する機会が増えて、気付けば一人のときも利用するようになった。

特に、喫茶店「フロマージュ」は良い店だ。そこまでハイソで敷居が高いわけではないが、かといって酒場のような騒がしさもない。私のように顔が知られ始めた人間にとっても落ち着ける良い店だ……と、思っていた。後ろのテーブルの会話が耳に入るまでは。

後ろのテーブルでは、青年が、美女といかめしい男たちに脅されていた。どうやら青年が騙されて女に貢いでいたが、青年が仕事を辞めたか何かをして縁を切られた……という流れだった。喫茶店に美味《おい》しいケーキを食べにきたはずなのに、会話の端々が耳に入ってくる度にケーキが苦みのある味になった気がした。

「ニックって、露天商とか行商から掘り出し物のアクセサリーを見つけるの得意だったもんね。このタリスマンも効果はばっちりだったし、今まであありがとう。……でも、もう良いや」

それは、私のいるテーブルに聞こえるか聞こえないか程度で決して大声ではなかったが、それでもわかる。愉悦に彩られた悪魔のような感情だ。

「うっ……」

思わず口に入れたものを吐きそうになった。

ありふれたとまでは言わないが、そこまで珍しい状況ではないはずだ。特に私が昔働いていた店ではよく見かけたし、自分が似たような目にあったこともある。絶対返すからと言われて貸した金が帰ってこなかったり、油断したときに財布をすられたり。私自身、品の良い場所で育ったわけじゃない。小悪党の悪行なんか見飽きたはずだ。そのはずなのに、吐き気が止まらなかった。

自分にあの青年と同じ未来が待っているかもしれないと思うと、怖くて怖くて仕方がなかった。

ドニーは違うよね？　そう尋ねたくて、けど尋ねるのが恐ろしかった。気付けば私は、去っていった青年を探すために街中を歩いていた。

再び目にしたときは、ひどい有様だった。今にも息を引き取りそうなずぶぬれの野良犬の気配。

私は偶然を装って青年に声をかけた。

「放っておいてくれ」

邪険にされた。

まあ、うん、当然だろう。私がこんな状況で突然声を掛けられたら、返事をする前にダッシュで逃げる。でも私は、諦めずに話しかけ続けて、なぜか身内向けの配布用のライブチケットを押し付けてしまった。ドニーに渡そうとしても断られて余っていたのだ。

やった！　と思った。私の目論見《もくろみ》通り、青年はライブ会場へと現れた。冒険者丸出しの格好をしていたから、ステージの上からでもすぐにわかった。詩人偏愛家《ドルオタ》の熱狂の渦に飲まれ、ライブを全力で楽しんでいた。

そしてしばらくして、しまった、ちょっとやりすぎてしまったと思った。法被や魔色灯《サイリウム》を買い揃《そろ》え、毎回ライブに顔を出し、ファンクラブイベントにも足繁《あししげ》く通っているようだ。美人局《つつもたせ》に貢がされていたのに、そんなにお金の余裕はあるのだろうか……と心配したあたりで、姿が消えた。

野垂れ死んでないと良いのだが……と心配しつつも、私は私で目先の仕事に邁進《まいしん》するしかなかった。だからたまの休みの日に再び青年の姿を見かけたときは、思わず嬉しくなってしまった。

野良犬が飼い犬くらいには小綺麗《こぎれい》になっていたし、真面目に働いているのだろう。しかも話を聞いてみれば、冒険者仲間の些細《ささい》なトラブルで頭を悩ませていた。美人局《つつもたせ》に騙されていたことに比べればなんと可愛らしい悩みだろうか。

私にできる範囲で相談に乗り、ついでに真面目に働いて身持ちも崩さないようにと釘《くぎ》を刺すと青年は素直に頷いた。吟遊詩人《アイドル》を始めて良かった、そう思った。

また一ヶ月ほど過ぎた。

私とドニーの関係はもう、破綻しているようなものだった。

彼の金の使い道が、酒場の運転資金ではなく博打に消えていることがわかったからだ。たまたま近くを通りかかったときに、ドニーは怪しげな風体の男と一緒にいた。そして盛り場の時間はこれからというときに店の鍵を閉めて賭場に出かけようとしていたのだ。

口論になった。

もう金は援助できないと告げると、これまでにないほど罵られた。お前のせいでこうなったんだろう、俺を助ける責任があるんじゃないかと言われた。怪しげな虎人族の男はドニーにおべんちゃらを口にして、ドニーはそれを真に受けていた。

ああ、そうか。ドニーにはこんな風に、甘い言葉しか届かなくなっていたのだ。どうすることもできず、私はただ酒場から去ることしかできなかった。

そんなことがあった次の日、青年と三度目の再会をした。

話しているうちに、今度は私が相談をする側になった。

とはいえ、私のファンに「恋人がヒモのギャンブラーのようなもので悩んでいます」とは言えず、ぼかしながら話した。私の友達が自信をなくしてギリギリな感じです、といった頭の悪い表現しかできなかった。

だが青年は、「あんた何言ってんだ？」といかにも馬鹿にしたような言葉を投げつけてきた。一瞬怒りかけたが、次の言葉でその怒りも吹っ飛んだ。

「だって、あんたが言ったじゃないか。吟遊詩人《アイドル》の仕事は人を元気にしたり、人を勇気付けるのが仕事だって」

そうだ。

私は、そのために吟遊詩人《アイドル》をやっているんだ。

人は、変わることができるかもしれない。目の前の青年のように。だから私は、ドニーにも奮起してほしいと思った。せめて一度だけでも私のライブを見てほしい。そして、何かを感じてほしい。吟遊詩人《アイドル》には人を幸福にする力があるのだと思えたから。最後に一度だけ、確かめてみよう。

「あーあ、なんでこんなことになっちゃったんだろ……」

ドニーは面倒《めんど》くさがったが、最終的に折れて私のライブに来ると約束してくれた。

ただし条件がついた。

私がドニーと共にカジノへ遊びにいくことだ。

私もそれを渋々受け入れ、小雨が降る中、カジノの入り口をくぐった。

「お前が俺のことをだらしなく思ってるのはわかってるさ。確かにお前を何度も失望させた。すまなかった。けれど俺は何も考えずにカジノに行ってるわけじゃない」

「……どういう考えがあるの」

「こないだお前が店に来たとき、虎人族の男がいただろう」

「うん」

「あいつは捕まった。八百長に詐欺に、色々とやらかしてたらしい。そういうことだったんだよ」

「……よくわかんない」

「うん？　何言ってるんだ、ベル」

「捕まったなら、ドニーも大人しくした方が良いでしょ……。だってそいつがやってた賭場に出入りしてたんでしょ？」

「そういう話じゃねえよ。俺はあいつに騙されてた。カモにされてたんだ」

「それがわかってるなら」

「つまり、俺が博打で強いってわかってたからあいつは俺に八百長を仕掛けて金を搾り取ってたんだ。こういう公正な店なら十分に勝算がある。そうだろう？」

想像以上に失望した。

来なければ良かったと思った。

誰がどう見ても、ドニーはカモだった。ツキが向いてくるタイミングがあるんだと語り、実際にカードで何度か勝ってはいた。だがそれは、より賭博に誘い込むための呼び水だ。きっと、こんな手に何度も何度も引っかかっているはずなのに。

ディーラーも、同じテーブルについた客も、ドニーを褒《ほ》め称《たた》えた。「男らしい賭け方だ」とか、「土壇場で実力を発揮するタイプですね、こちらも油断できません」とか、わかりやすいおべんちゃらに乗せられていた。私も歯が浮くような言葉を投げかけられた。私がドニーの財布であることが見抜かれていたのだ。睨み返しそうになるのを必死に抑えていた。

この人の語る夢が好きだった。

別に、こういう場所でしのぎを削る人を悪く言うつもりはない。けれど本来の夢を捨てて仮初の成功を妄想するドニーは、見てるこちらが泣きたくなるほどに滑稽だった。どうしてこんなことになったのだろうと思いながら、私はうつろな目でテーブルの上を踊るカードを眺めていた。

そんな澱《よど》んだ空気は、ある女性によって吹っ飛んでいった。

私はカードで遊ぶことはないから、具体的な手練手管《てれんてくだ》はよくわからなかった。それでも、彼女がこの場を支配していた。あれよあれよと言う間に、テーブルの上に積まれたコインが彼女の元へと吸い込まれていく。

ゲームが終わった頃には、女性以外の全員が虚脱したような顔をしていた。もちろんドニーもだ。格の違いを思い知り、自分がここではただの獲物でしかなかったことを思い知ったのだろう。がっくりと肩を落としていた。

「自分の金で博打を打つのが賭博師《ギャンブラー》でしょう。それができないなら、こんな場所に来ても子供の遊びにしかならないわよ」

追い打ちのように、女性がドニーに……そして、私に声を掛けた。

長い金髪をふわりとなびかせながら絨毯《じゅうたん》の上を颯爽《さっそう》と歩いていく、そんな彼女の背中を気付けば私は追いかけていた。

無理矢理《むりやり》名前を聞き出し、自己紹介をする。何故か私は、ドニーのことや自分のことを語っていた。流石に今の自分の仕事のことは口に出さなかったが、それでも十分赤裸々に自分の恥ずべき話をしたと思う。

女性……ティアーナさんの反応は、辛辣なものだった。「捨てたら？」とか「ていうかそういう言葉を掛けてもらいたかったんでしょ」とか、ずばずばと言われた。でも、言われるのも当然だ。自分でも喋《しゃべ》るうちに、「あれ、なんで私、ドニーと付き合ってるんだっけ？」と疑問を持ってしまったくらいだ。

明日を生きるための何かを掴んだ気がした。

だが、そこから先の出来事は今ひとつ記憶が定かではない。忘れたわけではないが、あまりにも非現実的すぎて自分の記憶に自信がないのだ。

鮮明に覚えているのは、麗しい騎士が、虎の魔物から自分を守ってくれたことだった。


「あなたの債務……カジノで背負った借金はすべてこちらで立て替えました。その他、口答での約束の借金も含めてすべて我々が肩代わりします。今からあなたは借金取りに付け狙われることも返済を催促されることもありません。表を歩くのに何の障害もありません」

壁と薄い間仕切りで区切られた狭い部屋の中に、三人の人間が座っていた。

一人は、長々しい言葉を淡々と紡いだ黒服、禿頭の男……プロデューサーのジョセフだ。

彼の言葉は、対面に座る男に向けてのものだった。破格の内容だろう。多額の借金が事実上の帳消しになる。そういう内容だからだ。

「ですが」

ジョセフは一旦言葉を区切り、改めて対面に座る男……ドニーを見つめた。

ドニーは怪我《けが》をしており、腕に包帯を巻いている。だが怪我のひどさよりも寂しさと悔しさをにじませた表情の方が目立っていた。

「あなたと我が社の吟遊詩人《アイドル》との交友関係もこの瞬間までです。二度と会わないでください。もし仮に偶然見かけたとしても声を掛けないように。また、これまでにあったこと、あなたが知っている吟遊詩人《アイドル》のこと、どんな細かいことであれ他言無用です。もし漏れた場合は……」

ドニーが怯えて、びくりと震えた。

「その瞬間から、我々はあなたに借金の返済を求めます。ああ、もちろん回収は専門の業者に委託することとなります。吟遊詩人《アイドル》活動に悪影響が出た場合は当然、その損失分を請求します。それがあなたの人生にとって何を意味するか、わかりますね？」

「わ、わかってらぁ……」

怪我をした男は、黒服と目を合わせようとしなかった。

居心地が悪そうに身をよじり、この部屋にいる三人目の人間を哀願するように見上げた。

「な、なあ。ベル。俺が悪かったよ。悪気はなかったんだ。だから……」

「やめて、ドニー」

だが、その部屋にいた三人目――つまり私、ベルは首を横に振った。

「私はアゲートよ。あなたのベルじゃない。これからはずっとそう。もう昔のことは忘れて」

ドニーはその言葉に、がっくりとうなだれた。

ほんの少しだけ同情心が湧き上がりそうになる。

こんな男でも、好きだった男だ。

心から応援しようと思った男だ。

それがここまで落ちぶれてしまったことは、見るに堪《た》えないものがあった。

カジノが謎の魔物に襲われたあの日、ドニーは私を見捨てて逃げ出した。その瞬間に、完全に終わってしまったのだ。

私はその後、ドニーとの関係を清算することにした。プロデューサーのジョセフにすべてを話し、助力を願った。

ジョセフは、頭を悩ませたようだった。というか「脇が甘い」とか、「吟遊詩人《アイドル》らしい振る舞いを心がけなさい」とか、「そんな男は一刻一秒でも早く別れなさい」とか、率直に怒られた。流石にどれも仰《おっしゃ》る通りですと言わざるを得ず、心が痛む。

ただ、謎めいた騎士が吟遊詩人《アイドル》を救ったというのは実に英雄譚《えいゆうたん》めいているとも語った。少しでも良いニュースを伝えられたことに自分自身ホッとしていた。

ともあれ、前に進む以外の選択はない。そのために今ここにドニーを呼び出していた。もう関係に決着を付けるべきときなのだ。

「ドニー……あなたのこと、ずっと応援していたかった。でも、もう無理。あなたは私の知らないところで頑張って。もう、私を応援してくれとは言わない」

私は、ドニーの顔をまっすぐに見つめて言い切った。

ドニーは何か言葉を返そうとしたようだが、何も言えずうつむくだけだった。そして大人しく、ジョセフの差し出した書類に署名をした。

こちらからの提案をまとめた契約書だ。これでドニーは、これまで賭博で作った借金からの解放と、私が吟遊詩人《アイドル》のアゲートであるということについて口を噤むという義務を得た。

これから私とドニーは、まったく別の人生を歩む。

「……悪かったよ」

ドニーが部屋を出ていく瞬間、聞こえるか聞こえないかわからないほどの小さな声で呟いた。

ドニーが事務所を出ていったところで、私はふうと溜め息をついた。

長きにわたって目をそらしてきた問題に、ようやく一区切りが付いた。だが、これで終わりではない。むしろこれからが始まりなのだ。

「ご迷惑をおかけしました。すみません」

「今後の活動で返してくれればそれで構いません」

ベルの謝罪に対しても、ジョセフは恬淡《てんたん》とした佇《たたず》まいだった。内心はまだ怒っているのかもしれないが、荒っぽい態度を出す人ではない。それもこれも、私が……というより、吟遊詩人《アゲート》が活動するためのものなのだ。ならば、やるべきことは決まっていた。

「それで次の仕事だが……」

そう言いかけたジョセフの言葉を、遮るようにして私は応じた。

「プロデューサーさん。私、新曲を作りたいんです」

「ほう」

「詩も書こうと思います。いえ、書かせてください」

今まで私は、トレーニングや営業活動には積極的だったと思う。けど、もっと根本的なところ……活動方針を決めたり、どんな歌を歌ったり、という部分では受動的で、プロデューサーに言われるがままだった。目先のハードルを乗り越えることに必死でそこまで思い至らなかったと言い訳もできるが、自分が思い描く吟遊詩人《アイドル》像がなかったのだ。

今までは。

「何を歌うかは決まっているのか？」

吟遊詩人《アイドル》の歌には、テーマがある。

本来の吟遊詩人《ぎんゆうしじん》は、ただ歌うだけの存在ではない。諸国を旅して、その中で見聞きした自然の美しさや愛の尊さを伝えることが本来の仕事だ。そうして吟遊詩人《ぎんゆうしじん》の歌によって想起された光景を人々は楽しむ。自分には行けない場所、知り合えない人々に思いを馳《は》せる。自身の歌声の美しさを誇るだけではなく、歌声を使って美しさを届けることもまた大事な使命だった。

だが、それと同じくらいに吟遊詩人《ぎんゆうしじん》が大事に扱うべきテーマがあった。

「はい、決まっています」

ベルは、力強く頷いた。

そこから私は、通常の吟遊詩人《アイドル》活動を一旦休止した。

予定していたライブ参加を取りやめた。

一ヶ月間すべて、新規の楽曲制作とそのためのトレーニングに費やす。

創作者《クリエイター》としての苦悩の日々が、本当の吟遊詩人《アイドル》への道を歩む日々が、始まろうとしていた。

詩人偏愛家《ドルオタ》／S級冒険者志望のニック

しばらく沈黙を貫いていたアゲートが、ようやく表舞台に現れようとしていた。

アゲートの謎の沈黙に関してファンの間で様々な噂《うわさ》が流れ、中にはひどいゴシップもあった。だがそれで去るファンは少なかった。ニックも当然、アゲートを信じて待っていた詩人偏愛家《ドルオタ》の一人だ。公園の掲示板にライブのスケジュールが貼《は》られ、そこにアゲートの単独ライブ開催と書かれていたことにファンは狂喜した。

引退さえも噂されていたため、その勢いは尋常ではなかった。ニックも当然そのうちの一人で、チケット売り場に並ぶことにした。

徹夜で。

真夜中だというのに数十人がチケット売り場の開店を待つ姿はなかなかに異様で、迷い込んできた野良犬もビビって尻尾を巻いて逃げていく。やがて陽《ひ》が昇り朝になると、たまたま朝飯を食べるために通りかかったカランがニックが徹夜で並んでいたことを知って、若干引きつつも「風邪引くなヨ」と心配してコーヒーを買ってきてくれた。

ニックはありがたくもらいつつも、周囲のファンの「こいつ彼女持ちかよ」という刺々《とげとげ》しい視線に晒《さら》されて肩身を狭くしていた。

だがそれも、もう少しで終わる。チケット売り場の開店時間が近い。

「なあ、ニック」

そんなとき、ニックの隣に座る男がふと口を開いた。

「なんだ？　ウィリー」

彼は冒険者ギルド『フィッシャーメン』に出入りする冒険者だ。ニックは彼をライブ会場でも冒険者ギルドでも見かけたため何となく声を掛け、今ではライブに一緒に行く友人になっていた。

「……噂だが、チケット売り場に並ぶのが面倒で彼女に並ばせる男とか、彼女を吟遊詩人《アイドル》デビューさせて養ってもらうヒモ野郎とかいるらしいぞ。だから気にするなよ」

「オレを詩人偏愛家《ドルオタ》クソ彼氏選手権に勝手にエントリーしないでくれ。つーか彼女じゃなくて仲間だよ、知ってんだろ」

「悪い悪い、冗談だ。ところでニック。知ってるか？　迷宮都市を守る伝説のパラディンが現れたんだってよ」

突然の意味不明な言葉に、ニックは首をひねった。

「……なんだそりゃ？」

「なんでも昔は迷宮都市の治安が今よりも相当悪くて、盗賊や強盗が当たり前で普通の人間は昼間でも迂闊《うかつ》に表を歩けねえ時代があったんだってよ」

「ふーん」

「だが、そこで賞金首の盗賊どもをばったばったとなぎ倒した、そういう伝説のＳ級冒険者がいたらしいんだ。随分と綺麗な顔してるくせに人を助けても名乗りもせずに去るから、『麗しのパラディン』なんて呼ばれてたんだとか」

「へー」

「なんだよニック、興味なさそうだな」

「いや……話が唐突すぎて意図が摑《つか》めねえんだよ。それよりも、アゲートちゃんのライブの方が気になるじゃねえか」

「関係あるんだよ、それが」

ウィリーがにやっと笑い、言葉を続けた。

「こないだカジノが襲われた事件があっただろう。なんとそこに麗しのパラディン様が現れてアゲートちゃんを助けたんだってよ」

「げほっ」

ニックは思わずむせた。

「ん？　どうしたニック、いきなり咳《せ》き込《こ》んで」

「あっ、い、いや、なんでもないぞ!?」

「なんでもないようには見えんが……」

ニックはレオンと戦っていたとき、あまりにも慌ただしかった。ティアーナが守っていた少女がそういえばアゲートに似ていたことに気付いたのは、戦いが無事終わった後のことだ。

ニックは三度ほど、プライベートのときのアゲートの顔を見ている。ティアーナが庇《かば》っている女性の顔を見て、「あれ？　これってアゲートちゃんでは？」と思ったものの、確かめる暇などなかった。

戦闘が終わった後にティアーナに聞いたら「ベルという名の女の子だった」という話で、アゲートの名前は出てこなかった。流石にカジノなんかに出入りはしないし見間違いだろう……と思っていたが、まさかの悪い予測が当たっていた。ニックは内心の動揺を隠しながら、ウィリーとの会話を続けた。

「……と、ともかく、その麗しのパラディンって大昔の人間なんだろ？　おかしくねえか？」

そのニックの言葉に、ウィリーがにやりと笑う。

「わからんぞ。伝説のハイエルフやダークエルフみたいな長命種かもしれねえ」

「そんなまさか」

「ま、流石にそりゃねえと俺も思うけどな。あくまで再来って言われてるだけで、ホンモノのわけがねえさ。でもカジノや騎士団から謝礼も受け取らず、名前も名乗らずに人助けして去ったっていうから名声がうなぎ登りよ」

「へ、へえ……」

「男か女かもわからねえ謎めいた奴《やつ》だ。まあ、アゲートちゃんは女だって思ってるみたいだが」

「ん？　アゲートちゃんがそう言ってたのか？」

「噂だよ。それにすげえ美人だって話もあるぜ。ま、本当かどうかはわからねえが」

と、ウィリーが謎めいた口調で言った。ニックが詳しいことを聞こうとしたあたりで、チケット売り場が開店した。ニックとウィリーは並んだ甲斐《かい》あって、前列の方の座席を取ることができた。

ニックはチケットを見て深く安堵《あんど》した。もしかしてあの戦闘の中で怪我を負ってしまったのではないかとか、熾烈《しれつ》な戦いを間近で見たショックで塞ぎ込んだのではないかとか。つまるところ、自分のせいでアゲートの吟遊詩人《アイドル》活動を阻害してしまったのではないかと不安だったのだ。

だがチケットには確かにアゲートの名前とライブの日取りが記載されている。

きっと元気な姿を見せてくれる。

それを期待してニックはライブへと赴いた。

ニックの心配はまったくの杞憂《きゆう》だった。

それどころか、正反対の方向にぶっちぎっていた。


「こんばんはー！　今日は来てくれてありがとう！」

「「こんばんはー！」」

アゲートの声に、ファンの男どもが野太い声で応じた。

ニックもそのうねりの中の一人として存在していた。

むしろニック自身の認識としては、その中心にいるのだという謎の自負があった。

自分が一番アゲートのことを心配しているのだという、熱心なファンにありがちな彼氏目線だった。

「最近ちょっと私生活で色々ありました。怪我して引退とか噂が流れたみたいだけど、それはまったくの嘘で、私はこの通りぴんぴんしています！」

「おおおーー！」

「心配だったよー！」

「これからも頑張ってくれー！」

アゲートが手を振っている。

カジノで見たときはどこか陰鬱な気配を漂わせていたが、今はまったく違う。

今にも爆発しそうなほどのエネルギーに満ち満ちていた。

「ありがとー！　ただ、トラブルに巻き込まれちゃったっていうのは本当で……。一歩間違えていたら、死んでいたかもしれません」

会場がざわめく。

アゲートを心配する声がちらほらと響いた。

「でも、私を助けてくれた女性がいたんです。そのおかげで今、こうして元気に生きています」

その声はしっとりとしており、艶があった。

これまでのアゲートのストイックな雰囲気とは趣きが異なった魅力が放たれている。

「あれはまさに、伝説に聞くようなパラディン様みたいに高潔な人でした。私もあんな風に、誰かを助けたり勇気付けられるようになりたいなって思って……。だから、私の、吟遊詩人《アイドル》としての歌ではなく、吟遊詩人《ぎんゆうしじん》としての英雄を讃《たた》える歌を、ここで歌おうと思います！　もちろん新曲です！」

突然の新曲の披露に、観客《オーディエンス》の興奮は最高潮に至る。

だがニックは、声援を上げる前にウィリーの横顔を見た。

意味ありげに微笑んでいる。

恐らく新曲の情報をどこからか聞きつけたのだろう。

羨ましさと驚きを感じたが、それ以上の驚愕《きょうがく》がアゲートの口からもたらされた。

「歌います、感謝を込めて！　『麗しのパラディンさま』！」

吟遊詩人《アイドル》アゲートは突然、通常の営業活動を休止した。

予定していたライブも参加を取りやめた。

事務所は、理由を公表しなかった。

それが疑惑を招いた。カジノの事件に巻き込まれて大怪我を負ってしまったのではないか。そもそもなんでカジノにいたのか、とか。

だがすべては新曲のためだったとライブのMCで説明された。スキャンダラスな噂が飛び交うのを覚悟してまで、アゲートは楽曲制作とトレーニングに勤《いそ》しんでいた。一切のノイズを廃して出来上がった歌は、素晴らしいものだった。

だがその出来映えの高さゆえ、ライブに至る過程において事務所内で物議を醸したらしい。クオリティの高さゆえに伝わってしまうテーマや方向性の問題だった。

このテーマの歌を歌い上げることは、吟遊詩人《ぎんゆうしじん》としては非常に意義のあることだ。使命と言い換えても良い。

だが吟遊詩人《アイドル》としては恐ろしくリスキーだった。

それは、英雄譚だ。

悪く言えば個人賛美だ。万人に愛を伝える吟遊詩人《アイドル》が手を出すことはタブーに近い。それが本来の吟遊詩人《ぎんゆうしじん》のあるべき姿であったとしても。

やめるべきだ、という意見が出たらしい。

歌うべきだ、という意見も出たようだ。

何度も会議が行われ、あらゆる主義主張が対立した。

最後には事務所の社長の一言によって決定がなされたらしい。

「まあ百合《ゆり》営業みたいなもんだし大丈夫じゃないの？」

丁度その頃、とある噂が街に流れていた。影ながら迷宮都市の市民を守る『麗しのパラディン』が存在するらしい、というものだ。それはそれは誰もが魅了されるような美人であるとか、吟遊詩人《アイドル》アゲートは彼女に救われたらしいとか。

この噂はアゲート、そして吟遊詩人《アイドル》事務所にとって良い効果をもたらした。もしアゲートを助けた存在が男性だったら、あるいは女性であったとしても名前の知れた人物だったら、離れる詩人偏愛家《ドルオタ》も少なくなかったかもしれない。謎めいた女性を想《おも》って詩にしたということであれば好意的に受け取ってもらえると事務所の社長は判断し、アゲートの新曲を全面的にバックアップした。

また歌詞についても入念な戦略があった。歌詞前半ではパラディン個人の強さや美しさを称えてはいるが、後半ではパラディンのように勇気を持って正義を実行する人は皆パラディンなのだと綴《つづ》り、聞く人を鼓舞し応援する内容に仕上げた。特に最後の要因が、冒険者稼業をしている男の心に刺さった。自分もアゲートに尊敬される人間のようにありたいと、そう思わせる歌であった。

「こういう歌も良いんじゃないか？」

「元気が湧いてくる」

「尊い」

「アゲートちゃんの詩の原稿をオークションに出してほしい。金は幾らでも払う」

「よっしゃ悪党を倒しに行ってくる」

などの感想が冒険者の詩人偏愛家《ドルオタ》から湧き上がった。

こうして、新曲お披露目《ひろめ》のライブはいつにない大成功を見せた。

詩人偏愛家《ドルオタ》たちは今までにない満足感や充足感を得て帰途についた。

ニック以外は。


「どうして……どうして……」


ニックは、街角のベンチで悲嘆に暮れていた。

アゲートの復帰も、新曲も喜ばしい。

だが、新曲の内容は流石にニックの想像を超えていた。まさか自分……というよりティアーナが英雄として褒め称えられているとは。カジノでアゲートを助けたのはほぼティアーナだ。レオンと戦うときも、ほとんどティアーナが思考していたように思う。合体《ユニオン》の最中は自分の思考なのか合体相手の思考なのか判然としない。少なくともカランのときはそうだった。

だがティアーナと合体しているときはティアーナの方の意志が強く、ニックはその意志によって表れた行動を補佐していた。

手足や体捌《たいさば》きについては自分が担当していたが、喋ったり魔術を唱えたり、そしてレオンを封じる作戦を練ったりはティアーナがやっていたように思う。

もっとも合体の後ではティアーナがどういう考えをしていたのか今ひとつうろ覚えだ。キズナが言うには、「合体時の相手の思考のことは忘れやすくなっておる。すべて覚えておると脳に負荷がかかるから、セーフティ機能がついておるのじゃ」とニックに語っていた。

ともあれそんな理由で、ニックは複雑な心境だった。喜ぶべきではあるにしても、なんとなく功績や名誉を奪われたような、あるいは自分が横取りしているかのような、奇妙な後ろめたさがあった。

「これからどんな顔してライブ行きゃ良いんだよ……まあ、気にしなけりゃ良いんだが」

「そうですよ。別に気にする必要ないと思いますよ」

「それもそうか……えっ？」

ニックが、聞き覚えのある声についつい頷いた。

そして溜め息をつきながら後ろを振り向く。

そこには、普段着姿のアゲートの姿があった。

「これで四回目でしょうかね、野良犬さん」

「……だから犬はやめてくれ、犬は」

「そんなこと言われても。だいたいあなたの名前知らないから適当に呼ぶしかないじゃないですか。あ、別に良いですよ教えてくれなくて。あなたも好きに呼んでください」

「好きに呼べって言われてもな」

「迂闊に私の名前を呼ばれちゃ困るってことですよ。意味はわかりますよね？」

「そりゃわかるが、だったらそっちこそ迂闊に声を掛けるなよ」

相手は吟遊詩人《アイドル》だ。特定のファンと親交を持っていると思われて損をするのはアゲートの方に他ならなかった。

「仕方ないじゃないですか。流石に自分でも距離感なさすぎかなとは思いましたけど、手がかりを得るにはこうするしかないんですから」

「手がかり？」

「あのとき、突然現れた人はなんだったたんですか？　ていうか、あのときティアーナさんとあなたはどうなったんですか？」

「う」

アゲートのじっとりとした視線に、ニックは思わず後ずさった。

「ていうかあなたたち、なんであんなことができるんですか？　あと虎男も魔物みたいだけど魔物じゃなかったっぽいし。わからないことだらけなんですけど、何か知ってますよね絶対」

恐れていたことがほぼ現実化していた。ニックたちが聖剣、絆《きずな》の剣を隠し持っていて、《合体《ユニオン》》を使って自分らに役立てていることが露見すれば非常に厄介なことになる。ここはなんとか誤魔化《ごまか》さなければならない。

「し、知らねえよ。だいたい、話があべこべだ。なんでもかんでも知りたがって、そっちが詩人偏愛家《ドルオタ》じゃねえか」

ニックの苦し紛れの言葉に、アゲートはくすりと笑った。

「ほら。お互い、知らないことは知らない。言わないことは言わない。ただこうして雑談してるだけ。それで良いじゃないですか」

「……お前、怖いもんなしだな。俺が危ない奴だったらどうすんだよ」

「脇が甘いってよく怒られます」

そりゃそうだろう、とニックは呆れる。ファンとして眺める分にはともかく、同僚や事務所の人間は苦労してそうだなとニックは思う。ニックの苦笑いを見たアゲートはくすくすと笑った。

「……でも、私が詩人偏愛家《ドルオタ》呼ばわりされるのはちょっと新鮮ですね。そういうことにしておきます。実質、パラディンさんのおっかけみたいなもんですし」

「そ、そうか」

「あ、でもティアーナさんが無事だったかだけは教えてください」

「あー、ピンピンしてるよ。カジノには懲りたからって競竜に行ってる」

「懲りてなくないですか？」

アゲートが呆れながら言葉を返すと、ニックも肩をすくめて同意した。

「俺もそう思う」

「ま、元気なら良かったです。それじゃあ、これ渡してもらっても良いですか？」

そう言ってアゲートは、自分の鞄《かばん》からあるものを取り出した。

「これは……イグナイターか。けっこう高かったんじゃないか？」

「あのときティアーナさんのが壊れちゃったみたいなんです。せめてものお礼です」

「そういえばあいつ、最近持ってなかったな。渡しとくよ」

「よろしくお願いしますね。ああ、中にお礼のお手紙を入れておいたんですけど読まないでくださいね？」

「人の手紙を読む趣味はねえよ」

「なら良かったです」

「用件はそれだけか？」

「ええ」

「そうか。んじゃ、頑張ってくれ。新曲やら何やら忙しいだろうし」

ニックは根掘り葉掘り尋ねたい欲望をぐっと堪えていた。そんなニックの内心に気付いたのか、アゲートは健やかな笑みを浮かべる。

「ありがとうございます。あなたも頑張ってくださいね」

「頑張るって……何をだよ」

「何を頑張るかは自分で考えてください。私は応援歌を歌ってるんです。応援されてる側がどういう夢や目標を持ってるかまでは私は知りません」

アゲートは「まったくもう」と言わんばかりの態度だった。

「いきなり言われてもな……あ」

ニックはどう言葉を返すか悩んだが、唐突に思い出したことがあった。ティアーナと共に影狼窟《えいろうくつ》でトレーニングをしていて、自分の目標を聞かれたことだ。

「……S級冒険者」

「おお、でっかく出ましたね！」

「い、良いじゃねえか。街を守るヒーローになったり、世界の危機を救ったり……夢があるだろ？」

「夢ですか」

アゲートがにやにやと笑っている。

それを見てニックが憮然《ぶぜん》とした。

「人に聞いてそりゃないだろ」

「ああ、別に馬鹿にしてるわけじゃないですよ。そうじゃなくて……」

「なんだよ？」

「実際、街を守ってくれたじゃないですか。パラディンさんは」

「ああ……って、いや、違う。俺じゃない。俺と言いたいところだが俺じゃない！」

慌てて否定するニックなど無視して、アゲートは歩き出した。

そして振り返りながらニックに言葉を投げかけた。

「大丈夫ですよ。言いふらしやしませんから。実際言ってないじゃないですか、私」

「まあ確かにな」

アゲートがパラディンをテーマに歌いながらも、【サバイバーズ】を疑う人間は今まで一人もいなかった。それがなによりの証拠であった。

「だいたい、これだけ大きな噂になってるんだから今更無名の人が名乗り出ても信じてもらえないんじゃないですか」

「む……」

「おや、それとも自慢したいんですか？」

にやにやとアゲートが意地悪く笑う。

「ま、秘密にしなきゃいけない事情もあるでしょうから深くはつっこみません。でも」

アゲートは言葉を切り、ニックの目を見る。

「私は誰に助けてもらったのか。あなたとティアーナさんは何をしたのか。それを知っているのは私たちだけだとしても、何かを残したかったんです。だから私は歌を歌いました」

ニックは絶句した。

改めてあなたのために歌いましたと言われて、思考が停止してしまった。

「さて、そろそろレッスンの時間なので失礼しますね。それではお元気で」

「……あ、おい！　違うって！」

「それじゃ、ヒーローでもS級冒険者でもなんでも良いですけど、頑張ってくださいね！」

アゲートは手を振り、そのまま去っていく。

ニックが無理に追いかけようとしないことなど、先刻承知のようだ。

「ったく……」

S級冒険者というのは本来はニック自身の目標ではなく、ニックが古巣のパーティーの中でリーダーに求めたものだった。だから「自分がS級冒険者を目指す」というのは口から出任せのようなものだったはずだが、意外とニックの心にしっくりとはまった。

少なくとも、誰かに求めるよりも、勝手に他人に期待するよりも、他人を簡単に信用しないと決めた冒険者パーティー【サバイバーズ】にとっては自然な形であるはずだ。

「吟遊詩人《アイドル》が歌う英雄譚になっちまったしな」

そしてニックは、アゲートとは反対の方向へと歩き出した。


「ちょっと、遅いわよ」

冒険者ギルド『フィッシャーメン』のテーブルで、ティアーナが魔術算盤《そろばん》の珠を弾きながらも悪態をついてニックを出迎えた。遅いという言葉通り、ニックが一番最後に来ていたようで他のメンバーは思い思いに暇を潰していたところだった。

「ちょっと立ち話しててな。ところでティアーナ」

ニックは呼びかけつつ、先程受け取ったものをティアーナに差し出した。

「何これ？」

「お前のファンからのプレゼントだよ」

「んん……？」

ティアーナは怪しみつつも包みを開けると、そこには銀色に輝く棒状のものが入っていた。つや消しが施されて大人びた印象を見せつつも、棒の中央にあしらわれた魔石はルビーのように深く透き通った赤い輝きを見せている。

「これ、イグナイターね……。けっこう高かったんじゃないの？」

「いやオレが買ったわけじゃないし」

「あ、これ手紙も付いてるわね……あー、この子からか」

ティアーナが納得したように声を漏らした。

そして早速自分の懐からパイプを取り出し、煙草《たばこ》の葉を詰める。

手慣れた仕草で火を付けて、にまにまと嬉しさを隠しきれない顔でティアーナは一服した。

「……あー、久しぶりに吸ったわ」

「ティアーナ、けむイ」

「あ、ごめんごめん。後にするわ」

カランの呟き込む声に、急いでティアーナは火を消す。

浮かれてしまって仲間のいるところでは吸わないという習慣を忘れていたようだ。

ニックも仕方ないとばかりに肩をすくめた。

「嬉しそうじゃねえか」

「手放したと思ったものが形を変えて戻ってくるって、良いものね」

「ああ、そういえば前のイグナイターはカジノの騒動のどさくさで壊しちまったんだっけ」

「道具ではなくて、人生の話よ」

ティアーナはどこか自慢気な態度を取りつつ、大事そうにイグナイターを仕舞《しま》った。

「大事にしろよと言おうと思ったが、その必要もなさそうだな」

「当たり前でしょう？」

ティアーナの様子にニックは満足し、話を切り替えた。

「それじゃ、今日も迷宮探索に……」

「その前に、じゃ。そなたらに見てほしいものがある」

そこでキズナが、ニックの話を遮った。

「どうした？」

「まあまあ、何も言わずにこれを読んでみるが良い」

そう言ってキズナは、テーブルの上に一冊の雑誌を取り出した。

「なんだコレ？」

「珍妙な表紙ですね？」

カランとゼムがいぶかしげに表紙を眺めた。

そこには、羊の顔をした魔物が怪しげな儀式を執り行い、それを眺めている顔の濃い男女の表情が恐怖に歪《ゆが》んでいる……というけばけばしいカバーイラストが描かれている。

そして表紙の上の方には、おどろおどろしい書体で大きく「月刊レムリア五月号」とタイトルが表記されている。

「オカルト雑誌じゃ」

「おかるとざっし」

カランがおうむ返しにキズナの言葉を繰り返す。

カランにはまったく未知のものなのだろう。興味深そうにぱらぱらとページをめくる。

「あっ、こら、先に読むでない。ここのページをまず読むが良い」

「なになに……『麗しのパラディン』特集!?」

ニックが驚きの声を上げた。

モノクロのページに華美な鎧《よろい》を着た美女が剣を高々と掲げてそれを大衆が崇《あが》めているという、荘厳な宗教画……を目指したものの、あざとすぎて上滑りしてる感じのイラストが載っていた。

しかもそれだけではない。「勇者が天から舞い降り、都市を暴れ回る魔物に罰を下したのですと救助された者は語っている」、「これまで冒険者ギルドが秘匿していたSSS級冒険者だとの説もある」、「これは天使と魔族の最終戦争の序曲に過ぎないのではないか」などなど、誰の妄想だと言いたくなるような根拠のない記事がずらずらと書かれていた。

「なんだこれ」

ニックが尋ねると、キズナがにやにやしながら肩をすくめた。

「そりゃ、麗しのパラディン特集じゃろう。いやあ、まさか迷宮都市にこんな格好良い存在がおるとは気付かなんだ！　一度見てみたいものじゃのう！」

わざとらしくキズナははしゃぐ。

「あのねぇ……バレたら面倒事どころじゃ済まないわよ」

ティアーナが痛くなった頭を押さえるような仕草で呟く。

だが、意外なことにニックが笑った。

「つはは！　こりゃ良い！　迷宮都市で何かあったときゃパラディンさまにお任せだな！」

ゼムが啞然《あぜん》としてニックの顔を見つめた。

「珍しく楽天的ですね。悩みが解決したんですか？」

「ま、そんなところだ」

ゼムの質問に、ニックが頷く。

「ずるいゾ。ワタシだってパラディンを見てみたイ」

「ま、そのうち見られるだろ」

カランは不満を漏らしているようで、ニックと同じく嬉しそうな顔をしていた。

キズナは何も言わないが、腕を組んで満足そうにしている。

唯一不満げにしていたのは、ティアーナだ。

「あんたねー、推しの吟遊詩人《アイドル》が応援してくれてるからって気楽過ぎよ。だいたい、私たちが活躍したわけじゃなくて、この……パラディンとやらが活躍したわけよ。こっちがその功績で報酬をもらったり、ギルドのランクが昇格したりするわけじゃないのよ」

「良いじゃねえか。オレは冒険者のランクを上げたいけど、そりゃ自分の実力で取り組めば良い話だ。他人からの評価がなんであろうが、オレたちがやったことはオレたちが知っている」

なんて、吟遊詩人《アイドル》の受け売りだけどな……とニックは気恥ずかしさを誤魔化そうとした。だが、
ティアーナは呆《ほう》けた表情をしていた。

「自分のやったことは、自分が知っている……」

「お、おう」

ティアーナの妙な様子に、ニックは少し気圧されながら頷く。

「自分を魔術師と定義するのは、自分自身」

「うん……？　お前がそう言うなら、そうなんじゃねえの？」

「…………」

ティアーナの沈黙に、ニックは何か踏んではいけない地雷でも踏んだのかと思った。

だがしばらくして、ティアーナの口に微笑が浮かんだ。

「たまには良いこと言うじゃない」

「たまにはってのが余計なんだがな」

「この天才魔術師のティアーナ様が褒めてあげてるのよ。もっと喜んだら？」

「へいへい」

ティアーナのあけすけな態度に、みんなが肩をすくめつつも微笑んだ。

「ま、考えても仕方ねえ。仕事だ仕事。迷宮に行くぞ」

ぱんぱんとニックが手を叩《たた》き、全員を急《せ》かす。

そして【サバイバーズ】は今日も、冒険へと一歩を踏み出した。

番外　カランのぶらり迷宮都市散歩

甘い物が食べたい。

特に理由はない。

いや、本当はある。キズナがカジノで食べたというアイスクリームの話を聞いて、カランはとてもとても羨ましく思った。えっ、それはちょっとずるくない？　と、駄々《だだ》っ子《こ》のように思った。シックなピアノの音が流れる空間。赤絨毯の上を颯爽と歩き、一枚板のバーカウンターに座り、熟練のパティシエが作る美しい氷菓が出される。それを想像しただけで、カランの口の中に甘美な味わいが口いっぱいに広がる。

「落ち着け、ワタシ……。ワタシは甘い物が食べたいだけなんダ……」

「何言ってるのよカラン」

「あっ、な、何でもないイ」

ティアーナとカランは迷宮都市内を循環する乗合馬車に乗って移動していた。

カジノはレオンが暴れまくったためにしばらく休業状態だ。そして、カジノ以外でちゃんとしたアイスクリームを出せる店は徒歩圏内では皆無だ。あったとしても、高い割にさほど美味《おい》しくなかったりする。

そこで二人は、迷宮都市の北方面を目指すことになった。最初はカラン一人で行くつもりだったたが、北側は遠くて徒歩で行くには不便だ。そこでティアーナが案内役を買って出た、という流れだった。

「次に停車したら降りるわよ。運賃は二百ディナね」

「ウン」

ちなみに普段、カランたちは……というより冒険者たちは、南側に多く居着いている。そのあたりは家賃や宿代が手頃だからだ。

逆に、北側に冒険者は少ない。北側の外壁部には人に飼われている竜の竜舎があるためだ。そこから竜を放牧していることが多いため、魔物は竜を恐れてやってこない。来たとしても竜に食われる。そうした安全性を求めて、武官よりも文官、貧民よりも富める市民が集まっているのだった。

そのため、ティアーナが食べ歩きするのは迷宮都市の南半分が中心だ。北方面、特に富裕層の集まる場所に足を延ばしたことはなかった。

「甘い物を食べたいときはね、魔術師がいるところを探すのよ」

ふふん、とティアーナが自慢げに言った。

「なんでダ？」

「お菓子って、手順とか計量とかが普通の料理より厳密らしいの。秤《はかり》を使ったり、氷や火の魔術を使ったり、きっちりやらなきゃいけないらしくて。魔術を勉強してパティシエに転職する人も割といるし」

「へえ……」

「だから甘い物を食べたいときは、鍛冶屋通りとかギルド近くに行くよりも良い場所があるのよ。あ、心配しなくても良いよ。そんなに高くないから」

ティアーナの言う「そんなに高くない」はあんまり信用できないと思いつつも、カランは甘い物の誘惑に抗《あらが》うことはできなかった。ええい、勇気を出していこう……と覚悟を決めた瞬間、馬車の御者が間延びした声で停車駅の名を告げた。

「次はー、サバト坂ー。サバト坂ー」


サバト坂。

物騒な名前の割に、若者が行き交うお洒落《しゃれ》な街だ。

貴族子女のための学校や、魔術を学ぶための専門学校が立ち並ぶ真面目な学生街であると同時に、そこに通うハイソな学生たちが買い物をしたり遊んだりする繁華街でもあった。旅の汚れや魔物の血、実験による薬品焼けもない小綺麗なローブを着た清潔なひよっこ魔術師たちが、和気藹々《わきあいあい》と語らいながら街の通りを我が物顔で歩いている。カランはそのあまりの眩《まぶ》しさに気圧《けお》されそうになる。

ティアーナが手を引いて案内してくれることに安堵していた。

「さ、こっちよ」

「ウン」

ティアーナがずんずんとサバト坂を歩いていく。

サバト坂を歩く少年少女は、どこか危険な香りを漂わせたティアーナとカランをおっかなびっくりに避けて好奇の目で眺める。もしかして自分が場違いなのだろうかと、カランは気恥ずかしさを覚えた。

「格好良いー」

「冒険者かな？」

それは好奇の目ではあったが必ずしも嘲笑ではなかった。むしろカランとティアーナの二人が並ぶ姿は良い意味で人目を引く。場違い感がないわけではなかったが、カランはどこかくすぐったいものを感じていた。

「カジノが休業状態だから、こっちまで来るしかないのよねぇ……。あ、ちょっと買い物してからでも良い？」

「このへんよく来るのカ？」

「お金があるときはね」

「魔術師って、お金かかりそうダ」

「実際その通りよ。欲を出せばキリがないのよ」

ティアーナが苦笑いをしながらカランの方を振り向く。

ティアーナは、学生よりも背丈が低い。

だが彼女の洗練された仕草や佇まい、身につけるものの品の良さは本物だ。反対方向から歩いてくる学生は、ティアーナを見てすっと横に避ける。只者《ただもの》ではないと、見る者が見ればわかるのだ。

当然ながら、そのティアーナから放たれる気配は見かけ倒しなどではない。高貴な家を放り出されながらも強く生きてきたタフネスがある。魔物をばったばったとなぎ倒す、確かな実力がある。

ニックやゼムとはまた違った視点で、カランはティアーナを尊敬していた。

「ここに寄っていきたいのよね」

ティアーナが指を差したのは魔道具の量販店だった。

並んでいるのは民生用品ばかりで、戦闘に使われるものはない。当然ながら絆の剣や念信宝珠のようなアーティファクトも並んでいない。油の要らない燭台《しょくだい》や、湯を沸かす魔法瓶などの生活用品だ。

「何を買うんダ？」

「パンとかお弁当とか保管しとく壺《つぼ》をね。壺の中が冷たい空気で満たされてて、中に入れた食べ物が長持ちするの」

「へぇ……」

素直に欲しいとカランは思った。

レストランや酒場で食事をするのも好きだが、屋台で買った品や弁当を楽しむのも好きだ。

「あとゼムとかニックが作ってくれた料理を取っておきたいのよね」

「あー……」

実は迷宮探索などでの炊事担当は、ニックとゼムがメインだった。

ニックは迷宮探索に手慣れていて野外調理が得意だ。

干し肉や狩った鳥やウサギ、野草などを煮込んで鍋を作ったり、乾パンなどの保存食を美味しく食べる方法を知っていたり、何かと細かいところで頼りになる。

ゼムは医療や薬草に通じているために四人全員の健康管理を担当している。また神殿では子供らの世話をすることも多かったらしく、多人数のための料理などお手の物だ。

「自分で料理しないのカ？」

「ええー、面倒《めんど》くさいわ」

ティアーナが肩をすくめる。

「そのへん助けてくれるハウスメイドでも雇いたいところだけど、まだまだそんなに貯蓄もないのよね。カランは普段どうしてるの？」

「朝はニックと一緒に朝市場で食べてル。昼と夜も……外食だナ」

「あなただって面倒くさがりじゃない。あ、これ良いわね」

ティアーナが壺を手に取った。

白磁の壺の側面に、小さな魔石……魔道具を発動させる核がついている。

ごてごてした飾りもなく、シンプルな色合いだ。

だがデザイン性がないわけではない。

魔石の周囲に花弁のような彫り込みがある。

魔道具としてどうしても目立ってしまう部分をデザインとして利用していた。

カランは魔道具や家具の良《よ》し悪《あ》しはよくわからないが、こういうものを見つけるティアーナの審美眼は素直に羨ましかった。

と、そのとき。

ティアーナの後ろを体格の良い男が通り抜けようとした。

店の通路は狭く、無理やり通ろうとした男の肘がティアーナの背中にぶつかる。

「いたっ!?　何よ！」

「うるさいぞ小娘！　お前が邪魔なんじゃや！」

ティアーナが壺を落としそうになるのをカランがとっさに支えた。

そして、ぶつかった方の男をぎろりと睨《にら》む。

「気をつけるのはお前ダ」

「うっ……」

竜人族の睨みはそんじょそこらの男の威圧などとは意味が違う。

カランはまだ戦士としては若いが、迷宮都市で得た経験は確実に力になっている。

男は冷や汗を流しながら、前にも後ろにも動けずに立ち止まった。

「……はぁ。構わなイ。あっち行ケ」

「は、はい」

男は尻尾を丸めた子猫のように去っていく。

騒ぎを聞きつけた店員が来て、ぺこぺこと謝る。

「すみませんお客様、ご迷惑をおかけしたようで」

「良いわよ、あなたのせいじゃないし。ところでこの壺、おいくらかしら？」

「ええ、こちらは……」

ティアーナのにこやかな笑みに怖いものを感じた店員は、冷や汗をかきつつも商談に応じるのだった。

「さっきはありがとね、カラン」

ティアーナの買い物が終わり、二人は近くの甘味屋に入って休んでいた。

そこで出てきたアイスクリームはカランの想像していたものよりも豪勢なものだった。白磁の器に二種の味のアイスクリームとウエハースが添えられている。

アイス二種のうち一つはピンク色のラズベリーアイス。もう一つは真っ白いバニラアイスだ。

メニューには「紅顔ストロベリー&髑髏バニラ」と書かれている。

なんとも物騒な名前だ。メニューには解説が書いてあり、「朝は元気な紅顔であってもその日のうちに白骨をさらしているだろう」というアンニュイで無常観のある詩をモチーフにしたものらしい。

だがこのメニューを考案したパティシエは、ここに通う若者に向けて「いつ死ぬかなんて誰にもわからないから今のうちにアイスを味わい、人生を存分に楽しめ」というポジティブなメッセージを送っているつもりらしい。解説にはそんなパティシエからのメッセージが綴られていた。

メッセージをどう解釈するかはともかくとして、実に美味《うま》いとカランは感じた。ラズベリーの酸味や風味は実に強く、舌をつんざくような刺々しさがあるが、ウエハースやバニラと共に口に入れることで驚くほどまろやかになる。ラズベリーの野趣と力強さは生命を意味し、バニラの爽やかさは死をイメージしているらしい。

ちょっとこのセンスのパティシエと仲良くなれそうにないなとカランは思ったが、腕が良いだろうから全部許すことにした。

……という感じで、口に入れたアイスクリームのことで頭がいっぱいだったカランは、ようやくティアーナに話しかけられたことに気付いた。

「ふえ？」

生返事を聞いたティアーナがくすくすと笑う。

「ほら、さっき買い物してたときの話よ。私一人だとどーにも舐《な》められちゃって。だからこっちも引っ込み付かなくなって喧嘩になっちゃうのよ」

「……なんデ？」

カランは一瞬、意味がわからなかった。

ティアーナの凄さに気付かない馬鹿っているの？　という、あまりにも素直な思いを抱いた。

「だって私、どうしても背が低いのよね……。はー、ニックも背が低いとか筋肉付かないとか言ってるけど、私よりマシじゃないの。ねえ？」

ティアーナがぶつぶつ文句を言いながら匙《さじ》でアイスをすくい、食べる。

その姿は、年相応の少女の風情だった。

煙草を吸ったり博打に目を血走らせているときとはまったく違う。

「なんダ、そんなことか」

「なんだとは何よ」

カランは、少しだけティアーナに引け目を感じていた。

ティアーナに比べれば、自分は色んな物が足りなすぎる。

だがティアーナも、自分と考えていることがあまり変わらないところもある。

もちろんカランは、自分よりティアーナの方がずっと物事が見えていることはわかっている。だがそれでも些細な日常の悩みとか、何を食べたいといったちょっとした願望とか、そういうものは誰だって持っている。

攻撃的な目でこちらを見る人間にもそういうものはきっとあって、決して無敵ではない。

ティアーナたちのように。

あるいはそんな弱さをもっている人間が、驚くほど強かったりする。

ティアーナたちのように。

「ティアーナはえらいナ」

カランはそう言って、ティアーナの頭を撫《な》でる。

「よくわかんないんだけど!?」

「いいからいいから」

ティアーナはカランの行動に困惑しつつも、まんざらではない表情でアイスを味わっていた。

人間不信の冒険者たちが世界を救うようです

ニック

カラン
・ナナメ
・断面図

☆耳は出てます。

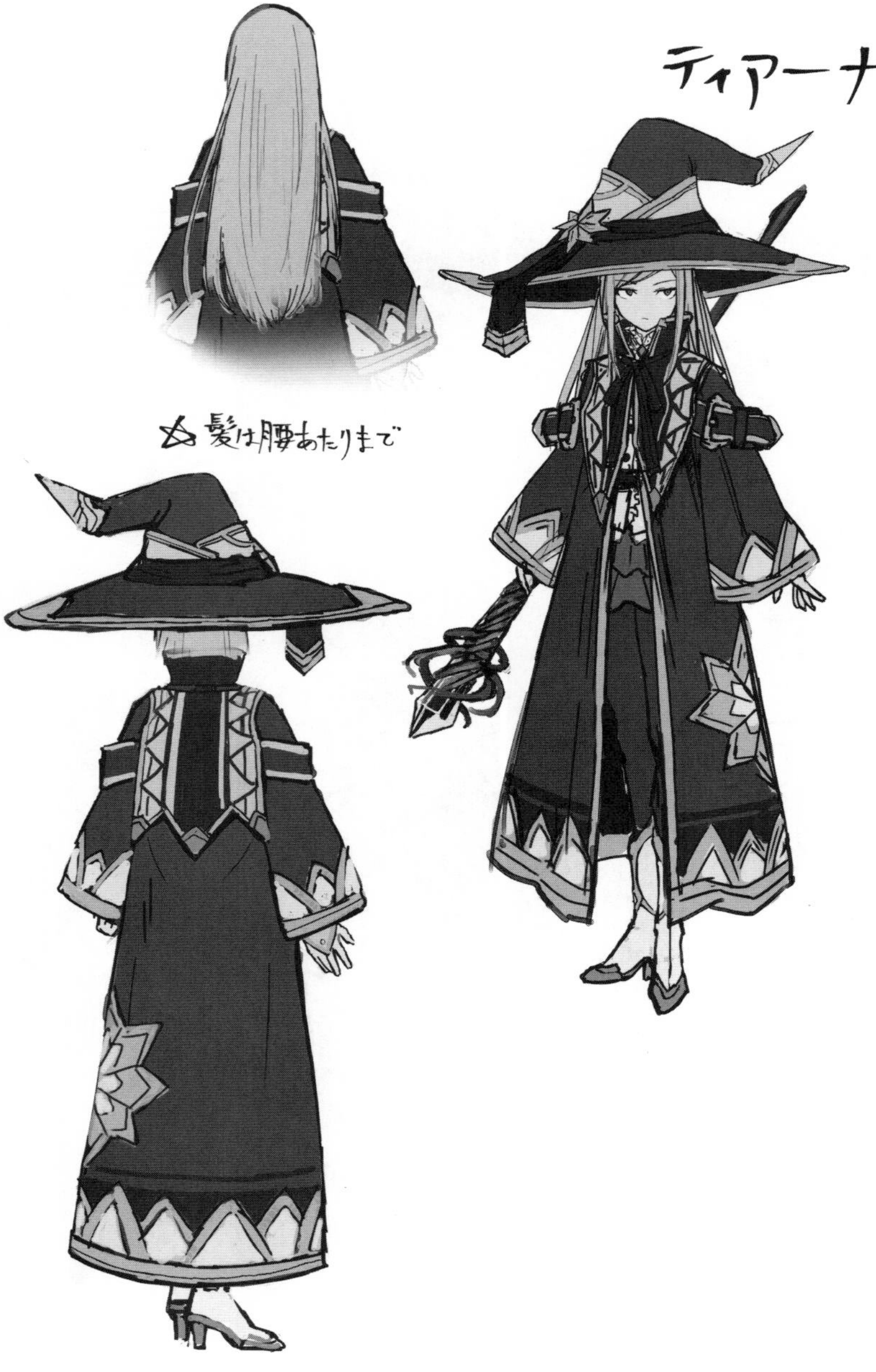
ティアーナ
☆髪は腰あたりまで

ニコッ

ゼム

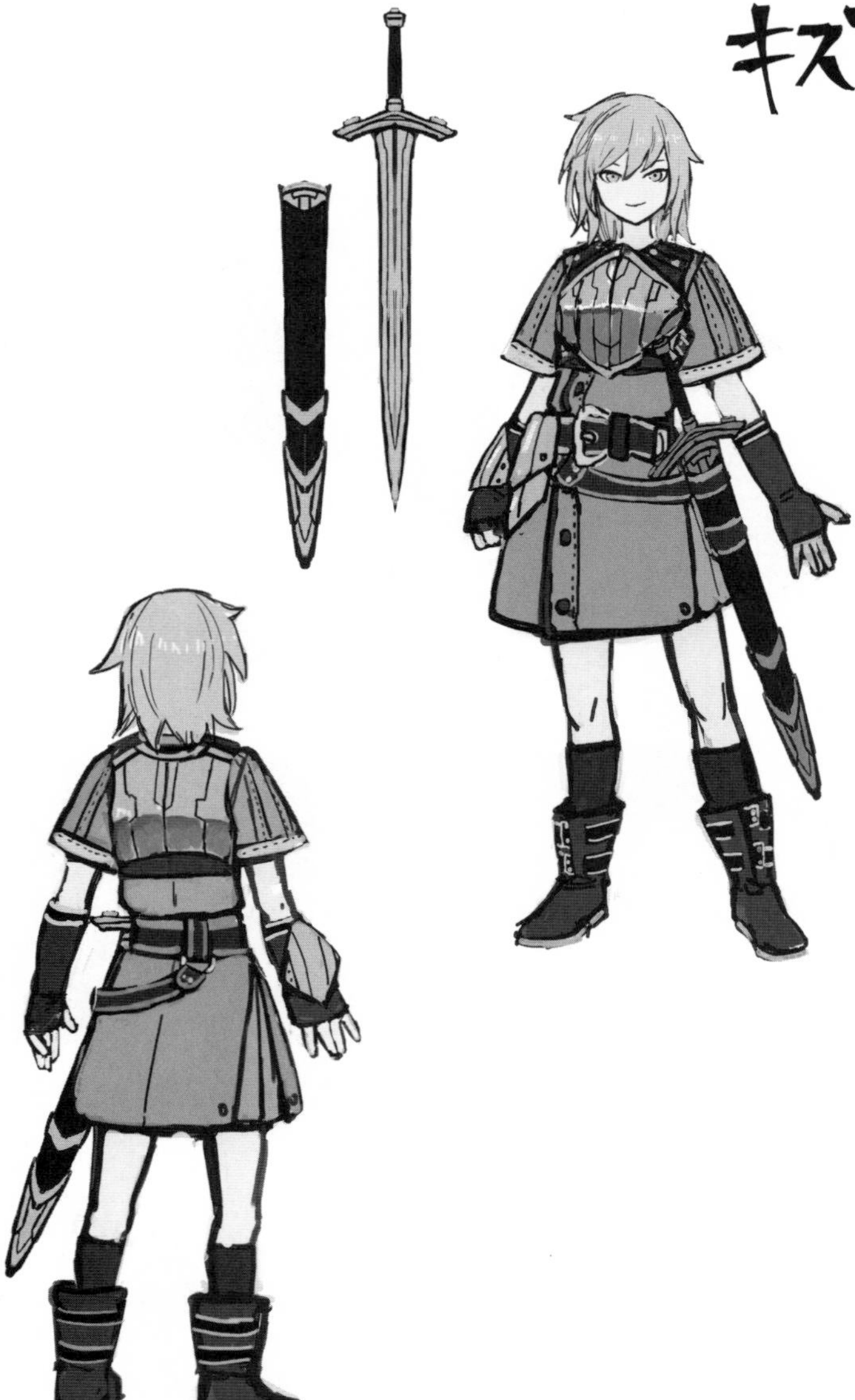
キズナ

ニック／カラン
絆の聖剣

ニック／ティアーナ

人間不信の冒険者たちが世界を救うようです ~麗しのパラディン編~ 2

2020年 3 月25日　初版第一刷発行
2022年12月10日　第二刷発行

著者	富士伸太
発行者	山下直久
発行	株式会社KADOKAWA 〒102-8177　東京都千代田区富士見2-13-3 0570-002-301（ナビダイヤル）
印刷・製本	株式会社広済堂ネクスト

ISBN 978-4-04-064536-0 C0093

企画	株式会社フロンティアワークス
担当編集	齋藤 傑（株式会社フロンティアワークス）
ブックデザイン	Pic/kel（鈴木佳成）
デザインフォーマット	ragtime
イラスト	黒井ススム

本シリーズは「小説家になろう」（https://syosetu.com/）初出の作品を加筆の上書籍化したものです。